O cigano
e outras histórias

D. H. LAWRENCE

O cigano
e outras histórias

Tradução de
ALEXANDRE PINHEIRO TORRES
MARIA CÉLIA CASTRO

Seleção e organização
MÁRIO FEIJÓ

1ª edição

JOSÉ OLYMPIO

Rio de Janeiro, 2021

```
CIP-BRASIL. CATALOGAÇÃO NA PUBLICAÇÃO
SINDICATO NACIONAL DOS EDITORES DE LIVROS, RJ
```

Lawrence, D. H.
L447c O cigano e outras histórias / D. H. Lawrence ; tradução Alexandre Pinheiro Torres, Maria Célia Castro ; seleção e organização Mário Feijó. – 1. ed. – Rio de Janeiro : José Olympio, 2021.
256 p.

Tradução de: Daughters of the Vicar and Other Stories
ISBN 978-65-5847-018-2

1. Ficção inglesa. I. Torres, Alexandre Pinheiro. II. Castro, Maria Célia. III. Feijó, Mário. III. Título

21-68923

CDD: 823
CDU: 823 (410.1)

Meri Gleice Rodrigues de Souza – Bibliotecária – CRB-7/6439

Título original inglês:
DAUGHTERS OF THE VICAR AND OTHER STORIES

Copyright da tradução © by Distribuidora Record de Serviços de Imprensa S.A.

Nota do editor: Esta coletânea inclui os seguintes textos de autoria de D. H. Lawrence e seus respectivos títulos originais: "As filhas do pastor" (*"Daughters of the Vicar"*); "O espinho na carne" (*"The Thorn in the Flesh"*); "Um estilhaço de vitral" (*"A Fragment of Stained Glass"*); "O oficial prussiano" (*"The Prussian Officer"*); e "O cigano" (*"The Virgin and the Gypsy"*).

Este livro foi revisado segundo o Novo Acordo da Língua Portuguesa.

Todos os direitos reservados. Proibida a reprodução, o armazenamento ou a transmissão de partes deste livro, através de quaisquer meios, sem prévia autorização por escrito.

Reservam-se os direitos desta edição à
EDITORA JOSÉ OLYMPIO LTDA.
Rua Argentina, 171 – 3º andar – São Cristóvão
20921-380 – Rio de Janeiro, RJ
Tel.: (21) 2585-2000.

Seja um leitor preferencial Record.
Cadastre-se em www.record.com.br
e receba informações sobre nossos
lançamentos e promoções.

Atendimento e venda direta ao leitor:
sac@record.com.br

Sumário

Nota do organizador   7
1. As filhas do pastor   9
2. O espinho na carne   77
3. Um estilhaço de vitral   101
4. O oficial prussiano   115
5. O cigano   145

Nota do organizador

Reunindo contos publicados originalmente em diferentes livros, esta antologia apresenta o universo de D. H. Lawrence aos leitores contemporâneos. Considerado um autor erótico em seu tempo, Lawrence escreveu sobre casamentos, adultérios, separações, flertes e namoros, sempre valorizando a tensão sexual em cada um destes relacionamentos. Em sua percepção, o desejo direcionava a vida de todos, mas as barreiras sociais e econômicas sempre estariam lá para dificultar, principalmente em uma sociedade hierarquizada como a britânica e que, mesmo no século XX, ainda cultivava a rígida moral vitoriana. Para muitos leitores, o erotismo de Lawrence era, na verdade, uma constante denúncia da hipocrisia de aristocratas e burgueses. Um século depois, seus temas continuam atuais e instigantes.

Mário Feijó
Escritor e professor da
Escola de Comunicação da UFRJ

1
As filhas do pastor

I

O Sr. Lindley era o primeiro pastor de Aldecross. As casinhas rústicas do pequeno povoado tinham se acomodado em paz desde o começo, e nas claras manhãs de domingo os camponeses atravessavam as veredas e terras agrícolas, por 3 ou 6 quilômetros, até a igreja paroquial de Greymeed.

Mas, quando as minas foram escavadas, filas cerradas de moradias se ergueram à beira das estradas, e uma nova população, extraída da escória flutuante de trabalhadores, se fixou, as casas rústicas e os camponeses foram quase esquecidos.

Era preciso construir uma igreja em Aldecross para satisfazer a conveniência desses novos habitantes mineiros. Não havia muito dinheiro. Então, a pequena construção curvava-se como um rato corcunda de pedra e argamassa, com dois pequenos torreões nos canos à esquerda, como orelhas, sobre as campinas próximas às pequenas casas e macieiras, o mais distante possível das moradias à beira da estrada. Tinha uma aparência insegura, tímida. Por isso, foram plantadas heras de folhas grandes para esconder seu frescor receoso. De forma que agora a igrejinha está encerrada em seu verdor, abandonada e adormecida entre as campinas, enquanto as casas de tijolos acotovelam-se mais e mais, ameaçando derrubá-la. Já está obsoleta.

O reverendo Ernest Lindley, de 27 anos, recém-casado, veio de sua coadjutoria em Suffolk para tomar conta da igreja. Era apenas um rapaz comum, que estivera em Cambridge e se ordenara. A esposa era uma jovem segura de si, filha de um reitor do condado de Cambridge. Seu pai havia gasto todas as mil libras que ganhava por ano; e assim a Sra. Lindley não tinha posses. Desta forma, o casal veio para Aldecross por uma remuneração de cerca de 120 libras e para manter uma alta posição social.

Eles não foram bem recebidos pela nova, rude e hostil população de mineiros. O Sr. Lindley, acostumado com agricultores, considerava-se, indiscutivelmente, membro da classe alta ou eclesiástica. Tinha que ser humilde para as famílias do condado, mesmo assim, era um deles, enquanto o povo era um pouco diferente. Não tinha dúvidas sobre si mesmo.

Descobriu, no entanto, que os mineiros se recusavam a aceitar sua vinda. Ele não tinha utilidade nenhuma para a vida deles, e disseram-lhe isso duramente. As mulheres falavam simplesmente que "estavam muito ocupadas", ou então: "Ah, não adianta vir aqui, não somos anglicanas." Os homens eram muito bem-humorados, contanto que não se aproximasse demais deles, e o desprezavam alegremente, com um desdém pré-concebido contra o qual ele era impotente.

Enfim, passando da indignação ao ressentimento taciturno e, até mesmo, se ousasse reconhecê-lo, ao ódio consciente contra a maioria do seu rebanho e ódio inconsciente de si mesmo, ele limitou suas atividades a um pequeno número de casas e se submeteu à situação. Não possuía uma reputação notável, dependendo sempre de um lugar na sociedade para obter uma posição superior entre os homens. Agora, era tão pobre que não tinha reconhecimento social nem mesmo entre os negociantes comuns e vulgares do distrito. Não possuía o temperamento nem o desejo de tornar sua amizade agradável a eles e muito menos força para se impor e ser distinguido. Continuou, arrastando-se, pálido, infeliz e indiferente.

A princípio, sua esposa se irritava com a humilhação. Ela tinha ares de superioridade e se mostrava arbitrária. Mas sua renda era muito pequena, e a luta com as contas dos comerciantes era por demais deplorável, de modo que só se deparava com a zombaria geral e grosseria quando tentava impressionar os demais.

Com seu orgulho ferido até o âmago, viu-se isolada entre uma população descortês e indiferente. Ela se encolerizava dentro e fora de sua casa. Mas logo aprendeu que teria que pagar um preço caro demais por seus acessos públicos de raiva. Assim, somente extravasava sua fúria dentro das paredes da reitoria. Lá, seu sentimento era tão forte que até a assustava. Percebeu que começara a odiar o marido, e sabia que, a menos que tivesse cuidado, arruinaria seu estilo de vida e desencadearia uma catástrofe sobre ele, e sobre si mesma. Foi com muito medo que acalmou-se. Escondeu-se, amargurada e vencida pelo pânico, atrás do único abrigo que possuía no mundo: sua tristonha e pobre residência paroquial.

Nasceram crianças, uma por ano. Quase mecanicamente, ela continuou a cumprir o dever maternal que lhe era imposto. Aos poucos, abalada pela repressão de sua cólera violenta, além da miséria e do desgosto profundo, acabou por se tornar uma inválida e recolheu-se ao leito.

Os filhos cresceram sadios, mas bastante frios e austeros. O pai e a mãe os instruíram em casa. Tornaram-nos muito orgulhosos e bem-educados e os colocaram, cruel e definitivamente, na alta sociedade, afastados da plebe que os cercava, vivendo muito isolados. Eram atraentes e possuíam uma expressão estranhamente pura, translúcida: o semblante dos corteses, solitários e pobres.

Aos poucos, o Sr. e a Sra. Lindley perderam todo o sentido da vida e passavam as horas, semanas e anos simplesmente discutindo sobre como equilibrar o orçamento, reprimindo e encaminhando os filhos para a distinção, impelindo-os para a ambição, sobrecarregando-os de deveres. Nas manhãs de domingo, a família toda, com exceção da mãe, descia a ruela para a igreja: as meninas de pernas compridas e magras em vestidos justos, os meninos de casacos pretos e calças cinzentas que não lhes caíam muito bem. Passavam pelos paroquianos do pai com semblantes silenciosos, francos; possuíam bocas infantis, fechadas em um orgulho que era como uma condenação para eles, e olhos pueris que já não viam. A Srta. Mary, a mais velha, era a líder. Era alta, magra, exibia um belo perfil e um olhar arrogante e inocente de submissão a um destino sublime. A Srta. Louisa, a segunda filha, era baixa, gorda e dona de um olhar obstinado. Tinha mais inimigos que ideais. Ela cuidava das crianças menores e a Srta. Mary, das mais velhas. Os filhos dos mineiros observavam em silêncio o desfile, nobre e sem brilho, da família do pastor, e ficavam impressionados com a aparência de nobreza e distância, além de caçoarem das calças dos filhos menores. No íntimo, sentiam-se inferiores, e o ódio agitava seus corações.

Na época devida, a Srta. Mary aceitou, como preceptora, algumas filhas de comerciantes; a Srta. Louisa governava a casa e convivia com os frequentadores da igreja do pai, dando lições de piano às filhas dos mineiros a 13 xelins por 26 aulas.

II

Em uma manhã de inverno, quando a Srta. Mary tinha cerca de 20 anos, o Sr. Lindley, um vulto magro, discreto em seu sobretudo preto e chapéu mole de aba larga, desceu até Aldecross com um pacote de papéis brancos sob o braço. Estava entregando os calendários da paróquia.

Era um homem bastante pálido, indefinido, de meia-idade. Esperou enquanto o trem atravessava o elevado, subindo até a mina que chocalhava, ativa, exatamente junto à via férrea. Um homem de perna de pau mancou para abrir a cancela e o Sr. Lindley passou. Justamente à sua esquerda, abaixo da estrada e da via férrea, encontrava-se o telhado vermelho de uma pequena casa campestre, visível através dos galhinhos das macieiras. O Sr. Lindley deu a volta pelo muro baixo e desceu os degraus gastos indo da estrada para o chalé, que se curvava calma e obscuramente sob o ruído dos trens e sob o fragor das carroças de carvão, em um mundo sossegado, pequeno e independente. Fura-neves com botões bem fechados pendiam imóveis debaixo das groselheiras nuas.

O pastor ia bater à porta quando ouviu um ruído tilintante, e, virando-se, viu, através da porta aberta de uma choupana escura, exatamente atrás dele, uma mulher idosa de touca de renda preta. Ela estava curvada entre grandes latas avermelhadas, derramando um líquido muito brilhante em um funil. Havia no ar um cheiro de parafina. A mulher pousou a lata, pegou o funil e colocou-o em uma prateleira. Em seguida, segurou um recipiente de estanho. Seus olhos encontraram os do pastor.

— Oh, é o senhor, Sr. Lindley! — exclamou em voz queixosa.
— Entre!

O pastor entrou na casa. Na cozinha quente um homem idoso e robusto, com uma grande barba grisalha, cheirava rapé. Cumprimentou-o em voz grave e resmungona, dizendo a ele para sentar-se, e depois não lhe deu mais atenção, fitando o fogo de maneira apática. O Sr. Lindley esperou.

A mulher entrou, com as fitas da touca preta de renda pendendo sobre o xale. Era de estatura mediana, e tudo nela tinha uma aparência asseada. Subiu um degrau fora da cozinha, carregando a lata de parafina. Ouviu-se o som de passos avançando no recinto acima do degrau. Era um pequeno armarinho, com pacotes sobre as prateleiras nas paredes, uma grande e antiga máquina de costura com trabalho de alfaiate ao seu redor, no espaço livre. A mulher foi para trás do balcão, deu à criança que entrara a lata de parafina e recebeu dela um cântaro.

— Minha mãe disse para pôr na conta — falou a criança, e se foi.

A mulher anotou em um livro, depois entrou na cozinha com o cântaro. O marido, um homem enorme, levantou-se e trouxe mais carvão para o fogo já quente. Movia-se devagar e indolentemente. Já perdia a energia. Sendo alfaiate, seu corpo grande se tornara um estorvo para ele. Na juventude fora um grande dançarino e pugilista. Agora, estava mal-humorado e inativo. O ministro não tinha nada a dizer, e assim procurou pelas palavras. Mas John Durant ignorou-o, permanecendo em silêncio e monotonia.

A Sra. Durant pôs a toalha. O marido se serviu de cerveja em uma caneca e começou a fumar e beber.

— Quer um pouco? — resmungou por entre a barba para o pastor, olhando lentamente do homem para o cântaro, sendo capaz apenas de ter este pensamento.

— Não, obrigado — replicou o Sr. Lindley, embora estivesse com vontade de tomar cerveja.

Ele devia dar o exemplo em uma paróquia de beberrões.

— Precisamos de um gole para podermos continuar — disse a Sra. Durant.

Ela possuía modos bastante queixosos. O pastor permaneceu sentado, pouco à vontade, enquanto ela punha a mesa para o almoço às 10h30. O marido parou para comer. Ela permaneceu em sua pequena cadeira de braços, arredondada, perto do fogo.

Era uma mulher que gostaria de ter tido uma vida confortável, mas que, no entanto, teve uma família rude e turbulenta e um marido preguiçoso, que não se importava consigo mesmo ou com qualquer outra pessoa. Assim, seu rosto franco, que já fora atraente, revelava aborrecimento, e ela tinha a aparência de ter sido forçada a servir, a vida toda, de forma indesejável, e a governar onde não queria. Havia nela, também, essa altivez dominadora da mulher que educou os filhos: mas também os havia criado com certa má vontade. Gostava de tomar conta de seu pequeno armarinho, de guiar a carroça de transporte até Nottingham, visitando os grandes armazéns para comprar mercadorias. Mas não gostava da agitação da maternidade. Amava apenas o mais novo, porque era o último, e ela finalmente se via livre.

Aquela era uma das casas que o pastor visitava ocasionalmente. A Sra. Durant, como parte de seus hábitos, havia criado os filhos na Igreja Anglicana. Não que tivesse qualquer religião. Apenas era ao que estava acostumada. O Sr. Durant era ateu. Lia a ardorosamente evangélica *Life of John Wesley* com um estranho prazer, obtendo da obra uma satisfação como a alcançada com a calidez do fogo ou com um cálice de conhaque. Mas, na verdade, ele não dava mais importância a John Wesley* do que a John Milton**, de quem nunca ouvira falar.

A Sra. Durant aproximou a cadeira do fogo.

— Não estou com vontade de comer — suspirou ela.

— Por quê? Não está bem? — perguntou o pastor, condescendente.

— Não é isso — suspirou ela. A boca se fechou, reta. — Não sei o que será de nós.

Mas o pastor já estava desmoralizado havia tanto tempo que não se compadecia facilmente.

— Tem algum problema? — perguntou.

— Se tenho algum problema! — gritou a mulher idosa. — Terminarei meus dias no asilo.

---

*John Wesley (1703-1791) foi um clérigo anglicano e teólogo cristão britânico. (*N. do E.*)
**John Milton (1608-1674) foi um poeta, intelectual e prosista, defensor do republicanismo. (*N. do E.*)

O ministro esperou, impassível. O que ela podia saber de miséria dentro de sua casinha cheia de fartura!

— Espero que não — disse ele.

— E o único filho que eu queria perto de mim... — lamentou-se ela.

O ministro ouviu sem compaixão, bastante indiferente.

— O filho que seria um apoio para a minha velhice! O que será de nós? — disse ela.

O ministro, honestamente, não acreditava no seu grito de pobreza, mas perguntou o que ocorrera com o filho.

— Aconteceu alguma coisa a Alfred? — interrogou.

— Soubemos que ele vai ser marinheiro da rainha — disse ela, asperamente.

— Ele se alistou na Marinha! — exclamou o Sr. Durant. — Acho que seria difícil fazer coisa melhor: servir sua rainha e o país no mar...

— Preciso dele para *me* servir — gritou ela. — E queria meu garoto em casa.

Alfred era o seu bebê, o último filho, a quem ela se dera o luxo de mimar.

— Sentirá falta dele — disse o Sr. Lindley —, sem dúvida. Mas ele não deu um passo que se deva lamentar, ao contrário.

— É fácil para o senhor dizer isso, Sr. Lindley — replicou ela, mordaz. — Acha que quero meu rapaz subindo em cordas sob as ordens de outro homem, como um macaco?

— Não é *desonra*, certamente, servir na Marinha?

— Desonra isto, desonra aquilo — gritou a mulher idosa, zangada. — Ele vai se tornar um escravo de si mesmo, e se arrependerá.

Sua impaciência encolerizada e desdenhosa exasperou o pastor, e ele permaneceu calado por alguns momentos.

— Não acho — retrucou o pastor, afinal, com ar maldoso e impróprio — que se deva chamar o serviço da rainha de maior escravidão do que trabalhar em uma mina.

— Em casa, ele estava à vontade, era dono de si mesmo. Eu sei que ele sentirá a diferença.

— Talvez seja a causa de seu êxito — disse o pastor. — Ficará afastado das más companhias e da bebida.

Alguns dos filhos dos Durants eram beberrões notórios, e Alfred não era muito equilibrado.

— E por que ele não deveria tomar seu trago? — gritou a mãe. — Não rouba ninguém para pagar sua bebida!

O pastor enrijeceu com o que pensou ser uma alusão à sua profissão e contas não pagas.

— Com toda a devida consideração, estou contente por ouvir que ele se alistou na Marinha — disse.

— Eu, com a velhice chegando, e o pai dele trabalhando muito pouco! Eu lhe agradeceria se ficasse contente por outro motivo que não esse, Sr. Lindley!

A mulher começou a chorar. O marido, impassível, terminou seu almoço de pastelão de carne e bebeu um pouco de cerveja. Depois, virou-se para o fogo, como se não houvesse ninguém na sala além dele mesmo.

— Respeito todos os homens que servem a Deus e a seu país no mar, Sra. Durant — disse o pastor, teimosamente.

— Isso é muito bom quando não são os seus filhos que estão fazendo o trabalho sujo. Faz grande diferença — replicou ela, irritada.

— Eu ficaria orgulhoso se um dos meus filhos se alistasse na Marinha.

— Sim! Bem, não somos todos iguais...

O pastor se levantou. Colocou um grande papel dobrado sobre a mesa.

— Trouxe o almanaque — falou.

A Sra. Durant o abriu.

— Gosto de um pouco de colorido nestas coisas — disse, de modo petulante.

O pastor não respondeu.

— Lá está o envelope para o dinheiro da organista — disse a mulher e, erguendo-se, retirou o envelope de cima do consolo da lareira, entrou na loja e voltou, fechando-o.

— É tudo que posso dar — disse.

O Sr. Lindley saiu, levando no bolso o envelope com a doação da Sra. Durant para os serviços de Louisa. Foi de porta em porta, entregando os calendários, em rotina tediosa. Exausto com a monotonia do negócio, e com o esforço repetido de cumprimentar pessoas que conhecia pouco, sentiu-se aborrecido e muito irritado. Afinal, voltou para casa.

Havia uma pequena lareira acesa na sala de jantar. A Sra. Lindley, cada vez mais corpulenta, jazia no divã. O pastor cortou o carneiro frio. A Srta. Louisa, baixa, gorda e muito corada, entrou, vindo da cozinha; a Srta. Mary, morena, com semblante lindamente pálido e olhos cinzentos, serviu as verduras. As crianças conversavam um pouco, mas sem energia. O próprio ar parecia faminto.

— Fui à casa dos Durants — disse o pastor, enquanto servia pequenas porções de carneiro. — Parece que Alfred fugiu para se alistar na Marinha.

— Bom para ele — soou a voz rude da sua esposa inválida.

A Srta. Louisa, servindo a criança menor, ergueu a cabeça em protesto.

— Por que ele fez isso? — perguntou a voz baixa e musical de Mary.

— Suponho que esteja à procura de emoções — disse o pastor. — Vamos orar?

As crianças estavam prontas, todas inclinaram as cabeças, a Ação de Graças foi rezada e, afinal, ao soar a última palavra, todos os rostos se ergueram para continuar o interessante assunto.

— Ele fez uma coisa certa, pelo menos uma vez na vida — soou a voz bastante grave da mãe. — Escapou de se tornar um bêbado, como o resto dos homens da família.

— Não são *todos* bêbados, mamãe — disse a Srta. Louisa, teimosa.

— Não é por culpa de sua educação que não são. Walter Durant é definitivamente uma desgraça.

— Conforme eu disse à Sra. Durant — falou o pastor, enquanto comia avidamente —, é a melhor coisa que ele poderia ter feito. A Marinha o levará para longe da tentação durante os anos mais perigosos de sua vida... Quantos anos ele tem? Dezenove?

— Vinte — respondeu a Srta. Louisa.

— Vinte! — repetiu o pastor. — A Marinha lhe dará total disciplina e colocará diante dele um certo tipo de padrão de dever e honra. Nada poderia ter sido melhor. Mas...

— Sentiremos falta dele no coro — disse a Srta. Louisa, como se tomasse posição contrária à dos pais.

— Como quer que seja — disse o pastor —, prefiro saber que ele está seguro na Marinha a vê-lo correr o risco de andar por maus caminhos aqui.

— Ele estava indo para o mau caminho? — perguntou a teimosa Srta. Louisa.

— Sabe, Louisa, ele não é mais o que costumava ser — disse a Srta. Mary, gentil e firmemente.

A Srta. Louisa, amuada, fechou o maxilar bastante espesso. Desejava protestar, mas sabia que era verdade.

Para ela, ele havia sido um rapaz sorridente, caloroso, com um ar bondoso e rico em si mesmo. Ele a havia feito se sentir animada. Parecia que os dias eram mais frios desde sua partida.

— A melhor coisa, realmente, que ele podia fazer — disse a Sra. Lindley, com ênfase.

— Acho que sim — falou o pastor. — Mas a mãe dele quase achou um desaforo eu ter sugerido isso.

Falava em tom magoado.

— E desde quando ela se importa com o bem-estar dos filhos? — disse a inválida. — Ela só se preocupa com seus salários.
— Acho que o queria em casa, com ela — disse a Srta. Louisa.
— Sim, queria. À custa de ele aprender a ser um bêbado como o resto da família — replicou a mãe.
— George Durant não bebe — defendeu a filha.
— Porque se queimou tão gravemente quando tinha 19 anos, na mina, que ficou com medo. A Marinha, ao menos, é um remédio melhor que esse.
— Certamente — falou o pastor. — Certamente.
E a Srta. Louisa concordou com isto. Não podia, no entanto, deixar de sentir raiva por ele ficar longe tantos anos. Ela própria só tinha 19 anos.

III

Quando a Srta. Mary tinha 23 anos, o Sr. Lindley ficou muito doente. A família estava extremamente pobre nessa época. Precisavam de muito dinheiro, e havia tão pouco capital disponível. Nem a Srta. Mary nem a Srta. Louisa tinham pretendentes. Que chance tinham? Não conheceram nenhum rapaz elegível em Aldecross. E o que ganhavam era uma simples gota no deserto. Os corações das moças estavam frios e endurecidos por medo dessa penúria perpétua, triste, dessa luta difícil, dessa terrível incapacidade em suas vidas.

Foi, portanto, necessário encontrar outro pastor para o serviço da igreja. Naquele momento, o filho de um velho amigo do Sr. Lindley estava esperando havia três meses para assumir seus deveres. Ele oficiaria por nada. O jovem pastor era esperado com entusiasmo. Não tinha mais de 27 anos, era mestre em letras por Oxford e havia escrito sua tese sobre direito romano. Descendia de uma antiga família do condado de Cambridge, tinha alguma renda própria, ia tomar conta de uma igreja no condado do Northampton com boa remuneração e era solteiro. A Sra. Lindley contraiu novas dívidas e pouco lamentou a doença do marido.

Mas, quando o Sr. Massy chegou, houve um choque de desapontamento na casa. Tinham esperado um rapaz de cachimbo e voz grave, mas com melhores maneiras que Sidney, o filho mais velho dos Lindleys. Em vez disso, chegou um homem pequeno, raquítico, pouco maior que um menino de 12 anos, de óculos, excessivamente tímido, sem uma palavra para dizer a princípio. Possuía, no entanto, uma certa autoconfiança incomum.

"Que pequena monstruosidade!", foi a exclamação da Sra. Lindley para si mesma ao vê-lo pela primeira vez, em seu casaco clerical.

E pela primeira vez, em muitos dias, ela ficou profundamente grata a Deus por todos os seus filhos serem indivíduos decentes.

Ele não tinha habilidades normais de percepção. Em pouco tempo viram que o rapaz carecia do acesso pleno aos sentimentos humanos, mas tinha uma inteligência filosófica e bastante vigorosa, da qual vivia. Se seu corpo era quase inconcebível, sua inteligência era inegável. A conversa assumia imediatamente um tom equilibrado e abstrato quando ele participava. Não havia aclamação espontânea, nenhuma afirmação violenta ou expressão de convicção pessoal, apenas asserções frias, racionais. Isto era muito difícil para a Sra. Lindley. O pequeno homem olhava para ela, após um de seus pronunciamentos, e depois dava, em voz fina, sua versão calculada. E então ela se via como se estivesse desaparecendo através de um buraco, no terreno frágil sobre o qual se desenrolava a conversa. Era ela quem se sentia uma tola. Em pouco tempo, foi reduzida a um silêncio resoluto.

Ainda assim, no fundo de sua mente, a mulher se lembrava de que ele era um cavalheiro não comprometido, que em breve teria uma renda total de 600 ou 700 libras por ano. O que importava o homem, se houvesse despreocupação financeira? Ele era uma bagatela dada de bandeja. Depois de 22 anos, seu sentimentalismo estava desgastado, e somente o fardo da pobreza lhe importava. Assim, apoiava o homenzinho como representante de uma renda decente.

O hábito mais irritante do novo pastor era uma risadinha desdenhosa, característica, que acontecia quando ele percebia ou contava um absurdo ilógico cometido por outra pessoa. Era a única forma de humor que possuía. A idiotice de raciocínio parecia-lhe extremamente engraçada. Mas qualquer romance era ininteligível em seu significado e monótono, e ouvia com atenção um tipo escocês de humor, examinando-o como se fosse matemática, ou, então, simplesmente não ouvindo. Não se fazia presente no relacionamento humano normal. Era totalmente incapaz de tomar parte em conversas comuns, rotineiras. Andava pela casa em silêncio ou ficava sentado na sala de jantar, olhando de um lado para o outro, nervoso, sempre distante em um mundo frio, sutil e pequeno, só seu. Às vezes, fazia um comentário irônico, que não parecia importante do ponto de vista humano, ou dava sua risadinha, com um tom de escárnio. Tinha que defender-se, e também a sua inadequação. Respondia às perguntas de má vontade, com um sim ou um não, porque não via sua importância e ficava nervoso. A Srta. Louisa tinha impressão de que ele mal distinguia uma pessoa da outra, mas que gostava de ficar perto dela ou da Srta. Mary, por algum tipo de estímulo desconhecido para ele.

À parte de tudo isso, ele se revelou o trabalhador mais admirável. Era bastante tímido, mas perfeito em seu sentido do dever: até onde era capaz de compreender o cristianismo, ele era um perfeito cristão. Nunca deixava de ajudar alguém quando podia, embora fosse tão incapaz de entrar em contato com outro ser que não poderia oferecer ajuda. Agora, cuidava com assiduidade dos homens doentes, investigava todos os assuntos da paróquia ou igreja que o Sr. Lindley controlava, acertava todas as contas, fazia listas dos doentes e necessitados, andava de um lado para o outro auxiliando e analisando o que podia fazer. Ouviu falar da ansiedade da Sra. Lindley sobre seus filhos e começou a procurar meios para enviá-los a Cambridge. A bondade dele quase assustava a Srta. Mary. Ela a reverenciava tanto, e, contudo, fugia dela. Porque, de uma maneira geral, o Sr. Massy não parecia notar qualquer pessoa, qualquer ser humano que ajudava: realizava apenas uma espécie de cálculo matemático, solucionando problemas apresentados, como uma boa ação calculada. E era como se houvesse aceitado os princípios cristãos como axiomas. Sua religião consistia no que a mente escrupulosa e abstrata aprovava.

A Srta. Mary devia respeitá-lo e honrá-lo, vendo suas ações. Em consequência, devia servi-lo. Teve que se obrigar a isso, sobressaltada, e, no entanto, desejosa, mas ele não entendeu. Ela o acompanhava em suas visitas à paróquia, e, enquanto se sentia fria em sua admiração por ele, muitas vezes era tocada por compaixão pela pequena figura que caminhava de ombros curvados e com seu sobretudo abotoado até o queixo. Ela era uma moça atraente, calma, alta, com uma serenidade bonita. Suas roupas eram malfeitas e usava um cachecol de seda preta, uma vez que não possuía nenhum casaco de pele. Mas era uma dama. Quando as pessoas a viam caminhando em direção a Aldecross, ao lado do Sr. Massy, diziam:

— Que bom partido a Srta. Mary conseguiu. Já viu, alguma vez, um nanico tão fraco?

Ela sabia o que diziam, e isso fazia seu coração irritar-se contra aquelas pessoas, aproximando-se de maneira protetora, por assim dizer, do pequeno rapaz ao seu lado. De qualquer forma, ela via e respeitava sua genuína bondade.

Ele não podia caminhar depressa ou percorrer grandes distâncias.

— Não tem passado bem? — perguntou ela, com seu modo distinto.

— Tenho um problema interno.

Ele não estava ciente do leve tremor da Srta. Mary. Houve silêncio, enquanto ela se curvava para recuperar a compostura e retomar a maneira delicada com ele.

O rapaz gostava da Srta. Mary. Ela tomara como regra de hospitalidade que ele fosse sempre acompanhado por ela ou pela irmã em suas raras visitas à paróquia. Mas, em algumas manhãs, a Srta. Mary tinha um compromisso. Então, a Srta. Louisa tomava o seu lugar. Não adiantava se a Srta. Louisa tentasse adotar uma atitude própria de rainha dirigida ao Sr. Massy. Ela era incapaz de olhá-lo, a não ser com aversão. Quando o via por trás, magro e de ombros curvados, parecendo um débil garoto de 13 anos, ela antipatizava muito com ele e sentia vontade de matá-lo. E, no entanto, uma justiça mais profunda acometia Mary, tornando Louisa humilde diante da irmã.

Iam visitar o Sr. Durant, que estava paralítico e condenado. A Srta. Louisa ficou francamente envergonhada por entrar no rústico casebre em companhia do pequeno pastor.

A Sra. Durant, todavia, estava muito mais calada devido ao seu problema verdadeiro.

— Como está o Sr. Durant? — perguntou Louisa.

— Não está diferente... e não esperamos que esteja — foi a resposta.

O pequeno pastor ficou de pé, como um espectador.

Subiram. Os três permaneceram parados durante algum tempo, olhando para a cama, para a cabeça grisalha do velho sobre o travesseiro, a barba entremeada de fios brancos sobre o lençol. A Srta. Louisa ficou chocada e com medo.

— É tão terrível — disse ela, com um estremecimento.

— É como eu sempre achei que seria — replicou a Sra. Durant.

A Srta. Louisa teve medo dela. As mulheres estavam inquietas esperando que o Sr. Massy dissesse alguma coisa. Ele permaneceu imóvel, pequeno e curvado, nervoso demais para falar.
— Ele compreende alguma coisa? — perguntou, afinal.
— Talvez — disse a Sra. Durant. — Pode ouvir, John? — perguntou em voz alta.
Os olhos azuis e apáticos do homem a fixaram fracamente.
— Sim, ele compreende — disse a Sra. Durant ao rapaz.
Exceto pelo olhar apático, o homem doente jazia como morto. Os três permaneceram de pé em silêncio. A Srta. Louisa era obstinada, mas sentia o coração entristecer sob o fardo da morte. Foi o Sr. Massy quem a manteve ali, disciplinada. Sua vontade inumana dominava todos eles.

Então, ouviram um som embaixo, os passos de um homem, e uma voz masculina que interrogou, em tom baixo:
— Está aí em cima, mãe?
A Sra. Durant teve um sobressalto e caminhou para a porta. Mas um passo rápido, firme, já corria pelas escadas acima.
— Cheguei um pouco cedo, mãe — disse uma voz emocionada, e viram o vulto do marinheiro no patamar.
A mãe se acercou e abraçou-se a ele. De repente, ela teve consciência de que precisava de alguma coisa em que se apoiar. Ele pôs os braços em volta dela e inclinou-se, beijando-a.
— Ele não se foi, mãe? — perguntou com ansiedade, lutando para controlar a voz.
A Srta. Louisa desviou o olhar da mãe e do filho que permaneciam juntos no patamar escuro. Não podia tolerar que ela e o Sr. Massy estivessem ali. O jovem pastor se encontrava de pé, nervoso, pouco à vontade diante da emoção que fluía. Era uma testemunha nervosa, relutante, mas desapaixonada. Para o coração ardente da Srta. Louisa parecia errado, totalmente errado, eles estarem ali.
A Sra. Durant entrou no quarto com o rosto molhado.

— Aqui estão a Srta. Louisa e o pastor — falou, quase sem voz e trêmula.

O filho esguio, de rosto corado, aproximou-se para cumprimentá-los. Mas a Srta. Louisa estendeu a mão. Depois, viu os olhos cor de avelã do rapaz reconhecerem-na por um momento, e seu iluminado sorriso se mostrou em um lampejo de saudação que ela há muito amava. Ficou muito inibida. Ele se aproximou da cama; suas botas rangeram na casa de argamassa; sua cabeça se inclinou com dignidade.

— Como está, papai? — perguntou, pousando a mão sobre o lençol, vacilante.

Mas o velho tinha o olhar fixo e embaçado. O filho permaneceu completamente imóvel por alguns minutos, depois recuou devagar. A Srta. Louisa viu o contorno bonito do seu tórax sob a blusa azul de marinheiro, quando seu peito começou a suspirar.

— Ele não me conhece — falou, virando-se para a mãe.

Aos poucos, ele empalideceu.

— Não, meu filho! — gritou a mãe, compassiva, erguendo o rosto.

E, de repente, ela encostou o rosto contra o ombro do filho, que se curvou para ela, apertando-a contra si, e a mulher chorou alto por um minuto ou dois. A Srta. Louisa viu o corpo do rapaz estremecer com os soluços, ouvindo o som agudo de sua respiração. Ela desviou o olhar, com lágrimas escorrendo por seu rosto. O pai jazia inerte sobre a cama branca, e o Sr. Massy parecia estranho e esquecido, tão pequeno, agora que o marinheiro de pele bronzeada estava no quarto. Ficou esperando. A Srta. Louisa queria morrer, queria estar morta. Não ousava se virar de novo para olhar.

— Devo fazer uma oração? — soou a voz débil do pastor, e todos se ajoelharam.

A Srta. Louisa tinha medo do homem imóvel na cama. Depois, sentiu um lampejo de temor do Sr. Massy ao ouvir sua voz fina, desapaixonada. E, em seguida, mais calma, ergueu os olhos. Do lado oposto da cama estavam a cabeça da mãe e do filho, a primeira com a touca de renda preta, a nuca branca à mostra, o segundo com cabelos castanhos fustigados pelo sol, muito curto e duro para permitir um penteado, e o pescoço bronzeado e sólido, inclinado como se contra a vontade. A grande barba grisalha do velho não se movia, mas a oração continuava. O Sr. Massy pregou, com uma lucidez pura, que todos deviam se conformar com a vontade de Deus. Ele se parecia com algo que dominava as cabeças curvadas, algo rancoroso que os governava, inexorável. A Srta. Louisa tinha medo dele. E, durante a oração, ficou inclinada a ter um pouco de respeito por ele. Era como uma antecipação da morte fria, inexorável, um critério de pura justiça.

Naquela noite, ela contou a Mary sobre a visita. Seu coração e suas veias estavam possuídos pelo pensamento em Alfred Durant, enquanto ele mantinha a mãe em seus braços; depois, a interrupção na voz dele, quando se lembrou dela uma ou outra vez, era como uma chama que a atravessava, e ela queria ver o rosto do rapaz com mais nitidez em sua mente. Corado do sol, os olhos castanho-dourados bondosos e despreocupados, tensos agora com um medo natural, o belo nariz fortemente bronzeado pelo sol, a boca que não podia deixar de sorrir para ela. E sentiu orgulho em pensar na figura do rapaz, um forte ímpeto de vida.

— É um homem atraente — disse ela à Srta. Mary, como se ele não fosse um ano mais velho que ela.

Por trás disso estava o horror mais profundo, quase ódio, da existência desumana do Sr. Massy. Sentia que devia proteger Alfred e ela própria contra ele.

— Quando vi o Sr. Massy lá — disse ela — quase o odiei. Que direito tinha ele de estar naquela casa!

— Certamente, ele tem todo o direito — disse a Srta. Mary após uma pausa. — Ele é, *realmente*, um cristão.

— Para mim, parece quase um imbecil — disse a Srta. Louisa.

A Srta. Mary, tranquila e bela, ficou em silêncio por um momento.

— Oh, não! — disse ela. — *Imbecil* não.

— Bem, mas ele me lembra uma criança de 6 meses ou 5, que não teve tempo de se desenvolver o suficiente antes de nascer.

— Sim — disse a Srta. Mary devagar. — Há alguma coisa que falta nele. Mas há algo maravilhoso também: ele é realmente *bondoso*.

— Sim — disse a Srta. Louisa — mas não parece certo que seja. Que direito tem *aquilo* de ser chamado de bom!

— Mas *é* bondade — insistiu Mary. Depois acrescentou, com uma risada: — Vamos, você não negaria isso, tampouco.

Havia obstinação em sua voz. Ela andou de um lado para outro, muito tranquila. Em sua alma, sabia o que ia acontecer. Sabia que o Sr. Massy era mais forte e que ela devia submeter-se ao que ele era. O eu físico dela era mais orgulhoso, mais poderoso que ele, e sentia aversão pelo rapaz, desprezava-o. Mas ela estava nas mãos da natureza moral e mental do homem. E sentia que os dias indicavam sua sorte. E sua família observava.

IV

Alguns dias depois, o velho Sr. Durant morreu. A Srta. Louisa viu Alfred mais uma vez, mas ele estava rijo diante dela agora, tratando-a não como uma pessoa, mas como se fosse algum tipo de voz de comando, e ele, uma voz isolada, distinta, esperando diante dela. A Srta. Louisa jamais sentira uma separação tão absoluta e tão sólida em relação a ninguém. Ficava intrigada e assustada. O que acontecera com ele? Ela odiava a disciplina militar — era-lhe antagônica. Agora, Alfred não era ele mesmo. Era a voz que obedece, contra a vontade, a que comanda. Ela hesitava em aceitar isto. Ele se havia colocado em posição inferior, subordinado a ela. E era assim que Alfred podia fugir dela, era assim que ele evitaria qualquer ligação com ela: postando-se à sua frente, de forma impessoal no campo contrário, assumindo a posição abstrata de um inferior.

A Srta. Louisa meditava sobre isso com firmeza e tristeza, pensava e pensava. Seu coração impetuoso e obstinado não podia ceder. Agarrava-se aos seus direitos. Às vezes, ela o punha de lado. Por que deveria ele, seu subordinado, perturbá-la? Depois, voltava para ele, e quase o odiava. Era a maneira dele de encontrar sua saída. A moça sentia a covardia do rapaz, colocando-a em uma classe superior e colocando-se, inacessivelmente, à parte, em uma classe inferior, como se ela, a mulher sensível que gostava dele, não contasse. Mas não se submeteria. Em seu coração obstinado, permaneceu fiel.

V

Dentro de seis meses, a Srta. Mary havia se casado com o Sr. Massy. Não houve namoro, ninguém fez qualquer comentário. Mas todos estavam tensos e insensíveis com a expectativa. Quando, um dia, o Sr. Massy pediu a mão de Mary, o Sr. Lindley se sobressaltou e estremeceu ao ouvir a voz fina, abstrata, do pequeno homem. Sr. Massy estava muito nervoso, mas, de uma maneira estranha, muito decidido.

— Ficarei muito contente — disse o pastor — mas, naturalmente, a decisão é da própria Mary.

E sua mão ainda fraca tremeu quando moveu uma Bíblia sobre sua mesa.

O homenzinho, mantendo fixamente sua ideia, saiu da sala para encontrar a Srta. Mary. Passou muito tempo sentado ao lado dela, enquanto ela conversava, antes de estar pronto para falar. A moça temia o que estava a caminho e permaneceu rígida, apreensiva. Sentiu como se seu corpo fosse se erguer e atirar o Sr. Massy longe. Mas sua alma esperava e estremecia. Aguardou, esperançosa, quase querendo-o. E então percebeu que ele falaria.

— Já perguntei ao Sr. Lindley — disse o pastor, enquanto ela olhava de relance, com aversão, para os pequenos joelhos — se aceitaria meu pedido de casamento. — Estava ciente de sua desvantagem, mas a decisão estava tomada.

Ela se sentiu fria enquanto continuava sentada e impenetrável — quase como se houvesse se transformado em pedra. Ele esperou um momento, nervoso. Não iria persuadi-la. Ele próprio jamais chegara a dar ouvidos à persuasão, mas ia à procura do que queria. Olhou para ela, seguro de si, inseguro quanto a ela, e disse:

— Você quer se tornar minha esposa, Mary?

O coração de Mary continuava insensível. Ela tinha uma postura orgulhosa.

— Gostaria de falar com mamãe primeiro — disse.

— Muito bem — replicou o Sr. Massy e, em um instante, afastou-se.

Mary dirigiu-se à mãe. Foi fria e reservada.

— O Sr. Massy pediu que eu me case com ele, mamãe — disse.

A Sra. Lindley continuou olhando para seu livro. Estava contida em sua emoção.

— Bem, e o que você disse?

Ambas se mantinham calmas e frias.

— Eu disse que falaria com você antes de lhe dar uma resposta.

Isso equivalia a uma pergunta. A Sra. Lindley não queria responder. Ajeitou com irritação o corpo pesado no divã. A Srta. Mary se sentou, calma e ereta, com a boca fechada.

— Seu pai acha que não seria um mau casamento — disse a mãe, fingindo casualidade.

Nada mais foi dito. Todos permaneceram calados. A Srta. Mary não falou com a Srta. Louisa, o reverendo Ernest Lindley desapareceu.

À noite, a Srta. Mary aceitou o Sr. Massy.

— Sim, eu me casarei com você — disse ela, até mesmo com um pequeno gesto de ternura.

O rapaz ficou embaraçado, mas satisfeito. Ela pôde vê-lo movendo-se em sua direção; sentiu o homem que havia nele, frio e vitorioso, se autoafirmando. Ela permaneceu rígida e esperou.

Quando a Srta. Louisa soube, ficou silenciosa, com uma raiva amarga contra todos, até contra Mary. Sentiu sua confiança abalada. As coisas verdadeiras para ela, afinal de contas, não importavam? Queria ir embora. Pensou no Sr. Massy. Ele tinha algum curioso poder, um direito incontestável. Era uma vontade que não podiam debater. De repente, um ardor surgiu nela. Se ele tivesse se aproximado, ela o teria atirado para fora da sala. Ele jamais iria *tocá-la*. E estava contente. Estava alegre porque seu sangue se revoltaria e exterminaria o homenzinho, se ele se acercasse demais dela, não importava o quanto sua capacidade de decisão fosse tolhida por ele, não importava o quanto ele agisse com bondade teórica. Pensou que era perversa por estar contente, mas estava contente.

— Eu o lançaria para fora da sala com um peteleco — disse, experimentando uma enorme satisfação com essa declaração franca.

Talvez, contudo, devesse ainda achar que Mary, em seu plano, era um ser superior a ela. Mas então Mary era Mary, e ela era Louisa, e isso também era imutável.

A Srta. Mary, casando-se, tentou tornar-se um intelecto puro como ele, sem sentimentos ou impulsos. Reduziu-se ao silêncio, fechou-se rigidamente contra as angústias da vergonha e o terror da violação física, que veio primeiro. Ela não *iria* sentir, e não *sentiria*. Era uma vontade inocente, submissa a ele. Escolheu um certo tipo de destino. Seria boa e puramente justa, viveria em liberdade maior do que jamais experimentara, seria livre de preocupações mundanas, era uma vontade pura voltada para a razão. Havia se vendido, mas tinha uma nova liberdade. Livrara-se de seu corpo. Havia vendido uma coisa inferior, seu corpo, por algo superior: a libertação do que é material. Considerava que, com seu corpo, pagava por tudo que recebia do marido. Assim, com certa independência, ela se movia orgulhosa e livre. Havia pago com seu corpo: qualquer dúvida quanto a isso estava fora de cogitação daquele momento em diante. Estava contente por livrar-se dele. Comprara sua posição no mundo — que, dali para a frente, tinha como certa. Restava apenas conduzir suas atividades para a caridade e para uma vida nobre.

A Srta. Mary mal podia suportar outras pessoas ao seu lado e de seu marido. Sua vida privada era uma vergonha para ela. Mas podia mantê-la escondida. Vivia quase isolada na reitoria do pequeno vilarejo a quilômetros da via férrea. Sofria, como se fosse um dano à própria carne, ao ver a repulsa que algumas pessoas sentiam pelo marido, ou a maneira diferente como o tratavam, como se ele fosse um "objeto qualquer". Mas a maioria das pessoas ficava pouco à vontade diante dele, o que restaurava o orgulho de Mary.

Se se permitisse tal coisa, ela o teria odiado, odiado o seu andar pela casa, a voz fina ausente de qualquer compreensão humana, os ombros curvados e o rosto tão imperfeito que lhe lembrava uma monstruosidade. Mas ela manteve sua posição com rigor. Cuidava do marido e era correta com ele. Sentia também um medo profundo, arraigado dele, algo que parecia escravizá-la.

Não era possível apontar muitos erros no comportamento do Sr. Massy. Ele era escrupulosamente justo e bondoso de acordo com sua consciência. Mas o homem em si era frio e presunçoso, além de ser extremamente dominador. Ela não esperara isso de um homenzinho débil e imperfeito como ele. Era algo na barganha que ela não compreendera. Isso a fazia manter a calma, ficar quieta. Sabia, vagamente, que estava se matando. Afinal de contas, não era tão fácil livrar-se do próprio corpo. E aquela maneira de dispor dele — ah, às vezes, ela sentia que devia rebelar-se e causar a morte, erguer a mão para a negação total de tudo, causando uma destruição geral.

Ele estava quase inconsciente do que acontecia ao seu redor. Não se intrometia na vida doméstica, ela fazia o que queria na casa. Na verdade, Mary passava muito tempo sem o marido. Ele ficava esquecido por horas. Era afável e ansiosamente cortês. Mas quando achava que estava certo, sua vontade era apenas cegamente viril, como uma máquina insensível. E, na maioria dos casos, estava logicamente certo, ou tinha a seu favor a justiça do credo que compartilhavam. Era verdade. Ela não tinha nada a que se opor.

Depois, ela se viu grávida e pela primeira vez sentiu horror, temerosa diante de Deus e do homem. Também tinha que passar por aquilo — era o certo. Quando a criança nasceu, era um menino sadio, bonito. Quando ela segurou o bebê entre as mãos, seu coração lhe doía no corpo. A sua carne, que estava massacrada e muda, devia exprimir-se novamente no menino. Afinal, ela tinha que viver — não era tão simples, depois de tudo. Nada estava completamente acabado. Ela olhou demoradamente para o bebê e quase o odiou, sofrendo uma angústia de amor por ele. Odiava-o porque ele fazia sua carne viver novamente, quando ela não *podia* viver da sensualidade, não podia. Queria esmagar a carne, oprimi-la, extingui-la, para viver somente do espírito. E agora, havia a criança. Era cruel demais, excessivamente torturante, porque devia amá-la. Seu propósito partiu-se novamente em dois. Ela tinha que se tornar amorfa, vazia, sem existência real. Como mãe, era uma pessoa incompleta, desprezível.

O Sr. Massy, cego para tudo que dizia respeito ao sentimento humano, tornou-se obcecado pela ideia do filho. Quando este chegou, de repente todo mundo se encheu de afeto por ele. Era a obsessão do homem, que temia pela segurança e bem-estar do bebê. Era algo novo, como se ele próprio tivesse nascido, uma criança nua, consciente de seu desamparo e cheia de apreensão. Ele, que durante a vida toda nunca tivera consciência de ninguém mais, agora estava ciente apenas do filho, e de mais nada. Não que alguma vez brincasse, ou o beijasse, ou cuidasse dele. Não fazia nada pelo filho. Mas a criança o dominava, o preenchia e, ao mesmo tempo, esvaziava sua mente. Para ele, o mundo todo se resumia ao bebê.

E isso sua esposa também tinha que suportar. A pergunta: "Por que ele está chorando?", e o aviso ao primeiro som: "Mary, é o bebê.", e seu nervosismo se havia um atraso de cinco minutos na hora da alimentação. Ela havia barganhado para isso — agora, devia cumprir as condições do acordo.

VI

A Srta. Louisa, à vontade no vicariato escuro, sofrera muito com o casamento da irmã. Tendo, certa vez, começado a chorar por causa disso, durante o noivado, fora silenciada pela frase tranquila de Mary:

— Não concordo com você sobre ele, Louisa, e *quero* me casar.

Depois, a Srta. Louisa ficara profundamente zangada, e, portanto, calada. Esse estado perigoso iniciou a transformação nela. Sua mudança súbita a fez afastar-se de Mary, a quem ninguém contestara até então.

— Eu mendigaria nas ruas descalça, primeiro — disse a Srta. Louisa, pensando no Sr. Massy.

Mas era evidente que Mary podia ter feito outra escolha. Assim, Louisa, a mais prática, sentiu de repente que o ideal de

Mary era, afinal de contas, discutível. Como ela podia ser pura? Uma pessoa não pode agir de maneira vil e ter uma existência espiritual. Louisa suspeitou da grande espiritualidade da irmã. Não era mais verdadeira para ela. E se Mary era espiritual e estava desorientada, por que o pai não a protegia? Por causa do dinheiro. Desagradava-lhe inteiramente o assunto, mas recuou por causa do dinheiro. E a mãe, francamente, não se importava: as filhas podiam fazer o que quisessem. Seu pronunciamento foi:

— O que quer que aconteça a *ele*, Mary estará segura para o resto da vida.

Esse raciocínio tão evidente e leviano enfureceu Louisa.

— Eu preferia estar segura no asilo — gritou.

— Seu pai tomará providências quanto a isso — replicou a mãe, com severidade.

A frase, tão clara, injuriou tanto a Srta. Louisa que ela odiou a mãe profundamente, bem no fundo do coração, e quase odiou a si mesma. O rancor levou muito tempo para se dissipar. Mas aos poucos se foi, e enfim, a jovem disse:

— Eles estão errados, todos estão errados. Têm atormentado suas almas pelo que não vale nada, e não há o mínimo de amor entre eles, em parte alguma. E eu *terei* amor. Querem que o reneguemos. Nunca o encontraram, e querem dizer que ele não existe. Mas eu o *terei*. Eu *amarei*... é um direito inato. Amarei o homem com quem me casar, e isso é tudo com que me preocupo.

Assim, a Srta. Louisa permaneceu afastada de todos. Ela e Mary tinham-se separado por causa do Sr. Massy. Aos olhos de Louisa, Mary, casada com o Sr. Massy, estava degradada. Não suportava pensar na sua irmã orgulhosa, pura, rebaixada em seu corpo daquela maneira. Mary estava errada, errada, errada: não era superior, era imperfeita, incompleta. As duas irmãs permaneceram afastadas. Ainda se amavam, se amariam enquanto vivessem: mas tinham caminhos diferentes, uma nova solidão atingiu a obstinada Louisa, o seu maxilar espesso fixou-se teimosamente. Ela ia seguir seu próprio caminho. Mas que caminho? Estava completamente só, com um mundo vazio diante de si, como se podia dizer que ela tinha um caminho? Possuía, no entanto, a vontade determinada de amar, de ter o homem que amava.

VII

Quando seu menino tinha 3 anos, Mary teve outro bebê, uma menina. Os três anos haviam passado de forma monótona. Tanto poderiam ter sido uma eternidade quanto rápidos como um sonho. Ela não sabia. Havia apenas um peso sobre sua cabeça, sempre, como se algo estivesse tolhendo sua vida. A única coisa que acontecera foi o fato de o Sr. Massy haver se submetido a uma cirurgia. Ele sempre fora extremamente frágil. Cedo a esposa havia aprendido a cuidar dele, mecanicamente, como parte do seu dever.

Mas, naquele terceiro ano, depois de a menina ter nascido, Mary se sentiu oprimida e também deprimida. O Natal se aproximava: o Natal tristonho da reitoria, onde todos os dias tinham a mesma feição sombria. E Mary tinha medo. Era como se as trevas descessem sobre ela.

— Edward, gostaria de passar o Natal em casa — disse ela, e um certo terror a possuiu enquanto falava.

— Mas não pode deixar o bebê — disse o marido, fechando os olhos.

— Podemos ir todos.

Ele refletiu, e falou à sua maneira coletiva.

— Por que deseja ir? — perguntou.

— Porque preciso de uma mudança. Uma mudança me faria bem e seria boa para o leite.

Ele percebeu o desejo na voz da esposa e ficou confuso. Sua linguagem era-lhe incompreensível. Mas, de alguma forma, sentiu que Mary estava decidida. E, enquanto ela estava procriando, quer quando engravidava quer quando amamentava, ele a considerava um tipo especial de pessoa.

— Não faria mal à criança ir de trem? — perguntou.

— Não — respondeu a mãe. — Por que faria?

Foram. Começou a nevar. Da janela de seu vagão de primeira classe, o pequeno pastor observava os grandes flocos de neve passarem depressa, formando uma cortina que escondia o campo. Estava obcecado pela preocupação com o bebê e com medo das correntes de ar no vagão.

— Sente-se bem no canto — disse à esposa — e segure o bebê bem para trás.

Ela se moveu à sua ordem, e olhou a paisagem através da janela. A eterna presença do marido era como um peso de ferro sobre seu cérebro. Mas, ao menos, ela iria fugir por alguns dias.

— Sente-se do outro lado, Jack — falou o pai. — Há menos correntes de ar. Venha para esta janela.

Ele observava o menino com ansiedade. Mas seus filhos eram os únicos seres no mundo que não faziam a menor questão dele.

— Olhe, mãe, olhe! — gritou o menino. — Voam diretamente no meu rosto — falava dos flocos de neve.

— Venha para este canto — repetiu o pai, saindo de outro mundo.

— Ele saltou sobre as costas, mãe, e estão cavalgando para o fundo! — gritou o menino, pulando de alegria.

— Diga-lhe para vir para este lado — ordenou o homem franzino à mulher.

— Jack, ajoelhe nesta almofada — disse a mãe, colocando a mão pálida sobre o local.

O garoto escorregou em silêncio para o local que ela indicara, esperou imóvel um momento, e depois quase deliberada e estridentemente gritou:

— Veja todos aqueles no canto, mãe, fazendo um monte — e apontou para o amontoado de flocos de neve com o dedo pressionado fortemente sobre a vidraça, voltando-se para a mãe com alguma ostentação.

— Todos em um monte! — exclamou ela.

Vendo o rosto da mãe, ele obteve a sua resposta e sentiu-se, de alguma forma, confiante. Vagamente inquieto, via-se seguro quando conseguia atrair a atenção dela.

Chegaram ao vicariato às 14h30 sem terem almoçado.

— Como vai, Edward? — disse o Sr. Lindley, tentando mostrar-se paternal.

Mas ele sempre se mostrava um pouco falso com seu genro, frustrado diante dele: por isso, tanto quanto possível, fechava os olhos e ouvidos para ele. O pastor tinha um aspecto magro, pálido e malnutrido. Havia ficado totalmente grisalho. Era, no entanto, ainda orgulhoso; mas desde que os filhos haviam crescido, o seu orgulho era frágil e podia romper-se a qualquer momento, deixando o pastor apenas como um ser empobrecido, digno de compaixão. A Sra. Lindley deu toda a atenção à filha e às crianças. Ignorou o genro. A Srta. Louisa cacarejou, riu e regozijou-se com o bebê. O Sr. Massy permaneceu afastado, uma figura curvada, persistente.

— Ah, uma beleza! Uma belezinha! Que coisinha bonita veio de trem! — arrulhava a Srta. Louisa para o bebê, agachando-se sobre o tapete da lareira, abrindo a manta branca de lã e expondo a criança ao calor do fogo.

— Mary — disse o pequeno pastor —, acho que seria melhor dar um banho quente na menina; ela pode ficar resfriada.

— Acho que não é necessário — disse a mãe, aproximando-se e fechando a mão, de forma bastante sensata, sobre as mãos e pés rosados do bebê. — Ela não está fria.

— Nem um pouco — gritou a Srta. Louisa. — Não ficará resfriada.

— Vou buscar suas roupas de flanela — disse o Sr. Massy, em sua ideia fixa.

— Posso dar banho nela na cozinha, então — disse Mary em um tom alterado, frio.

— Não pode, a menina está esfregando o chão — disse a Srta. Louisa. — Além disso, o bebê não precisa de banho a esta hora do dia.

— É melhor ela tomar um banho — disse Mary, calma, submissa.

O pescoço da Srta. Louisa se ergueu e ela ficou calada. Quando o homenzinho voltou com as roupas, a Sra. Lindley perguntou:

— Não seria melhor *você* tomar um banho quente, Edward?

Mas o sarcasmo foi ignorado pelo pequeno pastor. Ele estava absorto nos preparativos ao redor do bebê.

A sala estava escura e muito velha, e lá fora a neve, em contraste, parecia maravilhosa, muito branca sobre o caminho e guarnecendo os arbustos com tufos. Dentro havia quadros sombrios pendurados, lugubremente, nas paredes: tudo morria de tristeza.

Exceto no calor do fogo, onde haviam pousado a bacia sobre a lareira. A Sra. Massy, com seu cabelo negro sempre em cachos macios próprios de uma rainha, estava ajoelhada perto da bacia, usando um avental de borracha e segurando a criança, que dava pontapés. O marido estava de pé, segurando as toalhas e roupas de flanela. A Srta. Louisa, que estava zangada demais para partilhar da alegria do banho do bebê, arrumava a mesa. O menino estava pendurado na maçaneta da porta, lutando com ela para sair. O pai olhou ao redor.

— Saia de perto da porta, Jack — disse, inutilmente.

O garoto puxou a maçaneta com mais força, como se não tivesse ouvido. O Sr. Massy piscou para ele.

— Ele deve se afastar da porta, Mary — falou. — Haverá corrente de ar se for aberta.

— Jack, afaste-se da porta, querido — disse a mãe, colocando o bebê molhado e reluzente sobre seu joelho coberto pela toalha; depois, olhando ao redor: — Jack, vá contar à tia Louisa sobre a nossa viagem de trem.

Louisa, também temerosa de abrir a porta, observava a cena sobre a lareira. O Sr. Massy continuava segurando as roupas de flanela do bebê, como se ajudasse em algum cerimonial. Se todos não estivessem zangados e reprimidos, teria sido ridículo.

— Quero olhar pela janela — disse Jack.

O pai se voltou apressadamente.

— Você se importa de colocá-lo em uma cadeira, Louisa? — falou Mary, depressa.

O pai era frágil demais.

Quando o bebê estava vestido com a roupa de flanela, o Sr. Massy subiu e voltou com quatro travesseiros, que colocou no guarda-fogo da lareira para aquecer. Depois, ficou observando a mãe alimentar o bebê, obcecado com a ideia de ter uma filha.

Louisa continuou com os preparativos para a refeição. Não era capaz de dizer por que estava tão obstinadamente zangada. A Sra. Lindley, como sempre, permanecia em silêncio, observando.

Mary carregou a filha para o andar de cima, seguida pelo marido com os travesseiros. Depois de algum tempo, ele tornou a descer.

— O que Mary está fazendo? Por que ela não desce para comer? — interrogou a Sra. Lindley.

— Ela está com o bebê. O quarto é bastante frio. Pedirei à menina para acender o fogo. — Ele caminhava, absorto, para a porta.

— Mas Mary não comeu nada. *Ela* é quem ficará resfriada — disse a mãe, exasperada.

O Sr. Massy pareceu não ouvir. Olhou para a sogra, no entanto, e respondeu:

— Levarei alguma coisa para ela.
Saiu. A Sra. Lindley mudou de posição no divã, com raiva. A Srta. Louisa franziu a testa. Mas ninguém disse coisa alguma, por causa do dinheiro do Sr. Massy que vinha para o vicariato.
Louisa subiu. A irmã estava sentada perto da cama, lendo um recorte de jornal.
— Não vai descer para comer? — perguntou Louisa.
— Em um ou dois minutos — respondeu Mary em uma voz calma e fria, que proibia qualquer pessoa de se aproximar dela.
Era isso que deixava a Srta. Louisa mais furiosa. Desceu e anunciou à mãe:
— Vou sair. Talvez não volte para o chá.

VIII

Ninguém fez comentários sobre sua saída. Ela colocou o chapéu de pele, que as pessoas do vilarejo conheciam tão bem, e a velha jaqueta Norfolk. Louisa era baixa, gorda e pouco elegante. Tinha o maxilar compacto da mãe, o semblante orgulhoso do pai e os olhos cinzentos, melancólicos, muito bonitos quando ela sorria. Era verdade, como as pessoas diziam, que ela parecia intratável. Seu principal atrativo era o cabelo brilhante, abundante, louro-escuro, que cintilava e faiscava com uma riqueza que não lhe era inteiramente desconhecida.
"Onde vou?", perguntou-se ao sair para a neve.
Contudo, não hesitou e, por meio de um andar mecânico, viu-se descendo a colina em direção à velha Aldecross. No vale escuro com as árvores, a mina de carvão respirava em arquejos agonizantes, expelindo altas colunas de um vapor que permanecia ereto, mais branco que a neve sobre os montes, mas sombrio no ar parado. Louisa não confessaria a si mesma para onde ia até chegar à passagem da via férrea. Então, os cachos de neve nos

galhos da macieira inclinando-se para a cerca disseram-lhe que ela devia visitar a Sra. Durant. A árvore estava em seu jardim.

Alfred estava agora novamente no lar, vivendo com a mãe na casinha rústica abaixo da estrada. Da beira do caminho, pela passagem da via férrea, o quintal nevado descia, muito íngreme, depois caía reto em uma parede. Nesta profundidade, a casa se encontrava bem abrigada, com a chaminé no mesmo nível da estrada. A Srta. Louisa desceu as escadas de pedra e ficou parada embaixo, no pequeno pátio dos fundos, parcialmente oculta na penumbra. Uma grande árvore curvava-se no alto, sobre a cabana. A moça se sentiu segura do mundo todo lá embaixo. Bateu à porta aberta, depois olhou ao redor. O pontal do jardim, que se estreitava da base de pedra, estava branco de neve: ela pensou nas espessas orlas de fura-neves brancas que ele exibiria sob as groselheiras dentro de um mês. A orla irregular de craveiros pendendo sobre a beira do jardim atrás dela, embranquecida agora com flocos de neve, no verão conservava flores brancas até a altura do rosto de Louisa. Ela pensou que era agradável colher as flores que se curvavam do alto até o rosto de alguém.

Louisa tornou a bater. Espreitando, viu o brilho escarlate da cozinha, a claridade vermelha do fogo caindo sobre o chão de tijolos e as almofadas brilhantes de algodão. Era alegre e resplandecente como um caleidoscópio. Ela atravessou a copa onde um calendário ainda estava pendurado. Não havia ninguém por perto.

— Sra. Durant — chamou Louisa, suavemente. — Sra. Durant.

Subiu o degrau de tijolos até a sala da frente, que ainda tinha seu pequeno balcão de loja e pacotes de mercadorias, e chamou do pé da escada. Percebeu então que a Sra. Durant não estava lá.

Dirigiu-se ao pátio para seguir os passos da mulher idosa, subindo o caminho do jardim.

Louisa emergiu dos arbustos e framboeseiras. Lá estava toda a base de pedra, um jardim largo, branco e sombrio, raiado com arbustos escuros, jazendo parcialmente submerso. À esquerda, acima de sua cabeça, o pequeno vagonete da mina passava com estrondo. Diretamente ao fundo, um bosque fechado.

Louisa seguiu o caminho aberto, olhando da direita para a esquerda, e depois soltou um grito de ansiedade. A mulher idosa estava sentada, oscilando levemente entre as plantações irregulares de couves cobertas de neve. Louisa correu para ela e encontrou-a choramingando com pequenos gritos involuntários.

— O que você fez? — gritou Louisa, ajoelhando-se na neve.

— Eu estava... arrancando uma couve-de-bruxelas... e... ah-ah!... algo se dilacerou dentro de mim. Senti uma dor — a senhora chorava assustada e muito sofrida, arquejando entre os choramingos. — Tive uma dor aqui... há muito tempo... e agora... ah... ah... ah! — Ofegou, pressionou a mão sobre o flanco e inclinou-se como se fosse desmaiar, parecendo amarela contra a neve. Louisa sustentou-a.

— Acha que pode caminhar agora? — perguntou.

— Sim — arquejou a idosa.

Louisa ajudou-a a ficar de pé.

— Pegue a couve, quero-a para o jantar de Alfred — ofegou a Sra. Durant.

Louisa ergueu o talo da couve-de-bruxelas e levou a mulher para dentro da casa com dificuldade. Deu-lhe conhaque, deitou-a no divã e disse:

— Vou buscar um médico, espere só um minuto.

A jovem subiu correndo os degraus da hospedaria a alguns metros de distância. A proprietária ficou surpresa ao ver a Srta. Louisa.

— Poderia mandar buscar um médico imediatamente para a Sra. Durant? — falou com um tom de comando que se assemelhou ao de seu pai.

— Aconteceu alguma coisa? — balbuciou a proprietária, preocupada.

Louisa, erguendo os olhos para fora e para a estrada, viu a carroça do merceeiro dirigindo-se a Eastwood. Ela correu, deteve o homem e lhe contou o que acontecia.

A Sra. Durant jazia no divã, o rosto virado para o lado, quando a jovem voltou.

— Deixe-me colocá-la na cama — disse Louisa.

A Sra. Durant não se recusou.

Louisa conhecia os costumes dos trabalhadores. Na gaveta do fundo do armário da cozinha, encontrou um casaco e roupas de flanela. Com a velha calça de flanela da mina, arrancou as prateleiras do forno, embrulhou-as e colocou-as na cama. Da cama do filho pegou um cobertor, e desceu correndo, pondo-o diante do fogo. Tendo despido a senhora, Louisa carregou-a para o andar de cima.

— Vai me deixar cair! Vai me deixar cair! — gritou a Sra. Durant.

Louisa não respondeu mas levou seu fardo rapidamente. Não podia acender fogo, porque não havia lareira no quarto. E o chão era de argamassa. Assim, pegou o lampião e o pôs aceso em um canto.

— Vai aquecer o quarto — disse.

— Sim — gemeu a Sra. Durant.

Louisa correu com mais roupas de flanela quentes, substituindo-as pelas das prateleiras do forno. Depois fez um saco de farelo e pousou-o sobre o flanco da mulher. Havia uma grande protuberância no lado do abdômen.

— Tenho sentido isso há muito tempo — e ela gemeu quando a dor diminuiu. — Mas não disse nada; não queria preocupar nosso Alfred.

Louisa não entendia por que "nosso Alfred" devia ser poupado.

— Que horas são? — soou a voz queixosa.

— São quinze para as quatro.

— Ah! — gemeu a mulher. — Ele estará aqui dentro de meia hora, e o jantar não está pronto.

— Deixa-me fazê-lo? — perguntou Louisa, gentilmente.

— Há a couve, e você encontrará carne na copa. E há uma torta de maçã que pode assar. Mas é melhor que *não* faça!

— A senhora fará, então? — perguntou Louisa.

— Não sei — lamentou-se a doente, incapaz de considerar suas possibilidades.

Louisa fez o jantar. O médico veio e fez um exame minucioso. Parecia muito circunspecto.

— O que é, doutor? — perguntou a senhora, erguendo a cabeça para ele, com um olhar patético em que a esperança já morrera.

— Acho que rasgou a pele onde um tumor está preso — replicou ele.

— Sim! — murmurou a senhora, e desviou o olhar.

— Sabe, ela pode morrer a qualquer momento. E o tumor *talvez* possa ser removido — disse o médico a Louisa.

A jovem subiu novamente.

— Ele disse que o tumor pode ser removido e a senhora ficará boa de novo — disse ela.

— Sim! — murmurou a velha, que não se deixou enganar. Em seguida, perguntou: — Há um bom fogo?

— Acho que sim — respondeu Louisa.

— Ele vai querer um bom fogo — disse a mãe.

Louisa tomou providências.

Desde a morte de Durant, a viúva havia ido à igreja ocasionalmente, e Louisa fora amistosa com ela. O propósito estava fixado no coração da garota. Nenhum homem a tinha afetado como Alfred Durant, e ela se conservava fiel a isso. Em seu coração, ela se uniu a ele. Existia uma simpatia natural entre ela e a mãe bastante dura e materialista do rapaz.

Alfred era o mais cativante dos seus filhos. Ele havia crescido como o restante, mas era teimoso e cego para tudo, exceto para sua própria vontade. Como os outros rapazes, havia insistido em ir para a mina assim que deixara a escola, porque esse era o único meio rápido de se tornar um homem, de se igualar a todos os outros. Tudo isso representava uma grande contrariedade para a mãe, que gostaria que o último filho fosse um cavalheiro.

Mas ele ainda permanecia fiel a ela. Seu sentimento pela mãe era profundo e tácito. Notava quando ela estava cansada, ou quando usava uma nova touca de dormir. E comprava pequenas coisas para ela, ocasionalmente. No entanto, a mulher não era suficientemente sagaz para perceber o quanto ele se conservava perto dela.

No fundo, ele não a satisfazia, não parecia bastante viril. Gostava às vezes de ler livros e, mais ainda, gostava de tocar flautim. Divertia-a ver a cabeça do filho inclinar-se sobre o instrumento, enquanto se esforçava para conseguir a nota correta. Isso a fazia gostar dele, com ternura, quase com piedade, mas não com respeito. Ela queria que um homem fosse determinado, seguindo seu próprio caminho sem depender de mulheres. E, no entanto, Alfred dependia dela. Ele cantava no coro da igreja porque gostava de cantar. No verão, trabalhava no jardim, além de cuidar das aves e dos porcos. Tinha pombos. No sábado jogava na equipe de futebol ou de críquete. Mas, para a mãe, ele não parecia o homem, o homem independente que seus outros filhos tinham sido. Ele era o seu bebê — e enquanto o amava por isso, sentia um pouco de desprezo por ele.

Assim, cresceu uma pequena hostilidade entre eles. Depois, o rapaz começou a beber, como os outros; mas não da mesma maneira cega, absorta. Ele era um pouco autoconsciente a respeito disso. A mulher o percebia e compadecia-se. Amava-o mais que a todos os outros, mas não estava satisfeita com ele porque o rapaz não se libertava dela. Não era capaz de seguir seu caminho.

Então, com 20 anos, ele fugiu de casa e serviu na Marinha. Isso fizera dele um homem. Ele havia odiado amargamente o serviço militar, a subordinação. Durante anos, lutou consigo mesmo sob a disciplina militar, pelo respeito por si próprio, batalhando com vergonha e raiva cegas e uma tolhida sensação de inferioridade. Da humilhação e ódio por si mesmo ele passou para uma espécie de liberdade interior. E do amor pela mãe, que ele idealizava, conseguiu manter esperança e fé.

Voltou para casa com quase 30 anos, mas ingênuo e inexperiente como um menino, apenas com um silêncio à sua volta que era novo: uma espécie de humildade muda diante da vida, um medo de viver. Era quase totalmente casto. Uma sensibilidade forte o havia mantido afastado das mulheres. A conversa sobre sexo era normal entre os homens, mas, de alguma forma, não tinha aplicação para as mulheres reais. Para ele havia duas coisas: a *fantasia* das mulheres com que se seduzia algumas vezes e as mulheres reais, diante de quem sentia profundo constrangimento e uma necessidade de se afastar. Fugia e se protegia da aproximação de qualquer mulher. E, depois, sentia-se envergonhado. No recôndito de sua alma, achava que não era um homem, era menos que um homem normal. Em Gênova ele foi com um oficial subalterno em busca de amantes a um bar frequentado pelo tipo mais ordinário de garotas. Alfred permaneceu sentado com seu copo, e as garotas olhavam para ele, mas nunca se aproximavam. Ele sabia que, se elas o procurassem, ele seria capaz apenas de pagar-lhes comida e bebida, porque sentia pena delas, e ansiedade, temendo que elas passassem necessidades. Não poderia acompanhar nenhuma delas; sabia disso e envergonhava-se, olhando com inveja para os italianos fanfarrões que se apaixonavam facilmente, cujos corpos se acercavam de uma mulher por atração instintiva, impessoal. Eram homens; ele não era. Permaneceu assim, sentindo-se pequeno, como um leproso. E foi embora, imaginando cenas sexuais entre si mesmo e uma mulher, envolvidos neste prazer. Mas quando a mulher disponível se apresentava, o próprio fato de ela ser uma mulher palpável impossibilitava-o de tocá-la. E essa incapacidade era como um centro de podridão nele. Assim, várias vezes, embriagado, fora com os companheiros às casas de prostituição licenciadas no exterior. Mas a insignificância sórdida da experiência o aterrorizava. Não havia sido nada, realmente: não significava nada. Sentia-se como se fosse não física, mas espiritualmente impotente: não verdadeira, mas intrinsecamente impotente.

Voltou para casa com seu segredo: o fardo inalterável de seu ego desconhecido e inútil, o torturado. Seu treinamento na Marinha, no entanto, deixou-o em perfeita condição física. Era consciente e orgulhoso de seu corpo. Banhava-se e utilizava halteres, e mantinha-se em boa forma. Jogava críquete e futebol. Lia e começou a defender conceitos fixos dos Fabianos. Tocava seu flautim e era considerado um *expert*. Mas no fundo de sua alma jazia sempre o câncer da vergonha e da imperfeição: era infeliz sob toda a sua alegria saudável, era intranquilo e se sentia desprezível apesar de toda a sua autoconfiança e superioridade de ideias. Ele se trocaria por qualquer bruto, somente para se libertar, para ficar livre da vergonha e constrangimento. Via alguns mineiros caminharem cambaleando, sem receio, em busca de seu prazer pessoal, e os invejava. Teria dado qualquer coisa por essa espontaneidade e estupidez insensata a que se dirigiam diretamente para sua própria satisfação.

IX

Não era infeliz na mina. Os homens o admiravam e gostavam dele. Era apenas ele próprio que sentia a diferença entre si mesmo e os outros. Parecia esconder seu estigma. Mas nunca estava certo de que os outros realmente não o desprezavam, por ser um tolo, por ser menos homem que eles. Ele fingia somente ser mais viril e ficava surpreso com a facilidade com que eles se deixavam enganar. E, sendo naturalmente bem-disposto, era feliz em sua função. Lá, era seguro de si mesmo. Nus até a cintura, afogueados e sujos do trabalho, agachavam-se sobre os calcanhares durante alguns minutos e conversavam, vendo um ao outro indistintamente sob a luz dos lampiões de segurança, enquanto o carvão de pedra surgia, salientando-se ao seu redor, e pontaletes de madeira pareciam pequenas pilastras no templo baixo, negro e muito escuro. Depois, chegavam o jumento e o rapaz com uma mensagem do número 7, ou com uma garrafa de água do bebedouro de cavalos, ou alguma novidade do mundo lá em cima. O dia se passava de forma bastante agradável. Havia uma despreocupação, uma falta de constrangimento na vida subterrânea, uma agradável camaradagem entre os homens isolados do resto do mundo, em local perigoso, e uma variedade de tarefas — abrir buracos, carregamentos, colocação de escoras — e uma atração de mistério e aventura na atmosfera, que não tornavam a mina sem atrativos para ele, quando havia vencido, novamente, a angústia do desejo pelo ar livre e o mar.

Naquele dia havia muito a fazer e Durant não estava com disposição para conversar. Trabalhou em silêncio durante a tarde.

Chegou a hora de abandonar o trabalho e eles caminharam para o fundo. A galeria subterrânea caiada brilhava vivamente. Os homens apagavam as lâmpadas. Sentavam-se, às dúzias, ao redor do fundo do poço, onde gotas escuras e espessas de água caíam continuamente. As luzes elétricas se apagavam na principal galeria subterrânea.

— Está chovendo? — perguntou Durant.

— Nevando — disse um velho, e o rapaz ficou satisfeito.

Gostava de subir quando nevava.

— Será que a neve virá justamente para o Natal? — disse o ancião.

— Sim — respondeu Durant.

— Um Natal sem neve, um adro de igreja cheio — sentenciou o ancião.

Durant riu, mostrando os dentes pequenos, bastante pontudos. A gaiola desceu, 12 homens entraram em fila. Durant notou os tufos de neve no teto perfurado e arqueado do elevador e ficou contente. Pensou em quanto gostava de sua excursão sob o solo. Mas já se encharcava de água negra. Gostava das coisas ao seu redor. Havia um pequeno sorriso em seu rosto. Sob ele, estava a percepção curiosa que sentia em si mesmo.

O mundo superior surgiu quase como um relâmpago, por causa do brilho da neve. Sorriu ao correr ao longo do talude, deixando o lampião no escritório, para sentir o ar puro cercando-o de novo, tudo cintilando à sua volta com a nevasca. Os montes, a cada lado, estavam azul-claros no crepúsculo, e as sebes tinham uma aparência primitiva e sombria. Flocos brancos estavam esmagados entre os trilhos da estrada de ferro. Mais distante, além dos vultos escuros dos mineiros caminhando para casa, a neve se tornava macia de novo, espalhando-se diretamente até o alto do muro escuro do bosque de arbustos.

A oeste havia um colorido róseo, e uma grande estrela pairava parcialmente visível. Abaixo, a iluminação da mina emergia viva e amarela entre a escuridão das construções, e as luzes da velha Aldecross faiscavam enfileiradas no crepúsculo azulado.

Durant caminhou alegremente entre os mineiros, que conversavam animadamente por causa do tempo. Gostava da companhia deles, gostava do mundo nevado ao crepúsculo. Sentiu um arrepio de emoção ao parar no portão do jardim e ver abaixo a luz do lar, brilhante sobre a silenciosa neve azulada.

X

Na cerca, perto da grande cancela da via férrea, havia um portãozinho que era mantido trancado. Quando ele o abriu, observou a luz da cozinha que iluminava os arbustos e a neve fora da casa. Pensou consigo mesmo que era uma vela ardendo até a noite cair. Desceu o caminho íngreme até o plano abaixo. Gostava de fazer as primeiras marcas na neve macia. Depois, atravessou os arbustos até a casa. As duas mulheres ouviram suas botas pesadas soarem lá fora, sobre o capacho, e sua voz ao abrir a porta:

— Quanto pensa poupar de querosene com essa vela, mãe?

Ele gostava de uma boa luz de lampião.

Acabara de pousar sua garrafa e marmita e pendurava o casaco atrás da porta da copa quando a Srta. Louisa se aproximou. Ficou surpreso, mas sorriu.

Seus olhos começaram a sorrir, e de repente seu rosto ficou sério, e ele teve medo.

— Sua mãe teve um acidente — disse ela.

— Como? — exclamou ele.

— No jardim — respondeu ela.

Ele vacilou com o casaco nas mãos. Depois, pendurou-o e virou-se para a cozinha.

— Está na cama? — perguntou.

— Está — respondeu a Srta. Louisa, que achava difícil enganá-lo.

Ele permaneceu em silêncio. Entrou na cozinha, sentou-se pesadamente na antiga cadeira do pai e começou a tirar as botas. Sua cabeça era pequena, muito bem-formada. O cabelo castanho, curto e crespo estava sempre bonito. Usava calças grossas de molesquim que exalavam o odor bolorento e viciado da mina. Calçou os chinelos e carregou as botas para a copa.

— O que é? — perguntou, com medo.

— Algo interno — replicou ela.

Ele subiu. A mãe se conservava calma à sua espera. Louisa sentiu suas passadas estremecerem o chão de argamassa do quarto acima.

— O que você fez? — perguntou ele.

— Não é nada, meu filho — disse a Sra. Durant, com firmeza. — Nada. Não precisa se preocupar, meu rapaz, não há nada de diferente em mim do que havia na semana passada ou ontem. O médico disse que não é nada grave.

— O que estava fazendo? — interrogou o filho.

— Estava arrancando uma couve, e acho que puxei com muita força; porque, ah, a dor foi tanta!...

O filho olhou para ela, depressa. Ela enrijeceu.

— Mas quem não sentiu uma dor repentina alguma vez, meu filho? Todos nós sentimos.

— E o que foi?

— Não sei — respondeu — mas acho que não é nada.

A grande lâmpada no canto estava coberta por um quebra-luz verde-escuro, de forma que ele mal podia ver o rosto da mãe. Além de estar muito nervoso e apreensivo, sentia inúmeras emoções. Sua testa se franziu.

— Para que foi se machucar arrancando couves? — perguntou. — E com o solo congelado? Se continuasse puxando e puxando, acabaria se matando.

— Alguém tinha que arrancá-las — disse ela.

— Não precisava se ferir.

Mas bastavam as palavras fúteis.

A Srta. Louisa, embaixo, podia ouvir claramente. Seu coração entristeceu. Tudo parecia tão sem esperança entre eles!

— Tem certeza de que não é nada importante, mãe? — perguntou ele, suplicante, depois de um curto silêncio.

— Ora, não é nada — disse a velha, bastante amarga.

— Não quero que... que... que fique mal, sabe.

— Vá jantar — disse ela. Sabia que ia morrer; além disso, a dor era uma tortura naquele momento. — Estão mimando-me apenas porque sou velha. A Srta. Louisa é *muito* boa... e já aprontou o seu jantar, por isso, é melhor você ir comer.

Ele se sentia estúpido e envergonhado. Sua mãe o expulsou. Ele tinha que se afastar. A dor queimava em suas entranhas. Desceu. A idosa ficou contente quando o filho se foi, para que pudesse então gemer de dor.

Alfred havia retomado o velho hábito de comer antes de lavar-se. A Srta. Louisa serviu-lhe o jantar. Era estranho e excitante para ela. Estava nervosamente tensa, tentando compreender o rapaz e sua mãe. Observou-o enquanto estava sentado. Ele mantinha o olhar desviado da comida, fixando o fogo. A alma de Louisa o examinava, tentando compreender o que ele era. Seu rosto e seus braços escuros eram esquisitos, ele era estranho. Seu semblante estava mascarado de negro com o pó do carvão. Ela não podia vê-lo, não podia conhecê-lo. As sobrancelhas castanhas, os olhos penetrantes, o bigode pequeno, grosseiro sobre a boca fechada, eram as únicas indicações familiares. O que era ele, enquanto sentava ali, sujo da mina? A jovem era incapaz de entendê-lo, e isso a magoava.

Louisa subiu correndo, voltando em seguida com as roupas de flanela e o saco de farelo, porque a dor recomeçara e era preciso aquecê-los.

Ele estava no meio do jantar. De repente, abandonou o garfo, nauseado.

— Isto aliviará a dor — disse ela.

Ele a olhou, sentindo-se inútil, e se levantou.

— Ela está mal? — perguntou.

— Acho que sim — respondeu Louisa.

Seria em vão que ele se inquietasse ou comentasse algo. Louisa estava ocupada. Ela subiu. A pobre senhora estava pálida, suando frio, com dor. O rosto da jovem mostrava tristeza pelo sofrimento da mulher quando se aproximou para aliviá-la. Depois, sentou-se e esperou. A dor passou aos poucos, e a Sra. Durant mergulhou em um estado de coma. Louisa continuou sentada ao lado da cama, em silêncio. Ouviu o ruído de água no andar térreo. Depois, soou a voz da mulher, fraca, mas nervosa:

— Alfred está se lavando. Vai querer suas costas lavadas...

Louisa ouviu, ansiosa, perguntando-se o que desejava a doente.

— Ele não tolera se suas costas não são lavadas — insistiu a velha, com uma atenção cruel às necessidades do filho.

Louisa se ergueu e enxugou o suor da testa lívida.

— Vou descer — disse ela, suavemente.

— Se quiser — murmurou a anciã.

Louisa esperou um momento. A Sra. Durant fechou os olhos, tendo se livrado do seu dever. A jovem desceu. Que importavam ela ou o homem? Somente a mulher que sofria devia ser levada em conta.

Alfred estava ajoelhado sobre o tapete da lareira, nu até a cintura, lavando-se em uma grande bacia de banho. Fazia isso todas as noites, depois do jantar; seus irmãos haviam feito o mesmo antes dele. Mas a Srta. Louisa era estranha na casa.

Esfregava mecanicamente a espuma de sabão sobre a cabeça, com um movimento repetitivo, inconsciente, a mão passando sobre o pescoço de vez em quando. Louisa observou. Ela tinha que se retesar para fazer isso também. Ele inclinou a cabeça para a bacia, tirou o sabão e a água dos olhos.

— Sua mãe disse que você ia querer suas costas lavadas — disse ela.

Era curioso como a magoava tomar parte em sua rotina fixa de vida! Louisa sentia a quase repulsiva intimidade sendo pressionada sobre ela. Era tudo tão mundano, tão igual às pessoas comuns. Ela perdeu sua própria distinção.

Ele mergulhou a cabeça, erguendo-a depois para ela de maneira muito cômica. Ela teve que se manter insensível. "Como ele é engraçado com o rosto de cabeça para baixo", pensou a jovem. Afinal de contas, havia uma diferença entre ela e a plebe. A água em que os braços do rapaz estavam afundados estava quase negra, a espuma de sabão era escura. Ela mal podia concebê-lo como um homem. Mecanicamente, por influência do hábito, ele tateou na água preta, pescou o sabonete e a flanela e entregou-os a Louisa. Depois, permaneceu rígido e submisso, os braços enfiados retos na bacia, sustentando o peso dos ombros. Sua pele era lindamente alva e sem mácula, de uma brancura opaca, sólida. Aos poucos, Louisa percebeu: isso também era ele. Fascinou-a. Sua distância em relação a ele desapareceu: ela parou de fugir do contato com ele e a mãe. Havia este centro vivo. Seu coração se incendiou. Ela havia alcançado algum objetivo no corpo viril, belo e limpo. Amava o rapaz com um ardor puro, impessoal. Mas o pescoço e as orelhas eram bronzeados pelo sol, avermelhados: eram mais pessoais, mais curiosos. Surgiu nela uma onda de ternura, amava até suas estranhas orelhas. Uma pessoa — um ser íntimo, era o que ele era para Louisa. Ela abandonou a toalha e foi para o andar de cima de novo, o coração perturbado. Ela só havia compreendido um ser humano na vida: Mary. Todos os outros eram estranhos. Agora, sua alma ia se abrir, ia compreender outra pessoa. Sentiu-se estranha e plena.

— Ele estará mais confortável — murmurou a doente, de forma abstrata, quando Louisa entrou no quarto.

Ela não respondeu. Seu coração pesava com a própria responsabilidade. A Sra. Durant permaneceu em silêncio por algum tempo, depois murmurou, queixosa:

— Não deve se preocupar, Srta. Louisa.

— Por que deveria? — replicou a moça, muito emocionada.

— É com o que estamos acostumados — disse a idosa.

E Louisa se sentiu, mais uma vez, excluída de suas vidas. Sentou-se, sofrendo, com lágrimas de desapontamento correndo no coração. Aquilo era tudo? Alfred subiu. Estava limpo e em mangas de camisa. Agora, parecia um operário. Louisa achou que os dois eram estranhos, movendo-se em mundos diferentes. Ficou deprimida de novo. Ah, se ao menos ela pudesse criar algumas relações estáveis, algo certo e inabalável!

— Como se sente? — perguntou o rapaz à mãe.

— Um pouco melhor — respondeu ela de forma impessoal, cansada.

A estranha forma de se pôr de lado, de se abstrair e responder apenas o que pensava ser bom para ele ouvir tornava o relacionamento entre mãe e filho doloroso e difícil para a Srta. Louisa. Tornava o homem tão fracassado, insignificante. Louisa tateava, como se o houvesse perdido. A mãe era real e confiante. Mas ele não era muito verdadeiro. Isso intrigava e desanimava a jovem.

— É melhor eu ir buscar a Sra. Harrison? — disse ele, esperando a decisão da mãe.

— Acho que precisaremos ter alguém — replicou ela.

A Srta. Louisa era uma espectadora, temerosa em interferir. Eles não a incluíam em suas vidas, achavam que ela não tinha nada a ver com eles, exceto como uma ajuda de fora. Ela era completamente estranha para eles. Louisa se sentiu magoada e inútil contra essa diferença inconsciente. Mas alguma coisa paciente e obstinada em si mesma a fez dizer:

— Ficarei até amanhã e cuidarei da senhora; não pode ficar só.

Os dois ficaram constrangidos e sem resposta.

— Daremos um jeito de conseguir alguém — disse a mulher, cansada.

Ela não se importava muito com o que acontecia agora.

— De qualquer maneira, ficarei até amanhã — disse Louisa. — Então, veremos.

— Estou certa de que não deve se incomodar — gemeu a doente, mas precisava se entregar aos cuidados de Louisa.

A jovem ficou contente por ser admitida, mesmo em sua função oficial. Ela queria partilhar de suas vidas. Precisariam dela em casa, agora que Mary chegara. Mas teriam que se arranjar sem ela.

— Preciso escrever um bilhete ao vicariato — disse.

Alfred Durant olhou-a interrogativamente, às suas ordens. Ele tinha sempre aquela presteza inteligente para servir, desde que estivera na Marinha. Mas havia em sua boa vontade uma independência singela que ela amava. Sentia, no entanto, que era difícil chegar até ele. O rapaz era tão deferente, tão rápido na aceitação da menor sugestão de uma ordem dela, por mais implícita que fosse, que ela não alcançava o homem dentro dele.

Ele a olhou muito atentamente. Louisa notou que seus olhos eram castanho-dourados, com uma pupila muito pequena, o tipo de olhos que veem à grande distância. Ele permaneceu alerta, em posição de sentido. O rosto ainda estava avermelhado pela exposição ao sol.

— Quer caneta e papel? — perguntou ele, com cortesia, como se estivesse se dirigindo a um superior. Ao olhar de Louisa, tudo isso parecia mais difícil que o retraimento.

— Sim, por favor — disse.

Ele se virou e desceu. Pareceu a ela tão autossuficiente, tão inteiramente seguro em sua ação. Como ela se aproximaria dele? Porque ele não daria um passo em sua direção. Ele apenas se colocaria total e impessoalmente às suas ordens, feliz por servi-la, mas mantendo-se bastante afastado dela. Louisa via que ele sentia verdadeira alegria em fazer algo para ela, mas qualquer reconhecimento o confundiria e magoaria. Era estranho para a moça ter um homem andando pela casa em mangas de camisa, o colete desabotoado, o pescoço nu, servindo-a. O rapaz se movia bem, como se tivesse muita energia acumulada. Ela se sentia atraída por sua perfeição. E, no entanto, quando tudo estava pronto e não havia mais nada para ele fazer, ela estremeceu ao encontrar seu olhar interrogador. Enquanto Louisa se sentava para escrever, ele colocou outra vela perto dela. A luz bastante densa caiu em dois pontos das ondas reviradas de seu cabelo até que ele cintilou, forte e brilhante, como uma plumagem dourada. A nuca era muito branca, com cachos dourados e bonitos, caídos em pontas. Distraído, ele observava a nuca de Louisa como se fosse uma visão. Ela era tudo o que estava além dele, revelação e delicadeza. Tudo que era ideal e estava fora de seu alcance — e absorveu-se em sua contemplação. Ela não tinha qualquer ligação com ele, que não se aproximou dela. Louisa estava ali como uma distância maravilhosa. Mas era um deleite tê-la em casa. Mesmo com a angústia por causa da mãe envolvendo-o, naquela noite ele era sensível ao milagre de viver. As velas brilhavam sobre os cabelos de Louisa e pareciam fasciná-lo. Sentiu um pouco de medo dela e certa elevação de ânimo, porque ele, a jovem e a mãe ficariam juntos por algum tempo, numa atmosfera estranha, desconhecida. E sentiu medo quando saiu da casa. Viu as estrelas no alto, pairando em uma bonita cintilação, a neve abaixo estava apenas visível, e uma nova noite caía, envolvendo-o. Sentia um medo quase devastador. O que era a nova noite, vibrando ao seu redor, e o que era ele? Não era capaz de reconhecer-se, nem aos arredores. Tinha medo de pensar na mãe. No entanto, seu coração estava consciente dela e do que lhe estava acontecendo. Ele não podia fugir de sua mãe, que o carregava consigo para um caos informe, desconhecido.

XI

Subiu a estrada agoniado, ignorando sobre o que se tratava, mas sentindo como se um ferro incandescente apertasse firmemente seu tórax. Sem pensar, limpou duas ou três lágrimas que caíram sobre a neve. Em sua mente, contudo, não acreditava que a mãe fosse morrer. Estava sob o domínio de uma percepção maior. Ao sentar-se no vestíbulo do vicariato, esperando enquanto Mary colocava algumas coisas para Louisa em uma sacola, perguntou-se por que estivera tão preocupado. Sentia-se embaraçado e humilhado por aquela casa grande; de novo, sentiu-se como se fosse um soldado raso. Quando a Srta. Mary lhe falou, ele quase fez continência.

"Um homem honesto", pensou Mary. E usou de benevolência, exceto para com sua própria doença. Ela tinha posição social, por isso podia ser condescendente: era quase tudo que lhe restava. Mas, não poderia viver sem ter uma certa posição. Jamais poderia ter confiado em si mesma fora de um local definido, nem se respeitado exceto como sendo uma mulher de classe superior.

Quando Alfred chegou ao portão de ferrolho, sentiu a tristeza no coração mais uma vez, e viu o novo céu. Ficou parado um instante, olhando na direção do norte, para a Ursa Maior escalando a noite e para o fulgor longínquo da neve nos campos distantes. Sua tristeza surgiu como uma dor física. Ele se segurou com firmeza ao portão, mordendo a boca e sussurrando, "Mãe!" Era uma dor física, violenta, pungente de sofrimento, que se desenvolvia em acessos, e era tão aguda que ele mal podia se manter ereto. Não sabia de onde vinha a dor, nem por quê. Não tinha nada a ver com seus pensamentos. Quase não tinha nada a ver com ele. Apenas o dominava, e ele devia submeter-se. Todo o curso natural de sua alma, reunindo o desconhecido em direção a esta expansão para a morte, carregava-o consigo, desamparadamente. Todo fragmento de seu pensamento e percepção era interrompido como se nada valesse, a onda passando em direção à arrebatação, levando-o mais longe do que jamais estivera. Quando o rapaz se recuperou, entrou em casa, e ali sentiu-se quase alegre. A casa parecia excitá-lo. Sentiu-se animado: fez uma troça extravagante com todas as coisas. Sentou-se a um lado da cama da mãe, Louisa no outro, e uma certa alegria se apossou de todos. Mas a noite e o horror aproximavam-se.

Alfred beijou a mãe e foi dormir. Quando estava parcialmente despido, a imagem da senhora caiu sobre ele, e o sofrimento segurou-o com suas garras, como duas mãos em agonia. Permaneceu na cama firmemente retesado. A sensação durou tanto tempo e fatigou-o tanto que ele adormeceu, sem ter forças para se levantar e acabar de despir-se. Acordou depois da meia-noite e percebeu que estava com muito frio, quase congelando. Despiu-se, enfiou-se na cama e adormeceu logo.

Despertou às 5h45, e lembrou-se instantaneamente da mãe. Vestiu as calças, acendeu uma vela e dirigiu-se ao quarto dela. Colocou a mão diante da chama da vela, de forma que a luz não caísse sobre a cama.

— Mãe! — cochichou.

— Sim — foi a resposta.

Houve uma hesitação.

— Devo ir trabalhar?

Esperou, o coração batendo pesadamente.

— Acho que eu iria, meu rapaz.

Seu coração sucumbiu em uma espécie de desespero.

— Quer que eu vá?

Desceu a mão, afastando-a da chama da vela. A luz caiu sobre a cama. Viu Louisa deitada, os olhos erguidos para ele. Os olhos de Louisa o fitavam. Ela os fechou depressa e enterrou parcialmente o rosto no travesseiro, as costas voltadas para o rapaz. Ele viu o cabelo espesso como vapor brilhante em volta da cabeça redonda, e as duas tranças abandonadas, serpeantes, sobre as roupas de cama. Levou um choque. Permaneceu quase controlado, determinado. Louisa encolheu-se. Ele olhou e encontrou os olhos da mãe. Depois, cedeu de novo e perdeu a autoconfiança, deixou de ser ele mesmo.

— Sim, vá trabalhar, meu filho — disse a mãe.
— Muito bem — replicou ele, beijando-a.
Seu coração sucumbia de desespero e amargura. Ele foi embora.
— Alfred! — chamou a mãe com voz fraca.
O rapaz voltou, o coração palpitando.
— O que é, mãe?
— Fará sempre o que é direito, Alfred? — perguntou a mãe, descontroladamente aterrorizada, agora que ele ia deixá-la.
Ele estava confuso e horrorizado demais para entender o que ela queria dizer.
— Sim — respondeu.
Ela virou a face para o filho. Ele a beijou, depois foi embora em um desespero amargo. Foi trabalhar.

XII

Por volta de meio-dia sua mãe estava morta. A notícia lhe foi dada na entrada da mina. Como já soubera interiormente, não foi um choque para ele, e, no entanto, sentiu-se estremecer. Foi para casa bastante calmo, sentindo apenas a respiração difícil.

A Srta. Louisa ainda estava lá. Ela havia tomado todas as providências possíveis. Muito sucintamente, ela o informou do necessário. Mas havia um ar de ansiedade nela.

— Você *esperava* isso, de certa forma. Não foi um choque para você? — disse ela, erguendo o olhar para o rapaz.

Seus olhos eram escuros, calmos e penetrantes. Ela também se sentia perdida. Ele era tão reservado e imperfeito.

— Sim, suponho que sim — disse ele, de forma estúpida.

Olhou para o lado, incapaz de aguentar os olhos da moça sobre ele.

— Eu não suportaria pensar que você poderia não ter imaginado — disse ela.

Ele não respondeu.

Achava um grande esforço tê-la por perto naquele momento. Queria ficar sozinho. Assim que os parentes começaram a chegar, Louisa partiu e não voltou mais. Enquanto tudo era preparado, e uma multidão estava na casa, e havia assuntos para resolver, portou-se bem, somente com aqueles paroxismos incontroláveis de luto. Para o resto, foi superficial. Suportou sozinho as crises violentas, quase insanas de dor, que se foram novamente e o deixaram calmo, quase seguro, apenas pensativo. Ele havia ignorado que tudo podia sucumbir, que ele próprio podia sucumbir, e tudo seria um grande caos, muito vasto e maravilhoso. Sentia-se como se a vida nele houvesse rompido seus limites, e estivesse perdido em uma corrente enorme, assombrosa, imensa e deserta. Ele próprio estava abatido e perdido entre tudo aquilo. Só podia respirar ofegante, em silêncio. Depois, a angústia voltou.

Quando todas as pessoas tinham ido embora da Casa da Pedreira, deixando o rapaz sozinho com uma governanta idosa, começou a grande provação. A neve havia derretido e gelado, e uma nevasca recente embranquecera a paisagem cinzenta e depois começara a derreter. O mundo era um local de neve solta, parcialmente derretida, escurecida. Alfred não tinha nada o que fazer à noite. Era um homem cuja vida fora preenchida com pequenas atividades. Sem sabê-lo, ele havia centralizado, polarizado toda a sua existência em sua mãe. Era ela quem havia cuidado dele. Mesmo agora, quando a velha governanta o deixara, ele poderia ainda ter continuado seu antigo caminho. Mas não possuía mais muita força e equilíbrio. Sentava-se, fingindo ler, os punhos cerrados o tempo todo, e controlando-se, suportando não sabia o quê. Percorria as trilhas escuras e encharcadas até estar exausto: mas tudo isso era apenas fugir do lugar para onde devia voltar. No trabalho, estava bem. Se fosse verão ele poderia ter fugido, trabalhando no jardim até a hora de dormir. Mas agora não havia fuga, alívio ou ajuda. Talvez ele tivesse sido feito para a ação, mais do que para a compreensão; pendia mais para agir do que para ser. Ficava abalado fora de suas atividades, como um nadador que esquece como se nada.

Durante uma semana teve forças para suportar essa sufocação e luta, mas depois começou a ficar exausto, e decidiu que aquilo precisava acabar. O instinto de autopreservação se tornou mais forte. Mas havia a pergunta: para onde iria? A hospedaria não significava realmente nada para ele, não adiantava ir para lá. Começou a pensar em emigrar. Ficaria bem em outro país. Escreveu para o departamento de emigração.

No domingo após o funeral, quando todos os Durants tinham ido à igreja, Alfred viu a Srta. Louisa, impassível e reservada, sentada com a Srta. Mary, que era orgulhosa e muito fria, e com os outros Lindleys, que eram distantes. Alfred os via como pessoas estranhas. Não pensou nisso. Eles não tinham nada a ver com sua vida. Após o culto, Louisa se aproximou dele e apertaram-se as mãos.

— Minha irmã gostaria que você viesse para a ceia uma noite dessas, se lhe der prazer.

Ele olhou para a Srta. Mary, que inclinou a cabeça. Esta, por sua bondade, havia proposto aquilo a Louisa, desaprovando-a mesmo enquanto o fazia. Mas ela não se questionou muito intimamente.

— Sim — disse Durant, desajeitado. — Irei, se você quiser. — Mas sentiu, vagamente, que fora inoportuno.

— Venha amanhã à noite, então, cerca de seis e meia.

Ele foi. A Srta. Louisa foi muito amável. Não podia haver música, por causa das crianças. Ele se sentou com os punhos cerrados sobre as coxas, muito calado e imóvel, mergulhando, em meio a todas aquelas pessoas, em uma espécie de meditação ou aturdimento. Não existia nada entre ele e os outros.

Sabiam disso, tão bem quanto ele. Mas permaneceu muito seguro de si e a noite passou devagar. A Sra. Lindley chamou-o de "rapaz".

— Quer sentar-se aqui, rapaz?

Ele se sentou. Um nome era tão bom quanto outro. O que tinham eles a ver com ele?

O Sr. Lindley manteve um tom especial para ele, bondoso, indulgente e protetor. Durant aceitou tudo sem crítica ou ofensa, apenas submetendo-se. Mas não quis comer — confundia-o comer na presença deles. Sabia que estava deslocado. Mas era seu dever permanecer ainda um pouco mais. Respondia com precisão, em monossílabos.

Quando saiu, estremeceu com uma grande confusão interior. Estava contente porque acabara. Afastou-se o mais depressa possível. E quis, com mais intensidade ainda, partir imediatamente para o Canadá.

A Srta. Louisa sofreu em seu íntimo, indignada com todos eles, com Alfred também, mas completamente incapaz de dizer por que motivo estava indignada.

XIII

Duas noites depois, Louisa bateu à porta da Casa da Pedreira, às 18h30. Alfred havia terminado o jantar, a governanta tinha lavado os pratos e ido embora, mas ele ainda estava sujo da mina. Ia mais tarde à New Inn. Havia começado lá, porque precisava ir a algum lugar. O simples contato com outros homens lhe era necessário, o ruído, o calor, o passar descuidado das horas. Apesar disso, não se moveu. Ficou sentado sozinho na casa vazia até que ela começou a influenciá-lo como algo insólito.

Estava sujo da mina quando abriu a porta.

— Eu queria vir... pensei que deveria — disse ela, e dirigiu-se ao sofá.

Ele se perguntou por que ela não utilizava a poltrona redonda de sua mãe. No entanto, algo se agitara em seu íntimo, como cólera, quando a governanta se sentara nela.

— Eu já devia ter me lavado a esta hora — disse ele, lançando um olhar ao relógio adornado com borboletas e cerejas, e o nome de "T. Brooks, Mansfield". Pousou as mãos negras sobre os braços salpicados de sujeira. Louisa o olhou. Havia nele a reserva e a neutralidade simples para com ela, que ela tanto detestava. Esse comportamento tornava impossível aproximar-se dele.

— Temo — falou — que não fui bondosa ao convidá-lo para cear.

— Não estou acostumado a isso — disse ele, sorrindo, mostrando os dentes brancos, espaçados.

Os olhos, todavia, estavam impassíveis e distraídos.

— Não é *isso* — disse ela, depressa.

Sua postura tranquila era bonita e os olhos cinzentos, escuros, cheios de compreensão. Ele sentiu medo dela, sentada ali, quando começou a ter consciência de sua presença.

— Como vai indo sozinho? — perguntou.

Ele desviou o olhar em direção ao fogo.

— Ah — respondeu, movendo-se inquieto, sem terminar a resposta.

O semblante de Louisa se acalmou lentamente.

— Como está abafado aqui. O fogo está tão forte. Vou tirar o casaco.

Ele a observou enquanto tirava o chapéu e a vestimenta. Ela usava uma blusa creme de casimira bordada com fios de seda dourados. Pareceu-lhe um traje muito bonito, ajustado ao pescoço e pulsos. Deu-lhe uma sensação de prazer e limpeza e libertação de si mesmo.

— Em que estava pensando, que não se lavou ainda? — perguntou ela, com certa intimidade.

Ele riu, virando a cabeça para o lado. O branco de seus olhos ressaltava ainda mais o rosto escuro.

— Ah — disse —, eu não poderia lhe contar.

Houve uma pausa.

— Vai manter esta casa? — interrogou ela.

Ele se agitou em sua cadeira diante da pergunta.

— Não sei bem — falou. — Provavelmente irei para o Canadá.

A mente de Louisa tornou-se muito calma e atenta.

— Para quê? — perguntou.

Novamente ele mudou de posição na cadeira, inquieto.

— Bem — falou, devagar — para tentar a vida.

— Mas que vida?

— Há várias coisas, agricultura ou negócio de madeiras ou mineração. Não me importo muito com o que seja.

— E é isso que você quer?

Ele não pensava nesses termos, por isso não pôde responder.

— Não posso dizer — disse — até ter tentado.

Ela o viu afastando-se dela para sempre.

— Não sente pena de deixar esta casa e o jardim? — perguntou.

— Não sei — respondeu ele, relutante. — Suponho que nosso Fred viria morar aqui. É isso que ele quer.

— Não quer casar? — interrogou Louisa.

Ele estava inclinado para a frente sobre os braços da cadeira. Virou-se para ela. O rosto de Louisa estava pálido e rígido. Parecia abatido e apático, seu cabelo brilhava mais vivamente enquanto ela empalidecia. Para ele, a jovem era algo firme, inabalável e eterno que lhe era oferecido. Seu coração ardia em uma angústia de expectativa. Fortes contrações de dor e medo atacavam-lhe as pernas. Virou o corpo todo para longe dela. O silêncio era insuportável. Ele não tolerava mais tê-la sentada ali. Fazia seu coração inflamar-se e sufocar em seu peito.

— Ia sair esta noite? — perguntou ela.

— Somente até a New Inn — respondeu ele.
Houve novo silêncio.
Ela estendeu a mão para o chapéu. Nada mais lhe restava fazer. *Tinha* que ir. Ele permaneceu sentado esperando que, para seu próprio alívio, ela se fosse. E Louisa sabia que, se saísse daquela casa como estava, seria uma fracassada. Continuou a prender o chapéu, todavia; em um momento teria que ir. Alguma coisa a estava levando.
Então, de repente, uma dor cruciante, como um relâmpago, atingiu-a da cabeça aos pés, e ela ficou fora de si.
— Quer que eu vá? — perguntou controlada, falando, no entanto, com uma angústia violenta, como se as palavras fossem pronunciadas sem sua intervenção.
Ele empalideceu sob a sujeira.
— Por quê? — interrogou, virando-se para ela com medo, constrangido.
— Quer que eu vá? — repetiu ela.
— Por quê? — perguntou ele, de novo.
— Porque eu queria ficar com você — disse ela, sufocada, com os pulmões em fogo.
O rosto do rapaz se moveu, ele pendeu um pouco para a frente, indeciso, olhando diretamente os olhos de Louisa, atormentado em uma agonia caótica e incapaz de recuperar o domínio de si mesmo. Ela, como se transformada em pedra, devolveu-lhe o olhar. Suas almas ficaram expostas por alguns instantes. Era uma agonia. Não podiam suportá-la. Ele abaixou a cabeça, enquanto o corpo saltava com pequenas contorções fortes.
Ela se virou para pegar o casaco. Sua alma estava morta. As mãos tremiam, mas não podia mais senti-las. Vestiu o casaco. Havia uma ansiedade naquele cômodo. Chegara o momento de ir embora. Alfred ergueu a cabeça. Seus olhos eram como ágata, sem expressão, exceto pelos pontos negros de tortura. Eles a prenderam, ela não tinha mais vontade ou vida. Sentiu-se partida.

— Não me quer? — perguntou, desamparada. Um espasmo de tormento atravessou os olhos do rapaz, que se mantinham fixos em Louisa.

— Eu... eu... — começou ele, mas não podia falar. Alguma coisa o arrastou de sua cadeira para ela. A moça ficou imóvel, fascinada, como um animal entregue como presa. Ele colocou a mão vacilante, incerta, em seu braço. A expressão de seu rosto era estranha e não parecia humana. Ela continuou totalmente imóvel. Então, desajeitado, ele a abraçou e tomou-a, cruel, cegamente até ela quase perder a consciência, até ele próprio quase cair.

Depois, aos poucos, enquanto a conservava presa e seu cérebro girava, e ele se sentia caindo, caindo para fora de si mesmo, e enquanto ela se rendia, desfalecida sob uma espécie de morte voluntária, um instante de total escuridão envolveu-o, e eles começaram a despertar novamente, como se de um longo sono. Alfred era ele mesmo.

Passado algum tempo seus braços afrouxaram, ela se soltou um pouco e abraçou-o, enquanto ele a mantinha diante de si. Assim, conservaram-se próximos e escondidos um contra o outro para encontrar confiança, incapazes de falar. E sempre eram as mãos de Louisa que tremiam mais sobre ele, puxando-o com amor, para mais perto dela.

Afinal, ela recuou o rosto e ergueu-o para ele, com os olhos úmidos e brilhantes de luz. O coração do rapaz, que compreendeu, estava silencioso de medo. Ele estava com ela. Louisa viu seu rosto totalmente sombrio e inescrutável, e ele lhe pareceu eterno. E todo o eco de dor converteu-se na excelência de felicidade e todas as lágrimas se derramaram.

— Eu te amo — disse ela, os lábios próximos ao soluço. Alfred abaixou a cabeça contra ela, incapaz de ouvi-la, incapaz de suportar a chegada súbita da paz e da paixão que quase partiam seu coração. Permaneceram juntos em silêncio enquanto a emoção se afastava um pouco.

Finalmente, ela quis vê-lo. Ergueu a cabeça. Os olhos do rapaz estavam estranhos e brilhantes, com a pupila negra muito pequena. Estavam, naquele instante, esquisitos mas poderosos acima da jovem. E a boca desceu até a dela, e devagar as pálpebras de Louisa se fecharam, quando a boca do homem procurou a sua, mais e mais perto, e, finalmente, tomou posse dela.

Ficaram calados por muito tempo, completamente envolvidos pela paixão, dor e morte para fazer qualquer coisa além de abraçar um ao outro dolorosamente, e beijaram-se com beijos prolongados, dolorosos, fazendo o medo se converter em desejo. Afinal, ela se soltou. Ele se sentia como se o coração estivesse ferido, mas feliz, e mal ousou olhá-la.

— Estou feliz — disse ela também.

Ele segurou-lhe as mãos com desejo e gratidão apaixonados. Alfred ainda não tinha presença de espírito para dizer coisa alguma. Estava ofuscado com o alívio que sentia.

— Tenho que ir — disse ela.

Ele a olhou. Não podia conceber a ideia de sua partida, sabia que jamais poderia se separar dela de novo. Não ousou, no entanto, declarar-se. Segurou as suas mãos com força.

— Seu rosto está negro — disse ela.

Ele riu.

— O seu está um pouco manchado — disse.

Tinham medo um do outro, temiam falar. Ele só era capaz de mantê-la perto de si. Depois de algum tempo, ela quis lavar o rosto. Ele lhe trouxe água, ficando de pé ao lado e observando-a. Havia algo que ele desejava dizer, mas não ousava. Observou-a enxugar o rosto e ajeitar o cabelo.

— Vão ver que sua blusa está suja — disse ele.

Ela olhou para as mangas e riu, alegre.

Ele se sentiu muito orgulhoso.

— O que fará? — perguntou.

— Como?
Ele ficou sem jeito para responder.
— Sobre mim — falou.
— O que quer que eu faça? — ela riu.
Ele estendeu a mão devagar para ela. O que importava!
— Mas limpe-se — disse ela.

XIV

Quando subiram a colina, a noite parecia densa com o desconhecido. Eles se conservaram muito juntos, sentindo como se a escuridão estivesse viva e cheia de sabedoria, cercando-os por todos os lados. Subiram o monte em silêncio. A princípio, os lampiões de rua os acompanharam. Várias pessoas passaram por eles. Alfred estava mais envergonhado do que ela, e a teria deixado ir, se ela houvesse se afastado um pouco. Mas Louisa se manteve firme.

Depois, entraram em uma verdadeira escuridão entre os campos. Não queriam conversar, sentindo-se próximos em silêncio. Assim, chegaram ao portão do vicariato. Pararam sob o castanheiro-da-índia sem folhagem.

— Eu gostaria que você não precisasse ir — disse ele.

Ela soltou uma risadinha rápida.

— Venha amanhã — falou em voz baixa — e peça a papai.

Ela sentiu a mão dele fechar-se sobre a sua.

Louisa soltou a mesma risada pesarosa de compreensão. Depois o beijou, mandando-o para casa.

Lá, a velha tristeza de Alfred voltou em outro golpe, obliterando Louisa, apagando até mesmo sua mãe, por quem a sua tensão crescia com grande intensidade. Era como uma explosão de febre em uma ferida. Mas algo se encontrava sadio em seu coração.

XV

Na noite seguinte ele se vestiu para ir ao vicariato, sentindo que isso devia ser feito, mas não imaginando como seria. Não se preocuparia. Estava seguro quanto a Louisa, e o casamento era como o destino para ele. Enchia-o também com uma sensação abençoada de fatalidade. Ele não era responsável, tampouco a família dela tinha algo a ver, realmente, com o casamento.

Conduziram-no ao pequeno gabinete, onde não havia nenhum fogo aceso. O pastor entrou devagar. Sua voz era fria e hostil ao dizer:

— O que posso fazer por você, rapaz?

Ele já sabia, sem perguntar.

Durant ergueu a cabeça para ele, novamente como um marinheiro diante de um superior. Tinha uma atitude subordinada. Seu espírito, no entanto, estava livre.

— Sr. Lindley, eu queria... — começou, respeitoso, e toda a cor abandonou seu rosto repentinamente.

Pareceu-lhe então uma violação dizer o que tinha a dizer. O que estava fazendo ali? Mas continuou, porque tinha que ser feito. Conservou-se firme à sua independência e autorrespeito. Não poderia ficar indeciso. Devia pôr-se de lado: o assunto era mais importante do que apenas seu ego. Não devia sentir. Este era seu maior dever.

— Queria... — disse o pastor.

A boca de Durant estava seca, mas respondeu com firmeza:

— A Srta. Louisa... Louisa prometeu casar-se comigo...

— Pediu a Srta. Louisa em casamento. Sim... — corrigiu o pastor.

Durant lembrou que não pedira a Louisa:

— Se ela quiser se casar comigo, senhor, espero que não se oponha.

71

Ele sorriu. Era um homem atraente, e o pastor não podia deixar de notá-lo.

— E minha filha deseja casar-se com você? — perguntou o Sr. Lindley.

— Sim — disse Durant, com o rosto sério.

Sofria, no entanto. Sentia a hostilidade natural entre ele e o homem mais velho.

— Quer me acompanhar? — disse o pastor. Conduziu-o a sala de jantar onde Mary, Louisa e a Sra. Lindley se encontravam. O Sr. Massy estava sentado em um canto, com um lampião.

— Este jovem veio por sua causa, Louisa? — perguntou o Sr. Lindley.

— Veio — respondeu Louisa, fixando os olhos em Durant, que permaneceu ereto, disciplinado.

Não ousava olhar para ela, mas estava consciente de sua presença.

— Não deseja se casar com um mineiro, sua pequena tola! — gritou a Sra. Lindley com aspereza.

Ela jazia obesa e indefesa sobre o divã, envolvida em um vestido folgado e acinzentado.

— Oh, calma, mãe! — exclamou Mary, com orgulho e força tranquilos.

— Que meios tem você para sustentar uma esposa? — perguntou a mulher do pastor, rudemente.

— Eu! — Durant replicou, sobressaltado. — Acho que posso ganhar bastante.

— Bem, e quanto? — soou a voz rude.

— Setenta e seis por dia — replicou o rapaz.

— E terá aumento?

— Espero que sim.

— E vão viver naquela casinha acanhada?

— Acho que sim — disse Durant —, se concordarem.

Não se ofendeu, estava apenas preocupado, porque não o achavam bom o suficiente. Ele sabia disso: na opinião da família, não o era.

— Então ela é uma tola se realmente se casar com você — gritou a mãe com rudeza, declarando sua conclusão.

— Afinal, mamãe, é problema de Louisa — disse Mary, distintamente. — E devemos lembrar...

— Ela fez a cama, agora deve deitar-se nela. Mas se arrependerá — interrompeu a Sra. Lindley.

— E afinal de contas — disse o Sr. Lindley —, Louisa não pode ter a liberdade de agir sem a mínima consideração por sua família.

— O que deseja, papai? — perguntou Louisa, rispidamente.

— Quero dizer que se você se casar com este homem, a posição que sustento se tornará muito difícil para mim, principalmente se vocês ficarem nesta paróquia. Seria mais simples se vocês fossem para longe. Mas morar aqui, na casinha rústica de um mineiro, debaixo do meu nariz, por assim dizer, seria quase indecoroso. Tenho uma posição a manter, e uma posição que não pode ser encarada de maneira leviana.

— Venha cá, rapaz — gritou a mãe em sua voz rude. — Deixe-nos ver você.

Durant se aproximou, corando, e parou — não inteiramente em posição de sentido, não sabia o que fazer com as mãos. A Srta. Louisa se zangou ao vê-lo de pé ali, obediente e passivo. Ele devia mostrar que era um homem.

— Não pode levá-la para viver longe daqui? — perguntou a mãe. — Seria melhor para os dois.

— Sim, podemos ir embora — disse ele.

— Você quer? — perguntou Mary, claramente.

Ele virou o rosto. Mary parecia muito imponente e majestosa. Corou.

— Quero, se for causar problema a alguém — disse.

— Por você, preferiria ficar? — disse Mary.
— É meu lar — falou ele — e foi naquela casa que nasci.
— Então — Mary se voltou para os pais — não sei como pode impor condições, papai. Ele tem seus direitos, e se Louisa quer casar-se com ele...
— Louisa, Louisa! — gritou o pai, impaciente. — Não compreendo por que Louisa não se comporta da maneira normal. Não entendo por que ela deva pensar apenas em si mesma e não levar em conta sua família. O caso já é bastante difícil, e ela precisa tentar solucioná-lo da melhor maneira possível. E se...
— Mas eu amo o rapaz, papai — disse Louisa.
— E espero que ame seus pais e que deseje poupá-los dessa queda de prestígio social tanto quanto possível.
— Podemos ir embora — disse Louisa, com o rosto envolto em lágrimas.
Ela estava realmente magoada.
— Ah, sim, facilmente — replicou Durant depressa, pálido e aflito.
Houve total silêncio na sala.
— Acho que seria mesmo o melhor — murmurou o pastor, apaziguador.
— Sim, muito provavelmente — disse a voz rude da mulher inválida.
— Embora eu ache que devemos nos desculpar por pedir tal coisa — disse Mary, orgulhosa.
— Não — disse Durant. — Será muito melhor. — Estava contente porque não havia mais problema. — E devemos fazer ler os proclamas aqui ou ir ao cartório? — perguntou, claramente, como um desafio.
— Iremos ao cartório — replicou Louisa, decidida.
Novamente, houve silêncio total na sala.
— Bem, se querem agir por conta própria, façam isso — disse a mãe, enfaticamente.

Durante todo o tempo, o Sr. Massy estivera sentado em um canto da sala, ignorado e despercebido. Neste momento levantou-se, dizendo:

— O bebê, Mary.

Mary se ergueu e saiu da sala, imponente; seu pequeno marido seguiu-a. Durant, pensativo, observou o homem frágil, pequeno, sair.

— E onde — perguntou o pastor, quase amável — pretendem viver quando se casarem?

Durant estremeceu.

— Eu pensava em emigrar — disse.

— Para o Canadá? Ou para onde?

— Para o Canadá, acho.

Houve uma nova pausa.

— Não o veremos muito, então, como genro — disse a mãe, rude mas amistosa.

— Não muito — disse ele.

Depois, foi embora. Louisa acompanhou-o ao portão. Parou diante dele, aflita.

— Não se importará com eles, não é? — perguntou, humilde.

— Não me importo com eles, se eles não se importam comigo! — exclamou Durant.

Depois, inclinou-se e beijou-a.

— Casemos em breve — murmurou ela, chorando.

— Muito bem — disse ele. — Amanhã irei a Barford.

2
O espinho na carne

I

Um vento soprava de forma que, ocasionalmente, os choupos se embranqueciam como se uma chama voasse sobre eles. O céu estava irregular e azul, coberto de nuvens em movimento. Raios de luz espalhavam-se pelos campos planos, e sombras pelos centeios e vinhedos. Ao longe, a catedral muito azul erguia-se contra o céu, e as casas da cidade de Metz amontoavam-se indistintamente abaixo, como uma colina.

Entre os campos, perto das tílias, ficava a caserna, em um terreno seco e nu, uma série de barracas de teto redondo em ferro corrugado, onde os nastúrcios plantados pelos soldados cresciam brilhantes. Havia a extensão de uma horta ao lado, com as alfaces amareladas em fila e, ao fundo, o grande pátio de exercícios circundado por uma cerca de arame.

Àquela hora da tarde, as barracas estavam desertas, todas as camas arrumadas, e os soldados descansavam sob as tílias à espera da chamada para os exercícios. Bachmann estava sentado em um banco à sombra que estava fracamente perfumada pelo florescer. Flores de tília destroçadas, verde-claras, espalhavam-se pelo chão. Ele escrevia seu cartão-postal semanal à mãe. Era um jovem louro, alto, ágil e atraente. Permanecia completamente imóvel, tentando escrever seu cartão-postal. Enquanto se mantinha inclinado sobre o cartão, o uniforme azul folgado desfigurava seu corpo vigoroso. A mão queimada de sol esperava, imóvel, que as palavras surgissem. "Querida mãe", era tudo que havia escrito. Depois, rabiscou mecanicamente: "Muito obrigado por sua carta e pelo que mandou. Está tudo bem comigo. Vamos sair agora para treinar nas fortificações." Aqui ele parou e permaneceu incerto, esquecido de tudo, perdido em um devaneio de indecisão. Olhou novamente para o cartão. Mas não podia escrever mais. De sua consciência atordoada, nenhuma palavra surgiria. Assinou e ergueu a cabeça, como um homem olhando para ver se alguém o observava em sua privacidade.

Havia uma tensão constrangida em seus olhos azuis e uma palidez ao redor da boca, onde brilhava o bigode reluzente e louro. Era quase feminino em sua beleza e graça. Mas tinha um ar de consciência militar, como se acreditasse na disciplina para si mesmo e encontrasse satisfação em se entregar ao dever. Havia também um traço de arrogância juvenil e arrojo na boca e no corpo flexível, mas isto estava oculto agora.

Colocou o cartão-postal no bolso da túnica, e foi reunir-se a um grupo de companheiros que se recostava à sombra, rindo e falando muito. Naquele dia, ele estava alheio a isso. Apenas ficou de pé perto deles pelo entusiasmo causado pela camaradagem. Em sua consciência algo o oprimia.

Logo, foram intimados a formar fileiras. O sargento saiu para assumir o comando. Era um homem de compleição robusta, bastante pesado, de 40 anos. A cabeça era atirada para a frente, um pouco enfiada entre os ombros fortes, e o maxilar firme se projetava para fora, de maneira agressiva. Mas seus olhos eram dissimulados, e o rosto, flácido e inchado como efeito da bebida.

Deu as ordens em gritos brutais, enérgicos, e a pequena companhia avançou, saindo do pátio de cerca de arame para a estrada aberta, marchando ritmadamente, levantando poeira. Bachmann, em uma fila interna da formação de quatro, marchava sem ar, parcialmente sufocado pelo calor, poeira e abafamento. Em meio aos movimentos dos corpos dos camaradas, podia ver as pequenas videiras empoeiradas próximas à beira da estrada, as papoulas entre as ervilhacas ondulando e feitas em pedaços, os espaços distantes do céu e dos campos abertos, com ar e sol. Mas ele estava fechado em um cerco muito escuro de ansiedade dentro de si mesmo.

Marchava com a facilidade habitual, sendo saudável e bem ajustado. Mas seu corpo avançava por si mesmo. A alma estava presa, à parte. E, quanto mais os soldados aproximavam-se da cidade, mais a consciência do jovem se tornava presa e isolada, o corpo trabalhando por uma espécie de inteligência mecânica, uma mera presença da mente.

Desviaram-se da estrada e desceram em fila indiana por um caminho entre árvores. Tudo estava silencioso, verde e misterioso, com a sombra da folhagem e da grama verde, alta e intocada. Então saíram para o sol em um fosso de água, que serpenteava silenciosamente por entre a relva alta e florida, ao pé das fortificações que se erguiam em frente, em terraços que se sobrepunham como degraus, macios com a relva crescida no alto. Margaridas e sapatos-de-vênus brilhavam, brancas e douradas na relva viçosa, preservadas ali, na paz intensa das fortalezas. Bosques cerrados erguiam-se ao redor. Ocasionalmente, uma lufada de vento misterioso fazia as flores e o capim alto, que coroavam as fortificações acima, curvarem-se e estremecerem como em sinal de perigo iminente.

O grupo de soldados permaneceu de pé no final do fosso, em seus uniformes azul-claros e escarlates, muito brilhantes. O sargento lhes dava instruções, e seu grito soava agudo e alarmante na imobilidade intensa, intocável do local. Eles ouviam, achando difícil esforçar-se para compreender.

Então tudo terminou e os homens moveram-se para fazer os preparativos. Do lado oposto do fosso erguiam-se as trincheiras, uniformes e luminosas ao sol, inclinando-se ligeiramente para trás. Ao longo do cume a relva crescia e margaridas esguias elevavam-se, proeminentes, como magia, contra o verde-escuro dos topos das árvores, atrás. Ouvia-se distintamente o ruído da cidade, a corrida dos bondes, mas o barulho parecia não penetrar naquele local tranquilo. A água do fosso estava imóvel. O treinamento começou em silêncio. Um dos soldados pegou uma escada e, passando ao longo da estreita plataforma ao pé das fortificações, com a água do fosso bem atrás de si, tentou fixá-la de forma ligeiramente inclinada contra a muralha. Lá ficou ele, pequeno e isolado, ao pé da muralha, tentando prender a escada. Afinal, ela ficou cravada, imóvel, e a figura desajeitada e tateante no uniforme azul folgado começou a subir. O restante dos soldados permaneceu imóvel e atento. Ocasionalmente, o sargento gritava uma ordem. Devagar, o canhestro homem escalava com dificuldade a muralha. Bachmann estava com os intestinos transformados em água. O vulto do soldado avançando com a ajuda das mãos chegou ao terraço no alto, e se moveu, azul e indistinto entre o capim verde e brilhante. O oficial gritou lá de baixo. O soldado caminhou pesadamente, prendeu a escada em outro local e desceu, olhando com cuidado para os degraus. Bachmann observou o pé cego tatear no espaço para encontrar a escada e sentiu o mundo desaparecer sob si. O vulto do homem colava-se, encolhido, contra a muralha, abrindo caminho, tateando ao descer, como um inseto inseguro lutando para baixar mais e mais, temeroso a cada movimento. Afinal, suando e com o rosto tenso, o soldado aterrissou em segurança e se virou para o grupo. Mas tinha ainda uma rigidez e uma expressão mecânica e vazia, e era algo menos que humano.

Bachmann permaneceu ali, pesado e condenado, esperando sua vez e a revelação do seu segredo. Alguns dos homens subiram com bastante facilidade e sem medo. Isso mostrou apenas que o treinamento podia ser feito despreocupadamente, e tornou o caso dele mais amargo. Se ao menos pudesse fazê-lo com tranquilidade!

Sua vez chegou. Bachmann sabia, por intuição, que todos ignoravam seu estado. O oficial o via apenas como algo mecânico. Tentou prosseguir, levar o exercício adiante, em vista das circunstâncias. Seu íntimo se continha com firmeza, como ainda sob controle, e ele pegou a escada e caminhou ao pé da muralha. Colocou-a com rápido sucesso, e uma esperança arrebatada, palpitante, o possuiu. Então começou a subir às cegas. Mas o objeto não estava muito firme; e a cada guinada uma sensação forte, aflitiva, desvanecedora o dominava. Continuou agarrado e subindo depressa. Se pudesse ao menos manter o controle sobre si mesmo, teria sucesso. Sabia disso, atormentado. O que não compreendia era a manifestação insensata de medo inocente e escaldante, que surgia com grande força sempre que a escada se afastava, e que quase fundia seu estômago e todas as juntas, e o deixava impotente. Ele estaria liquidado se o medo desfizesse, de súbito, todas as suas articulações e estômago. Agarrou-se, desesperadamente, a si mesmo. Conhecia o medo, sabia o que ele causava quando surgia, sabia que tinha apenas que manter firmemente o apoio. Sabia de tudo isso. No entanto, quando a escada se afastava e seu pé falseava, havia a grande investida do medo soprando sobre seu coração e intestinos, e ele se fundia, cada vez mais fraco, em um horror de medo e falta de controle, amolecendo e quase caindo.

Devagar, contudo, tateou, subindo mais e mais, sempre olhando para cima com o rosto desesperado e sempre ciente do espaço abaixo. Mas todo ele, corpo e alma, aquecia-se a ponto de derreter. Teria que desistir, para seu próprio alívio. De repente, seu coração começou a fraquejar. Deu uma arremetida irracional, ergueu-se, e novamente mergulhou em um arrebatamento de pânico. Ficou ali contra a muralha, inerte, como morto, em paz, exceto por uma sensação grande de ansiedade, sabendo que *não* estava tudo terminado, que ele ainda se encontrava no alto, no espaço, contra a muralha. Mas o principal esforço da vontade se fora.

Uma sensação fraca, estranha, penetrou em sua consciência. Despertou um pouco. O que era? Lentamente, então, compreendeu. A urina escorrera por sua perna. Permaneceu ali, seguro, imóvel de vergonha, parcialmente consciente do eco da voz do sargento vociferando de baixo. Esperou, na mais profunda humilhação, começando a recuperar-se. Sentia-se tão profundamente envergonhado! Então, podia continuar, porque o receio por si mesmo estava vencido. Sua desonra era conhecida e divulgada. Precisava prosseguir.

Devagar, começou a tatear em direção ao degrau seguinte, quando um grande choque o sacudiu. Seus pulsos foram agarrados de cima, estava sendo içado para um terreno seguro. Como um saco, foi arrastado por sobre a borda das fortalezas por mãos grandes e aterrissou de joelhos, rastejando no capim para recobrar o controle de si próprio, para pôr-se de pé.

Vergonha, uma vergonha e ignomínia irracionais abateram seu espírito e deixaram-no a se contorcer. Permaneceu ali, encolhido sobre si próprio, tentando esquecer-se de si mesmo.

Então, a presença do oficial que o havia içado fez-se sentir sobre ele. Ouviu o arquejo do homem mais velho, e depois a voz caiu sobre suas veias como um chicote violento. Contraiu-se tenso, humilhado.

— Levante a cabeça! Olhe em frente — gritou o sargento encolerizado, e o soldado obedeceu à ordem, mecanicamente, obrigado a olhar nos olhos do sargento.

O rosto brutal, flácido do oficial devassou o jovem. Enrijeceu com toda a força, evitando vê-lo. O ruído cortante da voz do sargento continuou a lacerar seu corpo.

De repente, impeliu a cabeça para trás, rígida, e seu coração saltou como se fosse estourar. O rosto havia, de súbito, se fechado, todo distorcido. Mostrava os dentes e os olhos que ardiam lentamente sobre ele. O bafo das palavras ásperas estava sobre seu nariz e boca. Ele se afastou para um lado, em uma reação repentina. Com um grito, o rosto estava sobre ele, de novo. Ergueu o braço, involuntariamente, em autodefesa. Um choque de horror percorreu-o quando sentiu seu antebraço atingir com um golpe brutal a face do oficial. Este cambaleou, recuou, e, com um grito curioso, oscilou e caiu para trás sobre as muralhas, com as mãos segurando o ar. Houve um segundo de silêncio, depois ouviu-se um ruído na água.

Bachmann, rígido, contemplou a cena de dentro do seu silêncio. Soldados corriam.

— É melhor ir embora — disse uma voz jovem, exaltada.

Com uma decisão imediata, instintiva, começou a andar para longe do local. Desceu o caminho escondido pelas árvores para a estrada onde os bondes corriam, indo e vindo da cidade. Havia em seu coração um sentimento de defesa, de fuga. Estava abandonando tudo, o mundo militar, a vergonha. Afastava-se de tudo aquilo.

Oficiais a cavalo perambulavam descendo a rua, soldados passavam na calçada. Bachmann, chegando à ponte, atravessou-a para a cidade que se erguia diante dele, elevando-se das pitorescas casas francesas, baixas, bem abaixo, à beira da água, por uma confusão de telhados e brechas de ruas, até a encantadora catedral escura com seus inumeráveis pináculos terminando no céu.

Ele se sentia, naquele momento, completamente em paz, aliviado de uma grande tensão. Assim, virou à margem do rio para os jardins públicos. Os lilases purpúreos eram bonitos, agrupados sobre a relva verde, e maravilhosos eram os muros de castanheiros-da-índia, iluminados como um altar de flores brancas em cada saliência. Oficiais passavam de maneira elegante e com insígnias, as mulheres e moças passeavam na sombra restrita. Era bonito, e ele caminhou como num sonho, livre.

II

Mas para onde ia? Começou a sair de seu êxtase de deleite e liberdade. Bem no fundo, sentiu a queimadura da vergonha na carne. Mas ainda não podia suportar pensar nisso. Porém, lá estava, submersa entre sua atenção, a vergonha pura, que queimava firmemente.

Tinha que ser inteligente. Não ousava ainda, contudo, lembrar-se do que tinha feito. Conhecia apenas a necessidade de fugir, fugir de tudo com que tivera contato.

Mas e agora? Uma grande angústia de medo atravessou-o. Não tolerava que sua carne humilhada fosse colocada, novamente, entre as mãos das autoridades. Essas mãos já haviam sido postas sobre ele, brutalmente sobre sua nudez, rasgando e expondo sua vergonha e tornando-o mutilado, incapacitado em seu autocontrole.

O medo se transformou em angústia. Quase às cegas, tomava a direção da caserna. Era incapaz de assumir a responsabilidade de si mesmo. Precisava entregar-se a alguém. Então, o coração, com esperança obstinada, tornou-se obcecado à lembrança de sua namorada. Ele se faria responsabilidade dela.

Recuando enquanto se armava de coragem, subiu no pequeno e rápido bonde que corria para fora da cidade, na direção das barracas. Sentou-se imóvel e sereno, estático.

Saltou no terminal e desceu a estrada. Um vento soprava ainda. Podia ouvir o sussurro débil do centeio, e o assobio mais forte quando uma rajada repentina o atingia. Não havia ninguém por perto. Desceu uma trilha agreste, entre vinhas baixas. Muitas videiras pequenas erguiam-se, espiraladas, estendendo ramos róseos flexíveis, ondulando suas gavinhas. Ele as viu claramente, e maravilhou-se com elas. Em uma campina um pouco distante, homens e mulheres recolhiam o feno. O carro de bois estava em uma trilha próxima, os homens vestindo camisas azuis, as mulheres com panos brancos nas cabeças carregavam o feno nos braços até o carro. Tudo parecia brilhar nitidamente sobre as terras verdes, cintilantes e ceifadas. Encontrou-se olhando para fora da escuridão, para a beleza fascinante e radiante do mundo que o rodeava, do mundo fora dele.

A casa do barão, onde Emilie trabalhava como criada, era quadrada e harmoniosa e se situava entre árvores, jardim e campinas. Tratava-se de uma velha granja francesa. A caserna ficava bastante próxima. Bachmann caminhou, impelido por um único propósito, em direção ao pátio. Entrou no local espaçoso, sombrio, varrido pelo sol. O cão, vendo o soldado, apenas saltou e ganiu para ser saudado. A bomba d'água estava a um canto, serena, à sombra de uma tília.

A porta da cozinha estava aberta. Ele hesitou, depois entrou, falando com timidez e sorrindo involuntariamente. As duas mulheres tiveram um sobressalto, mas pareceram contentes. Emilie preparava a bandeja para o café da tarde. Ela permaneceu do outro lado da mesa, empertigada, surpresa, desafiante e feliz. Tinha os olhos orgulhosos, assustadiços como os de um animal selvagem, arrogante. O cabelo negro estava bem preso, os olhos cinzentos observavam com firmeza. Trajava um vestido de camponesa, de algodão azul, salpicado de pequenas rosas vermelhas, apertado sobre os robustos seios virginais.

Outra mulher jovem sentava-se à mesa, era a aia das crianças, que tirava cerejas de uma grande pilha e as deixava cair em uma terrina. Era jovem, bonita e sardenta.

— Bom dia! — exclamou, de forma agradável. — O "inesperado".

Emilie não falou. O rubor surgiu em sua face morena. Continuou de pé, observando, entre o medo e um desejo de fugir, e, por outro lado, com uma alegria que a mantinha na companhia do soldado.

— Sim — disse Bachmann, embaraçado e constrangido, enquanto os olhos das duas mulheres se fixavam nele. — Meti-me em uma encrenca desta vez.

— O quê? — perguntou a aia, deixando as mãos caírem sobre o colo.

Emilie permaneceu imóvel. Bachmann não podia erguer a cabeça. Olhou para o lado, para as cerejas vermelhas, brilhantes. Não conseguia reencontrar o mundo normal.

— Derrubei o Sargento Huber nas fortificações, com um golpe, e ele caiu no fosso — falou. — Foi um acidente, mas...

E pegou as cerejas e começou a comê-las, inconsciente, ouvindo apenas a curta exclamação de Emilie.

— Atirou-o por sobre as fortificações! — repetiu *Fräulein* Hesse, horrorizada. — Como?

Cuspindo os caroços das cerejas na mão, de forma absorta e mecânica, ele contou toda a história para elas.

— *Ai!* — exclamou Emilie, vivamente.

— E como veio até aqui? — perguntou *Fräulein* Hesse.

— Fugi — disse ele.

Houve um silêncio total. Ele permaneceu ali, colocando-se à mercê das mulheres. Um silvo soou do fogão, e veio um cheiro mais forte de café. Emilie se virou, afastando-se depressa. Ele viu suas costas lisas, retas, e os quadris fortes quando se curvou sobre o fogão.

— Mas, o que vai fazer? — perguntou *Fräulein* Hesse, horrorizada.

— Não sei — respondeu ele, apanhando mais cerejas.

Ele havia chegado ao fim.

— Seria melhor ir para a caserna — disse ela. — Faremos que *Herr* Barão vá e cuide do caso.

Emilie arrumava a bandeja rapidamente e em silêncio. Ela ergueu a bandeja e ficou parada com a porcelana e a prata que brilhavam diante de si, esperando que ele desse a resposta. Bachmann permaneceu com a cabeça curvada, pálido e obstinado. Ele não suportaria voltar.

— Tentarei chegar à França — disse.

— Sim, mas você vai ser pego — disse *Fräulein* Hesse.

Emilie observava com olhos cinzentos, fixos, atentos.

— Posso fazer uma tentativa, se conseguisse me esconder esta noite — disse ele.

As duas mulheres sabiam o que ele queria. E sabiam que não era bom. Emilie pegou a bandeja e saiu. Bachmann continuou com a cabeça baixa. Sentia, no íntimo, a impureza da vergonha e da incapacidade.

— Jamais conseguirá fugir — disse a aia.

— Posso tentar — falou ele.

Naquele dia, não podia colocar-se nas mãos dos militares. Que fizessem o que quisessem com ele no dia seguinte, mas ele teria que fugir hoje.

Ficaram em silêncio. Ele comia cerejas. O rubor coloriu fortemente as faces da jovem aia.

Emilie voltou para preparar outra bandeja.

— Ele podia se esconder em seu quarto — disse-lhe a aia.

A garota se afastou. Não era capaz de tolerar a intrusão.

— É o único lugar em que eu imagino que as crianças não o descobririam — disse *Fräulein* Hesse.

Emilie não deu resposta. Bachmann permaneceu à espera de que as duas mulheres decidissem. Emilie não queria manter um contato tão íntimo com ele.

— Você pode dormir comigo — disse-lhe *Fräulein* Hesse.

Emilie ergueu os olhos e mirou o rapaz, direta e claramente, com reserva.

— Quer isso? — perguntou, e a sua virgindade ríspida resistindo ao rapaz.

— Sim, sim — disse ele, inseguro, destruído pela vergonha.

Ela moveu sua cabeça para trás.
— Sim — disse a si mesma.
Encheu a bandeja depressa e saiu.
— Mas não pode caminhar até a fronteira em uma noite — falou *Fräulein* Hesse.
— Posso ir de bicicleta — disse ele.
Emilie retornou, com a aparência reservada, neutra.
— Verei se pode ir — disse a aia.
Em um ou dois minutos, Bachmann seguia Emilie pelo vestíbulo quadrado, onde grandes mapas estavam pendurados nas paredes. Reparou em um casaco azul de criança, com botões dourados, no cabide, e se lembrou de Emilie caminhando, segurando a mão da criança mais nova, enquanto ele observava, sentado sob a tília. Isso já fazia muito tempo. Era um tipo de liberdade que ele havia perdido, trocada por uma ansiedade recente, imediata.

Andaram depressa, subindo as escadas com medo e atravessando um corredor comprido. Emilie abriu a porta e ele entrou, envergonhado, no quarto da moça.

— Preciso descer — murmurou ela, e saiu, fechando a porta suavemente.

Era um quarto pequeno, vazio, arrumado. Havia um pratinho para água benta, um quadro do Sagrado Coração, um crucifixo e um genuflexório. A cama pequena jazia branca e intocada, a bacia de lavar as mãos, de barro vermelho, estava sobre a mesa nua. Havia um pequeno espelho e uma cômoda. Era tudo.

Sentindo-se seguro, abrigado, caminhou para a janela e olhou para o pátio e o campo fracamente iluminado ao entardecer. Ia deixar aquela terra, aquela vida. Já se encontrava no desconhecido.

Afastou-se da janela. A severidade e simplicidade curiosas daquele quartinho católico eram estranhas, mas o confortavam. Olhou para o crucifixo. Era um Cristo alto, magro, campônio, esculpido por um camponês da Floresta Negra. Pela primeira vez na vida, Bachmann viu a figura como um ser humano. Representava um homem pendurado lá, desamparado em sua tortura. Fixou a cruz, atentamente, como se buscasse um novo conhecimento.

Dentro de sua própria carne, a vergonha turbulenta queimava e ardia. Era incapaz de se recompor. Havia uma lacuna em sua alma. A humilhação em seu íntimo parecia suplantar sua força e virilidade.

Sentou-se na cadeira. A desonra, o sentimento vivo de desmascaramento agia em seu cérebro, deixava-o abatido, indescritivelmente abatido.

De forma mecânica, privado de seu bom senso, tirou as botas, o cinto, a túnica, afastou-os e deitou-se, angustiado, caindo em uma espécie de sono provocado por drogas.

Emilie entrou por um instante e olhou para ele. Mas o rapaz estava dormindo profundamente. Ela o viu jazendo inerte, horrivelmente imóvel, e teve medo. Sua camisa estava aberta no pescoço. Ela viu a carne imaculadamente branca, muito limpa e bonita. E ele dormia, inerte. As pernas, nas calças azuis do uniforme, os pés nas meias grosseiras pareciam inadequados em sua cama. Ela foi embora.

III

A moça estava inquieta, perturbada até a última fibra do corpo. Queria permanecer pura, intocada. Um instinto impetuoso a fazia afastar-se de todas as mãos que pudessem encostar nela.

Havia sido uma criança abandonada pelos pais, era, provavelmente, de algum grupo cigano, criada em um asilo católico. Uma criatura ingênua, excessivamente religiosa, era ligada à baronesa, a quem servia havia sete anos, desde que tinha 14.

Ela não entrava em contato com ninguém, a não ser com Ida Hesse, a aia das crianças. Ida era uma namoradeira calculista, bem-humorada e não muito leal. Era filha de um pobre médico rural. Tendo se aproximado aos poucos de Emilie, mais em uma aliança do que em uma amizade, não fazia distinção de classe entre ambas. Trabalhavam juntas, cantavam juntas, caminhavam juntas e iam juntas aos aposentos de Franz Brand, o namorado de Ida. Lá, os três conversavam e riam, ou ouviam o rapaz, que era guarda-florestal, tocar violino.

Em toda essa união, não havia intimidade pessoal entre as jovens. Emilie era, por natureza, fechada em si mesma, de uma raça reservada, nativa. Ida a usava como uma espécie de peso para equilibrar seu próprio comportamento inconstante. Mas a aia volúvel, perspicaz, sempre ocupada em suas relações com seus admiradores, fazia tudo o que era possível para levar a natureza arrebatada de Emilie para alguma ligação com os homens.

No entanto, a moça morena, primitiva mas sensível a um alto nível, era ardentemente virgem. Seu sangue queimava de cólera quando os soldados rasos faziam aquele ruído de beijo prolongado, sugador, atrás dela, quando passava. Ela os odiava por suas propostas quase zombeteiras. Estava bem protegida pela baronesa.

E seu desprezo pelos homens comuns era inefável. Mas amava a baronesa e respeitava o barão, e sentia-se bem quando fazia alguma coisa para servir a um cavalheiro. Toda a sua natureza estava em paz ao serviço dos verdadeiros senhores e senhoras. Para ela, um cavalheiro possuía um atributo quase místico, que a deixava livre e orgulhosa de seu papel. Os soldados rasos eram brutos, não representavam nada para ela. Seu desejo era servir.

Mantinha-se distante. Quando, na tarde de domingo, ela olhara pelas janelas do Reichshalle ao passar e vira os rapazes dançando com as garotas, uma revolta e uma certa frieza a possuíram. Não tolerava ver os soldados tirando os cintos e abrindo as túnicas, dançando com os corpos expostos pela camisa aberta e folgada do uniforme, os movimentos torpes, os rostos transfigurados e suados, as mãos grosseiras segurando as garotas vulgares sob as axilas, puxando-as de encontro a seus peitos. Ela odiava vê-los colados, peito contra peito, as pernas dos homens movendo-se de forma obscena na dança.

À noite, quando estivera no jardim e ouvira, do outro lado da sebe, os gritos sexuais, inarticulados das garotas abraçadas aos soldados, seu ódio fora demais para ela, e ela gritara, alto e friamente:
— O que estão fazendo aí, na sebe?
Ela os teria feito serem chicoteados.

Mas Bachmann não era de todo um soldado raso. *Fräulein* Hesse havia investigado sobre ele, e o havia empurrado para Emilie. Porque ele era um rapaz atraente, louro, ereto e com uma espécie de arrogância no andar, inconsciente mas clara. Além disso, vinha de uma rica família de fazendeiros. Possuíam dinheiro há muitas gerações. Seu pai estava morto, a mãe controlava as finanças, por ora. Mas, se Bachmann quisesse 100 libras a qualquer momento, as teria. Por profissão era, com um dos irmãos, construtor de carroças. A família detinha a exploração agrícola, a ferraria e a construção de carroças do seu vilarejo. Trabalhavam porque esta era a forma de vida que conheciam. Se resolvessem, poderiam viver apenas de suas posses.

Dessa maneira, ele seria um cavalheiro em sensibilidade, embora seu intelecto não fosse desenvolvido. Tinha meios de pagar pelas coisas à vontade. Possuía, além disso, uma educação natural, boa. Emilie hesitava, insegura, por causa dele. Assim, ele se tornou seu namorado, e ela o desejava. Mas ela era virgem e tímida, e necessitava ser submissa, porque era rude e não dominava as formas civilizadas da vida, nem os propósitos civilizados.

IV

Às 18 horas começou o interrogatório dos soldados: alguém havia visto Bachmann? *Fräulein* Hesse respondeu, satisfeita por representar um papel:
— Não, não o vejo desde domingo. E você, Emilie?
— Não, não o tenho visto — disse a moça, e seu embaraço foi interpretado como timidez.
Ida Hesse incitou, fez perguntas e representou seu papel.
— Mas ele não matou o sargento Huber? — clamou, consternada.
— Não. Ele caiu na água. Mas sofreu um grande choque e quebrou o pé no fosso. Está no hospital. É uma situação difícil para Bachmann.
Emilie, implicada e cativa, permaneceu ali apenas como espectadora. Não mais se sentia livre, lidando com todo aquele sistema cheio de regras, que não conseguia compreender e que era quase divino para ela. Fora posta para fora do seu lugar. Bachmann se encontrava em seu quarto, ela não era mais a criada de confiança, servindo com segurança consciienciosa.
Sua situação lhe era insuportável. Durante toda a tarde o fardo pesou sobre ela, e isso lhe era insuportável. As crianças tinham que ser alimentadas e levadas para a cama. O barão e a baronesa iam sair, e ela devia servir-lhes uma refeição leve. O criado vinha cear depois de voltar com a carruagem. E durante todo o tempo ela tinha a sensação intolerável de estar desnorteada, responsável por si mesma, aturdida. O controle de sua vida devia vir de seus superiores, e ela devia agir segundo esse controle. Mas, agora, estava fora dele, livre e perturbada. Mais que isso, o homem, o apaixonado, Bachmann, quem era, o que era? Ele, entre todos os homens, possuía, para ela, uma característica desconhecida que a aterrorizava mais do que seu serviço. Ah,

ela o havia querido como um namorado distante, não próximo assim, atirando-a para fora do seu mundo.

Quando o barão e a baronesa saíram e o jovem criado foi embora para se divertir, ela subiu para ver Bachmann. Ele tinha acordado e estava sentado, sombriamente, no quarto. Ele ouvia os soldados, seus camaradas, lá fora, cantando as canções sentimentais do crepúsculo, o som grave da concertina como acompanhamento.

"Wenn ich zu mei... nem Kinde geh'...
In seinem Au... g die Mutter seh'..."

Mas ele estava distante daquilo, agora. Somente o lamento sentimental do desejo jovem, insatisfeito, no canto dos soldados penetrava em seu sangue e o agitava sutilmente. Deixou a cabeça pender; tornara-se, aos poucos, excitado: e esperou, concentrado em outro mundo.

No momento em que ela entrou no quarto onde o homem se encontrava sozinho, esperando-a ardentemente, uma onda de emoção atravessou-a, ela morreu de terror, e depois da morte uma grande chama se ergueu, extinguindo-a. Ele estava sentado de calça e camisa à beira da cama. Ergueu a cabeça quando ela entrou, e a moça desviou o olhar. Não podia suportá-lo. Aproximou-se mais dele, no entanto.

— Quer comer alguma coisa? — perguntou ela.

— Quero — respondeu ele, e Emilie permaneceu na penumbra do quarto com ele, que só era capaz de ouvir seu coração batendo fortemente.

Ele viu o avental de Emilie no mesmo nível de seu rosto. Ela permaneceu em silêncio, um pouco afastada, como se fosse ficar ali para sempre. Ele sofria.

Ela esperava, como que enfeitiçada, imóvel, um vulto indistinto ao longe, e ele continuou sentado, um pouco curvado, à beira da cama. Sentia um novo desejo poderoso e dominador. Ela se aproximou gradualmente, devagar, como se estivesse inconsciente. O coração do rapaz se acelerou rapidamente. Ele estava a ponto de se levantar.

Quando ela se aproximou mais, ele ergueu os braços, de forma quase invisível, e rodeou-lhe a cintura, atraindo-a com sua vontade e desejo. Enterrou o rosto no avental de Emilie, na suavidade enorme de seu ventre. E o rapaz era uma chama de paixão intensa à volta dela. Ele havia esquecido. A vergonha e a lembrança desapareceram e em seu lugar, sentiu uma chama violenta de paixão.

Ela estava completamente indefesa. Suas mãos se agitaram, pairaram no ar e se fecharam sobre a cabeça do rapaz, pressionando-a fortemente contra o ventre, vibrando ao fazê-lo. E os braços de Bachmann apertaram-na, as mãos abertas sobre os quadris de Emilie, cálidos como o fogo, em sua beleza. Tudo isso era uma intensa angústia de felicidade para ela, o que a fez perder a consciência.

Quando voltou a si, jazia transportada à paz do prazer.

Era algo de que ela jamais suspeitara, nunca soubera que podia existir. Sentia-se forte com uma gratidão eterna. E ele estava ali, com ela. Instintivamente, em um impulso natural de respeito e gratidão, cingiu-o em um abraço curto, e ele a conservou totalmente em seus braços.

Ele, perto dela, sentia-se revigorado e integrado. O alvoroço breve, crispado, momentâneo de gratidão que ela lhe deu com sua satisfação despertou seu orgulho irreprimível. Amavam-se, e tudo estava completo. Ela o amava, ele a havia possuído, ela lhe foi concedida. Estava certo. Ele lhe foi concedido, e eram um só, completos.

Apaixonados, com ardor nos corações e semblantes, ergueram-se de novo, recatados, mas transfigurados de felicidade.

— Vou buscar alguma coisa para você comer — disse ela, e na alegria e segurança do serviço, novamente deixou-o, fazendo uma curiosa e breve reverência ao sair.

Ele ficou sentado à beira da cama, livre, liberado, maravilhado e feliz.

V

Pouco depois ela voltou com uma bandeja, seguida por *Fräulein* Hesse. As duas mulheres o observaram comer, atentas à arrogância e ao prodígio de sua pessoa, enquanto ele permanecia sentado, louro e novamente singelo. Emilie se sentia rica e completa. Ida era uma pessoa inferior a ela própria.

— E o que vai fazer? — perguntou *Fräulein* Hesse, enciumada.

— Preciso fugir — respondeu ele.

Mas as palavras não tinham significado para ele. O que importava? Ele tinha a liberdade e satisfação íntimas.

— Mas necessita de uma bicicleta — disse Ida Hesse.

— Sim — falou ele.

Emilie permanecia calada, distante, e no entanto, com ele, ligada ao rapaz em sua paixão. Não tomou parte na conversa sobre bicicletas e fuga.

Discutiram planos. Mas em dois deles havia o desejo único de que Bachmann permanecesse com Emilie. Ida Hesse era uma estranha.

Ficou combinado, contudo, que o amante de Ida sairia com a bicicleta e a deixaria na cabana onde, às vezes, montava guarda. Bachmann a pegaria à noite e seguiria para a França. Os corações dos três batiam fogosamente com ansiedade, agitados com os planos e pensamentos. Estavam unidos na inquietação emocionada.

Depois, Bachmann fugiria para a América e Emilie iria ao seu encontro. Estariam em um bom país, então. A fábula tornou a desabrochar.

Emilie e Ida tiveram que ir à moradia de Franz Brand. Partiram, despedindo-se brevemente. Bachmann permaneceu sentado no escuro, ouvindo a corneta dar o toque de recolher, soando na escuridão. Lembrou-se então do cartão-postal para sua mãe. Esgueirou-se atrás de Emilie, entregou-lhe a missiva para que a pusesse no correio. Sua atitude era descuidada e vitoriosa. Já a de Emilie era radiante de felicidade e confiante. Ele voltou furtivamente ao refúgio.

O rapaz sentou-se à beira da cama, pensativo. Novamente, recordou os eventos da tarde, lembrando-se de sua angústia e apreensão porque descobrira que não podia escalar a muralha sem desfalecer de medo. Um rubor de vergonha o cobriu ainda, ao recordar o acontecido. Mas disse a si mesmo: "O que importa? Se não posso fazer nada a respeito, então não posso. Não consigo me controlar se subo uma grande altura, fico absolutamente fraco." Novamente, a lembrança o dominou com um acanhamento que queimava como fogo. Mas permaneceu impassível e suportou-o. Tinha que ser suportado, confessado e aceito. "Apesar disso, não sou um covarde", continuou. "Não temo o perigo. Se sou assim, se as alturas me confundem e fazem com que eu solte minha urina", era uma tortura para ele explorar essa verdade, "se sou assim, terei que conformar-me, só isso. Afinal, isto não sou eu, por inteiro." Pensou em Emilie e ficou satisfeito. "Sou o que sou; e que isto baste", pensou.

Aceitando seu defeito, ficou sentado pensando, esperando por Emilie, para lhe contar isso. Ela chegou afinal, dizendo que Franz não podia providenciar a bicicleta para aquela noite. Estava quebrada. Bachmann teria que ficar mais um dia.

Ambos estavam felizes. Emilie, confusa diante de Ida, que estava nervosa e ansiosa, se aproximou do rapaz uma vez mais. Estava rígida e séria em um acesso agudo de dor e de abandono. Mas ele a tomou entre as mãos, e a descobriu, e gozou até quase a loucura o corpo virgem, indefeso, que sofria tanto, e que aceitava o prazer tão profundamente. Enquanto a umidade do tormento e recato ainda estava em seus olhos, ela o abraçava, atraindo-o mais e mais para si, para a vitória e satisfação profunda de ambos. E dormiram juntos, ele em repouso ainda satisfeito e tranquilo, e ela jazendo próxima em sua realidade estática.

VI

De manhã, quando a corneta tocou no quartel, levantaram-se e espiaram pela janela. Ela amava aquele corpo viril, que era arrogante e louro e capaz de assumir o controle. E ele amava o corpo feminino, suave e eterno. Olharam para a névoa fracamente cinzenta de verão, que exalava o verde e o odor dos campos recém-ceifados. Não se via a cidade em parte alguma, sua visão terminava na névoa da manhã de verão. Seus corpos descansaram juntos, as mentes tranquilas. Então, uma leve ansiedade os agitou ao som da corneta. Ela foi chamada de volta à antiga posição, para ter consciência do mundo de autoridade que não entendia, mas ao qual desejava servir. Porém o chamado morreu, novamente, afastando-se dela. Ela possuía tudo.

Desceu para o trabalho, estranhamente mudada. Estava em um novo mundo, um universo seu, que jamais sequer imaginara, e que era uma terra da promessa, apesar de tudo. Neste mundo, ela se movia e vivia. E ela o estendeu aos seus deveres. Estava curiosamente feliz e absorta. Não precisava empenhar-se para realizar seu trabalho. A energia que fluía de Emilie e com que ela colocava suas tarefas em ordem era um jorro maravilhoso, como o brilho do sol.

Bachmann permaneceu ocupado, pensando. Tinha que preparar todos os seus planos. Precisava escrever à sua mãe, e ela teria que lhe enviar dinheiro para sua viagem a Paris. Ele iria para Paris e de lá, rapidamente, para a América. Tinha que fazer isso. Precisava fazer todos os preparativos. A parte perigosa era a entrada na França. Vibrou, antecipadamente. Durante o dia, precisaria de um horário dos trens que iam para Paris — necessitaria pensar. O uso da inteligência lhe deu prazer. Parecia-lhe uma aventura.

Só mais um dia e ele fugiria para a liberdade. Que necessidade torturante ele tinha por uma libertação absoluta, imperiosa! Ele havia conquistado sua essência, nele e em Emilie, extrairia o estigma de sua vergonha, começava a ser ele mesmo. E agora, desejava loucamente ser livre para prosseguir. Um lar, seu trabalho, e, enfim, ter liberdade total para se mover e viver, em Emilie, com ela — este era seu desejo ardente. Refletia em uma espécie de êxtase, vivendo um momento de energia aflitiva.

De repente, ouviu vozes, e um ruído de passos pesados. Seu coração deu um grande salto, depois ficou imóvel. Estava preso. Soubera, o tempo todo. Um silêncio total encheu seu corpo e alma, um silêncio como a morte, uma suspensão de vida e som. Permaneceu imóvel no quarto, em suspense total.

Emilie estava ocupada, andando rapidamente pela cozinha e preparando o café das crianças, quando ouviu o som pesado de passos e a voz do barão. Este surgira do jardim, e usava um velho terno de linho verde. Era um homem de estatura mediana, ágil, bem constituído, e de fascínio caprichoso. Sua mão direita fora atingida por um tiro na Guerra Franco-Prussiana, e agora, como acontecia sempre que estava muito agitado, sacudia-a para baixo, ao lado do corpo, como se doesse. Falava depressa com um tenente jovem e teso. Dois soldados rasos estavam de pé à porta, grosseiramente.

Emilie, muito abalada, estava parada, pálida e ereta, relutante.

— Sim, se é o que acha, podemos olhar — dizia o barão de forma rápida e irritada.

— Emilie — disse ele, virando-se para a moça —, você colocou no correio um cartão-postal para a mãe desse Bachmann, na noite passada?

Emilie permaneceu ereta e não respondeu.

— Colocou? — insistiu o barão, com rispidez.

— Sim, *Herr* Barão — replicou Emilie com voz neutra.

A mão ferida do homem se agitou rapidamente, com raiva. O tenente empertigou-se mais ainda. Ele estava certo.

— E sabe alguma coisa a respeito desse rapaz? — perguntou o barão, encarando-a com seus olhos brilhantes, de um ouro acinzentado.

A garota lhe devolveu o olhar com firmeza, calada, mas com a alma nua diante dele. Ele a observou durante dois segundos, em silêncio. Depois, calado, envergonhado e furioso, virou-se.

— Subam! — ordenou, impetuoso e autoritário, ao jovem oficial.

O tenente deu sua ordem, com uma fria confiança militar, aos soldados. Todos atravessaram o vestíbulo a passos pesados. Emilie ficou imóvel, a vida suspensa.

O barão marchou depressa de um lado para outro do corredor, o tenente e os soldados seguindo-o. O dono da casa escancarou a porta do quarto de Emilie e olhou para Bachmann, que estava de pé, atento, de calça e camisa ao lado da cama, em frente à porta. Estava completamente imóvel. Seus olhos encontraram o olhar furioso, encolerizado do barão. Este sacudiu a mão ferida e depois ficou parado. Fixou com firmeza o olhar do soldado. Viu a mesma alma nua exposta, como se visse realmente o âmago do *homem*. E ele estava indefeso, mais desamparado ainda pela singular nudez.

— Ah! — exclamou, impaciente, virando-se para o tenente que se acercava.

Este apareceu à soleira da porta. Rapidamente seus olhos percorreram o jovem descalço. Reconheceu-o como a sua caça. Deu uma ordem breve para que se vestisse.

Bachmann se virou em busca das roupas. Estava muito calmo, silencioso. Encontrava-se em um mundo abstrato, imóvel.

Mal percebia que os dois cavalheiros e soldados estavam de pé, observando-o. Eles não podiam vê-lo.

Em um minuto estava pronto. Ficou em posição de sentido. Mas somente a parte de fora de seu corpo estava em posição de sentido. Um silêncio estranho, um vazio, como alguma coisa eterna, o possuía. Permanecia fiel a si mesmo.

O tenente deu ordem para marchar. O pequeno cortejo desceu as escadas com andar cuidadoso, respeitoso, e atravessou o vestíbulo para a cozinha. Emilie estava ali de pé, o rosto erguido, imóvel e impassível. Bachmann não olhou para ela. Conheciam um ao outro. Eram eles próprios. Depois, a pequena fila de homens saiu para o pátio.

O barão permaneceu de pé na soleira da porta, observando as quatro figuras de uniforme atravessarem as sombras matizadas sob as tílias. Bachmann caminhava com indiferença, como se não estivesse ali. O tenente marchava irascível e sagaz, os dois soldados se arrastavam ao lado. Saíram para a manhã ensolarada, diminuindo de tamanho, dirigindo-se à caserna.

O barão entrou na cozinha, Emilie cortava pão.

— Então, ele passou a noite aqui? — perguntou.

A garota olhou para ele, mal o vendo. Naquele momento era excessivamente ela mesma. O barão percebeu a alma sombria e nua de seu corpo nos olhos que não viam.

— O que iam fazer? — interrogou.

— Ele ia para a América — replicou ela, em voz calma.

— Ora! Você deveria tê-lo mandado embora imediatamente — exaltou-se o barão.

Emilie esperava suas ordens, impassível.

— Agora, ele está liquidado — disse o homem.

Mas não podia suportar a nudez sombria, profunda, dos olhos de Emilie, que permaneciam imutáveis sob aquele sofrimento.

— Ele não passa de um louco! — repetiu, afastando-se agitado, e preparando-se para o que podia fazer.

3
Um estilhaço de vitral

Beauvale é, ou era, a maior paróquia da Inglaterra. É escassamente povoada, apenas abrigando aqueles que estão longe do agrupamento de casas em três grandes vilarejos mineiros. Quanto ao resto, conserva uma grande extensão de mata, uma porção da velha Sherwood, alguns morros de pastagem e terra cultivável, três minas de carvão e, finalmente, as ruínas da abadia cisterciense. As ruínas ficam em uma pequena e fértil campina, ao pé do último declive da mata. E, através dos carvalhos, o azul dos jacintos primaveris brilha como água. Da abadia resta apenas a parede oriental do coro da igreja, uma massa espessa e selvagem de hera pesando sobre um ressalto, enquanto pombos pousam no ornamento de pedra da janela do sótão. Essa é a janela em questão.

O pastor de Beauvale é um homem ainda solteiro, de 42 anos. Uma doença, bem no começo de sua vida, causou-lhe uma leve paralisia do lado direito, de forma que ele se arrasta um pouco, e o canto direito da boca se contorce para cima até a maçã do rosto, formando assim uma careta constante, não escondida pelo bigode grosso. Há alguma coisa patética na contorção do rosto do pastor: seus olhos são bem frios e tristes. Seria difícil aproximar-se do Sr. Colbran. Na verdade, agora sua alma possui parte da contorção do rosto, de maneira que, quando não é irônico, é satírico. No entanto, raramente se encontra um homem de generosidade e tolerância mais completas. Quando os homens rústicos caçoam dele, ele simplesmente sorri do outro lado da boca e não há malícia em seus olhos, apenas uma expressão tranquila de espera até que eles terminem. Seus fiéis não gostam dele; todavia, ninguém lhe poderia fazer qualquer acusação, exceto a de que "nunca se pode saber quando ele o está compreendendo".

Houve uma noite em que jantei com o pastor em seu gabinete. O recinto escandaliza a vizinhança por causa das estátuas que o adornam: uma de Laocoonte e outras cópias clássicas, além de obras em bronze e prata da renascença italiana. Quanto ao resto, trata-se de um local escuro e amarelado.

O Sr. Colbran é arqueólogo. Não se leva a sério, no entanto, em seu hobby, por isso ninguém conhece o valor de suas opiniões sobre o assunto.

— Aqui está — disse-me depois do jantar. — Encontrei outro parágrafo para minha grande obra.

— Qual é? — perguntei.

— Eu não lhe contei que estava compilando uma bíblia do povo inglês! A bíblia de seus corações, de suas exclamações em presença do desconhecido? Encontrei um fragmento em casa, uma tentativa de Beauvale de alcançar a Deus.

— Onde? — indaguei, surpreso.

O pastor fechou os olhos enquanto olhava para mim.

— Somente no pergaminho — respondeu.

Depois, devagar, estendeu a mão para um livro amarelo, traduzindo enquanto lia:

— Então, enquanto cantávamos, soou um estalido na janela, na grande janela do Leste, onde Cristo crucificado estava suspenso. Era um demônio malicioso, cobiçoso, indignado, que despedaçou a adorável imagem no vidro. Vimos as garras de ferro do diabo segurarem a janela, e um rosto, vermelho como fogo em uma cesta, cintilava sobre nós. Nossos corações se derreteram, as pernas vacilaram, pensamos em morrer. O hálito maligno encheu a capela.

"Mas nosso amado santo, etc. etc., desceu rapidamente do céu para nos defender. O demônio começou a gemer e zurrar — e foi intimidado e expulso.

"Quando o sol se ergueu de manhã, alguns saíram, horrorizados, para a neve fina. Lá estava a figura do nosso santo partida e atirada ao chão, enquanto havia um feio buraco na janela, como se o sangue abençoado das santas chagas tivesse jorrado ao toque do demônio, e sobre a neve estava o sangue, brilhando como ouro. Alguns o juntaram para o regozijo desta casa..."

— Interessante — falei. — De onde é?
— Da história de Beauvale. Século XV.
— Abadia de Beauvale — falei. — Os monges eram muito poucos. Pergunto-me o que os amedrontou.
— Eu também me pergunto — repetiu ele.
— Alguém subiu — supus — e tentou entrar.
— O quê? — perguntou, sorrindo.
— Bem, o que acha?
— Quase a mesma coisa — replicou. — Anotei a passagem para o meu livro.
— Sua grande obra? Conte-me.

Ele colocou um quebra-luz sobre a lâmpada, de forma que o recinto ficou quase às escuras.

— Sou mais que uma voz? — perguntou.
— Posso ver sua mão — retruquei.

Ele se afastou inteiramente do círculo de luz. Depois sua voz começou monótona, irônica:

— Eu servia em Rollestoun's, no feudo Newthorp, palafreneiro-mor. Um dia um cavalo mordeu-me enquanto eu o tratava. Era um antigo inimigo meu. Acertei-lhe um golpe no focinho. Então, quando teve a chance, atirou-se contra mim e feriu-me profundamente na boca. Peguei uma machadinha e dei-lhe um corte na cabeça. Ele urrou, endemoniado como era, e avançou para mim com os dentes à mostra. Derrubei-o.

"Açoitaram-me até pensarem que eu estava acabado, por ter matado o cavalo. Eu era forte porque nós, palafreneiros, tínhamos muito o que comer. Era forte, mas açoitaram-me até eu não conseguir mais me mexer. Na noite seguinte incendiei as cocheiras e elas incendiaram a casa. Observei e vi a chama vermelha erguer-se e espiar pela janela, vi gente correndo, cada um por si, senhor de si em um grupo assustado. Estava muito frio, mas o calor me fazia suar. Vi todos eles virarem-se para trás para olhar, todos cercados de vermelho. Gritaram quando o telhado cedeu, quando as fagulhas subiram em ricochete. Então, gritaram como cães ao alarido das gaitas de fole. O amo me amaldiçoou, enquanto eu ria, deitado sob um arbusto, bem próximo.

"Quando o fogo morreu, fiquei amedrontado. Corri para a mata com as labaredas ardendo em meus olhos e estalando nos meus ouvidos. Durante horas, eu era só fogo. Depois, fui dormir sob as samambaias copadas. Era noite quando despertei. Não tinha manta, estava gelado. Tive medo de me mover, temendo que todas as feridas das minhas costas se quebrassem como gelo fino. Permaneci imóvel até não suportar mais a fome. Movi-me, então, para me habituar à dor do movimento, quando comecei a procurar alimento. Não havia nada que pudesse encontrar, a não ser frutos de roseira.

"Depois de perambular até enfraquecer, deixei-me cair de novo sob as samambaias. Os galhos acima de mim estalavam com o frio intenso. Sobressaltei-me e olhei ao redor. Os galhos eram como fios de cabelo contra a luz das estrelas. Meu coração permaneceu parado. Novamente houve um estalido, e mais outro, e de repente um ruído surdo, que terminava em um assobio. Caí nas samambaias como madeira dura. No entanto, pelo silvo peculiar no final, percebi que era apenas o gelo se expandindo ou comprimindo-se com o frio. Eu estava na mata acima do lago, a somente 3 quilômetros do feudo. E, mesmo assim, quando o lago assoviou de novo, surdamente, agarrei-me ao solo gelado, com cada um dos meus músculos rígidos como a terra dura. Assim, durante toda a noite não ousei mover o rosto, mas pressionei-o contra o solo, e me mantive assim retesado, como se preso e amarrado.

"Quando amanheceu, ainda não havia me movido, jazia imóvel em um sonho. À tarde minha dor era tanta que me animou. Gritei, a respiração ofegante na dor do movimento. Depois, novamente, fiquei alerta. Bati com as mãos sobre a áspera casca da árvore para feri-las, para não sentir tanta dor. No acesso de cólera em que estava, sacudi as pernas, torturando-me até ficar nauseado de dor. Lutei contra o sofrimento, contudo; lutei e lutei, torcendo-me e agitando-me, até vencê-lo. Depois, a noite começou a cair. Durante todo o dia, o sol não abrandara o frio intenso. Senti o céu esfriar de novo, à tarde. Percebi que a noite chegava, e lembrando-me do grande período de tempo que eu acabara de atravessar, tão horrível que eu parecia ter me tornado outro homem, corri pela mata.

"Mas em minha corrida acerquei-me do carvalho de onde pendiam cinco corpos. Lá deveriam ter permanecido, rígidos, noite após noite. Era um terror pior que qualquer outro. Virando-me, tropeçando através da floresta, saí onde as árvores escasseavam, onde somente espinheiros ásperos e irregulares desciam até a margem do lago.

"O céu estava vermelho do lado oposto, o gelo sobre a água brilhava como se fosse cálido. Alguns gansos selvagens permaneciam como pedras sobre a camada de água congelada. Pensei em Martha. Era a filha do moleiro, e vivia no extremo superior do lago. Seu cabelo era vermelho como folhas de faia em uma ventania. Muitas vezes, quando eu fora ao moinho, ela me trouxera comida.

"— Pensei — disse-lhe eu — que era um esquilo sentado em seu ombro. É seu cabelo caindo, solto.

"— Chamam-me de raposa — disse ela.

"— Gostaria de ser seu cão — disse eu.

"Ela me trazia toucinho defumado e bom pão quando eu ia ao moinho com os cavalos. A lembrança dos pedaços de pão e toucinho me fez cambalear, como que embriagado. Eu havia vasculhado as tocas de coelhos e mastigara madeira o dia todo. Minha cabeça estava em tamanha confusão, que eu não sentia a dor das feridas, nem os cortes dos espinhos nos joelhos, mas tropeçava em direção ao moinho, quase além do temor do homem e da morte, arqueando de medo da escuridão que me perseguia, de tronco em tronco.

"Chegando à clareira na mata, abaixo da qual jazia o lago, não ouvi som algum. Eu sempre conhecera o local cheio do ruído da água, mas agora tudo estava silencioso. Com medo daquela imobilidade, avancei correndo, esquecendo-me de mim mesmo, esquecendo o frio forte. A mata parecia perseguir-me. Caí, bem a tempo, perto de um abrigo, onde os poucos porcos gelados se abrigavam. O moleiro aproximou-se, cavalgando sua montaria, e foi para ele e seu cavalo o latido dos cães. Ouvi-o amaldiçoar o dia, amaldiçoar seu criado, amaldiçoar-me em seu acesso de fúria pelo trabalho perdido, ao sair à minha procura, amaldiçoar tudo. Enquanto jazia ali, ouvi um ruído de sucção; percebi que a porca estava no abrigo, e lembrei-me de que a maioria de seus leitões já estaria morta para o Natal no dia seguinte. O moleiro, planejando ter leitões naquela época, lucrava com a venda dos animais para a festa de meados do inverno.

"Quando, em um momento, tudo ficou silencioso na penumbra, quebrei a tranca e entrei no abrigo. A porca grunhiu, mas não avançou para mim. Pé ante pé, avancei em direção ao seu calor. Ela tinha apenas três leitões consigo, que a encolerizavam, pois ela estava muito cheia de leite. De vez em quando ela os golpeava e eles guinchavam. Prossegui em sua direção, aproveitando que ela estava ocupada com eles. Tremia tanto que mal ousei aproximar-me, e por muito tempo não me atrevi a acercar meu rosto nu do animal. Tremendo de frio e fome, alimentei-me afinal de seu leite, protegendo o rosto com o braço. Os leitões tropeçavam, guinchando contra mim, mas a porca, sentindo-se aliviada, jazia grunhindo. Afinal, eu também tombei embriagado, desfalecendo.

"Despertei com o grito do moleiro. Encolerizado com a filha que chorava, maltratava-a, levando-a para fora de casa para que alimentasse os porcos. Ela veio, curvando-se à tirania, até a porta do abrigo. Ficou com medo ao ver a tranca quebrada, mas depois, quando a porca grunhiu, entrou com cautela. Segurei-a com o braço, a mão tapando-lhe a boca. Enquanto ela lutava contra meu peito, meu coração começou a bater loucamente. Finalmente ela percebeu que era eu. Agarrei-a. Ela ficou em meus braços, virando o rosto, de forma que beijei sua garganta. As lágrimas cegavam-me, não sei por que, a menos que fosse pela ferida profunda em minha boca, feita pelo cavalo.

"— Vão matar você — cochichou ela.

"— Não — respondi.

"E ela chorou suavemente. Tomou minha cabeça em seus braços e beijou-me, molhando-me com suas lágrimas, esfregando-me com o cabelo espesso, aquecendo-me.

"— Não irei embora daqui — falei. — Traga-me uma faca e me defenderei.

"— Não — chorou ela. — Não!

"Quando ela saiu, deitei-me, pressionando o peito no local em que ela havia descansado sobre a terra, para que a solidão não fosse um vazio pior que a fome.

"Ela voltou mais tarde. Vi-a inclinar-se à soleira da porta, uma lanterna à frente. Quando ela espreitou sob o vermelho do cabelo solto, senti medo dela. Mas ela trouxe comida. Sentamos juntos à luz indistinta. Às vezes eu ainda tremia e minha garganta não engolia.

"— Se eu — disse-lhe — comer tudo isto que você trouxe, dormirei até alguém me encontrar.

"Então, ela levou embora o resto da comida.

"— Por que — disse eu —, por que não deveria comer?

"Ela me olhou chorando de medo.

"— O quê? — perguntei, mas ela não tinha resposta ainda.

"Beijei-a e a dor da minha boca ferida encolerizou-me.

"— Agora — falei — há sangue meu em sua boca... — Passando a mão suavemente sobre os lábios, ela olhou para a própria mão, depois para mim.

"— Deixe-me — falei. — Estou cansado.

"Ela se ergueu para sair.

"— Mas traga-me uma faca — disse eu.

"Ela segurou a lanterna perto do meu rosto, examinando-me como se eu fosse um quadro.

"— Você me parece — disse ela — um novilho levado para o matadouro. Seus olhos estão sombrios, mas arregalados.

"— Então, vou dormir — falei — mas não acordarei tarde demais.

"— Não fique aqui.

"— Não dormirei na mata — respondi, e foi meu coração que falou — porque tenho medo. É melhor eu temer a voz do homem e dos cães do que os sons da floresta. Traga-me uma faca e pela manhã irei embora. Sozinho, não irei agora.

"— Os homens que estão à tua procura vão te agarrar — disse ela.

"— Traga-me uma faca — respondi.

"— Por favor, vá — chorou Martha.

"— Agora não. Não irei.

"Com isso ela ergueu a lanterna, iluminou seu rosto e o meu. Seus olhos azuis secaram-se de lágrimas. Então, puxei-a para mim, sabendo que era minha.

"— Voltarei — disse ela.

"Foi-se e dobrei os braços, deitei-me e dormi.
"Quando despertei, Martha me sacudia vivamente para me acordar.
"— Sonhei — falei — que um grande monte, como uma colina, estava debaixo e acima de mim.
"Ela cobriu-me com uma capa, deu-me um facão de caça e uma bolsa com alimento, e outras coisas que não notei. Depois, escondeu a lanterna sob sua própria capa.
"— Vamos — disse ela, e segui-a cegamente.
"Quando saí para o frio, alguém tocou meu rosto e cabelo.
"— Ah! — gritei. — Quem agora... — Ela se aproximou de mim, rapidamente, apressando-me. — Alguém me tocou — falei alto, ainda tonto de sono.
"— Oh, depressa! — choramingou ela. — Está nevando.
"Os cães no interior da casa começaram a latir. Ela avançou, correndo, e eu a segui. Chegando à passagem do riacho, Martha atravessou em pouco tempo, mas eu afundei no gelo. Percebi, então, onde estava. Flocos de neve, belos e rápidos, picavam meu rosto. Na mata não havia vento ou neve.
"— Ouça — disse-lhe eu. — Ouça, porque estou aturdido de sono.
"— Ouço um ruído no alto — respondeu ela. — Parecem grandes morcegos guinchando nas árvores.
"— Dê-me sua mão — falei.
"Ouvimos muitos ruídos enquanto caminhávamos. Uma vez, quando algo muito alvo se ergueu diante de nós, ela gritou.
"— Não — falei — não solte sua mão da minha — e logo atravessávamos a neve.
"Mas, de vez em quando, ela recuava estremecendo de medo.
"— Quando puxa meu braço para trás — disse eu, zangado —, piora uma chicotada que levei no ombro.
"Depois disso, ela correu ao meu lado, como uma corça ao lado da mãe.

"— Atravessaremos o vale e chegaremos ao riacho — eu disse. — O riacho nos levará até uma trilha de gelo que chegará ao fundo da floresta. Lá, podemos nos reunir aos marginais. Os lobos estão afastados desta área. Seguiram os veados.

"Chegamos diretamente a um brilho que tomava forma, entre flocos voadores de neve.

"— Ah! — gritou a moça, e ficou surpresa.

"Então, pensei que tínhamos penetrado no mundo da fantasia, e que eu não era mais um homem. Como eu sabia quais olhos me fixavam brilhantes em meio à neve, quais espíritos astutos nas correntes de ar? Assim, esperei pelo que aconteceria e esqueci-a, esqueci que ela estava ali. Eu só podia sentir os espíritos girando e soprando à minha volta.

"Depois disso, ela me abraçou, beijando-me com generosidade, e se cães ou homens ou demônios caíssem sobre nós naquele momento, ela nos teria deixado ser abatidos, sem cuidado. Assim, avançamos para a sombra que brilhava, colorida, sobre a neve em movimento. Encontramo-nos sob uma porta de luz que abrigava cores misturadas à neve. Martha jamais vira isto, nem eu tampouco, aquela porta aberta para uma saída vermelha e ardente, como fogos. Ficamos maravilhados.

"— É irreal! — exclamou ela, depois de algum tempo. — Poderia alguém pegar esta... Ah, não!

"Arbustos azuis e vermelhos brilhavam através da neve.

"— Alguém poderia ter essa pequena luz como uma flor vermelha... apenas um pouco, como o vermelho de um botão de rosa no peito!... E uma foi escolhida para ser Nossa Senhora.

"Tirei o casaco e livrei-me do fardo para escalar a face da sombra. De pé em orlas de pedra, depois em bolsas de neve, alcancei o terreno mais ao alto. Minha mão estava vermelha e azul, mas não pude pegar a coisa. Estava em minhas mãos como a cor da asa de uma mariposa, depois voou na neve crescente. Coloquei-me ainda mais acima, sobre a cabeça de um homem congelado e estendi a mão. Então, senti o frio da coisa brilhante. Não podia arrancá-la. Lá embaixo, Martha gritava para que eu voltasse novamente para ela. Senti uma borda ceder, golpeei-a com minha faca. Surgiu uma fenda na vermelhidão. Olhando através dela vi, abaixo, como se fossem anjos brancos atrofiados, com rostos tristes, erguidos com medo. Cada um tinha duas faces, e caracóis nos cabelos. Tive medo. Agarrei o vermelho brilhante e o puxei. Então, o homem gelado sob mim afundou, e caí sobre a neve como se estivesse partido.

"Instantes depois eu estava novamente de pé, e corríamos, descendo em direção à corrente. Ficamos aliviados quando sentimos a estrada lisa de gelo sob nossos pés. Por algum tempo, foi relaxante viajar assim, uniformemente. Mas o vento soprou ao nosso redor, a neve caiu sobre nós, inclinamo-nos para este e aquele lado, em direção à tempestade. Puxei-a, porque ela se movia como uma ave que se ergue e oscila na luta contra o vento. Pouco a pouco a neve se tornou mais rala, não havia vento na mata. Então, não senti fadiga ou frio. Eu apenas sabia, a escuridão impelida de ambos os lados, que no alto estava um caminho alvo no qual uma lua fugira de nós anteriormente. Ainda posso senti-la escapando de mim, posso sentir as árvores passando à minha volta em um rodopio lento e atordoado, posso sentir a ferida do meu ombro e meu braço direito machucado por ter que segurá-la. Eu seguia a lua e a corrente, porque sabia que havia refúgios dos marginais onde a água saltava de sua cova no solo.

"Peguei-a no colo e subi a encosta. Ali, ao meu redor, os lariços silvavam, áridos, presos com seus cordões secos e desgastados. Durante um curto caminho carreguei-a até as árvores. Depois, coloquei-a no chão até cortar galhos planos, ramosos. Coloquei-a no meu peito sobre este leito seco, e desfalecemos juntos pela noite afora. Apertei-a e cobri-a com meu corpo, de maneira que ela ficou como uma noz dentro da casca.

"Novamente, quando a manhã chegou, foi a dor do frio que me acordou. Gemi, mas meu coração se aqueceu quando vi o monte de cabelo ruivo em meus braços. Quando olhei para ela, seus olhos se abriram, fixando os meus. Martha sorriu — e, de seu sorriso, surgiu o medo. Havia nele um temor, como se em uma armadilha, ela houvesse pressionado a cabeça para trás.

"— Não temos pedra de fogo — falei.

"— Sim, na bolsa. Pedra de fogo, fuzil e isqueiro — respondeu ela.

"— Que Deus a abençoe!

"Em um local um pouco aberto, acendi um fogo com galhos de lariço. Ela, com medo de mim, aproximava-se, mas nunca totalmente.

"— Venha — disse eu. — Vamos comer esta comida.

"— Seu rosto — disse ela — está manchado de sangue.

"Abri minha capa.

"— Mas venha — falei. — Você está congelada de frio.

"Peguei um punhado de neve e esfreguei o rosto com ele, e enxuguei-o depois, na capa.

"— Meu rosto não está mais sujo de sangue. Você não tem mais medo de mim. Então venha cá, sente-se perto de mim enquanto comemos.

"Mas, no momento em que eu cortava o pão frio para ela, agarrou-me de repente, beijando-me. Caiu diante de mim, segurou meus joelhos puxando-os para seus seios, chorando. Deitou o rosto aos meus pés, de forma que seu cabelo se espalhou diante de mim como fogo. Surpreendi-me com o seu comportamento.

"— Não — gritei.

"Com isso, ela ergueu o rosto para mim.

"— Não — gritei, sentindo as lágrimas escorrerem.

"Com sua cabeça em meu peito, minhas lágrimas emergiram, molhando meu rosto e seu cabelo, que estavam encharcados com a chuva que caía dos meus olhos.

"Então lembrei-me, e tirei da camisa a luz colorida da noite anterior. Vi que estava escura e áspera.

"— Ah! — exclamei. — Isto é mágico.
"— A pedra negra! — admirou-se ela. — É magia — confirmou.
"— Devo atirá-la longe? — perguntei, erguendo a pedra. — Devo atirá-la longe, por medo?
"— Ela brilha! — gritou ela, erguendo a cabeça. — Brilha como o olho de uma criatura à noite, o olho de um lobo à soleira da porta.
"— É mágica — disse eu — deixe-me atirá-la para bem longe de nós.
"Mas não, ela segurou meu braço.
"— É vermelha e cintilante — disse.
"— É um jaspe sanguíneo — respondi. — Ela nos ferirá, morreremos ensanguentados.
"— Mas, dê-me a pedra — respondeu ela.
"— Está vermelha de sangue — falei.
"— Ah, me dê a pedra! — gritou.
"— É meu sangue — disse eu.
"— Dê-me a pedra — ordenou em voz baixa.
"— É minha pedra da vida — falei.
"— Dê-me a pedra — suplicou.
"Eu lhe dei a pedra. Ela a ergueu, sorriu, sorriu olhando para o meu rosto, levantando os braços para mim. Tomei-a com minha boca, seus lábios, seu pescoço branco. Ela não recuou, mas tremeu de felicidade.
"O que nos acordou, quando as matas se enchiam novamente de sombra, quando o fogo estava apagado, quando abrimos os olhos e os erguemos, como se estivéssemos afogados, quando fitamos a luz que permanecia brilhante e forte nos topos das árvores, o que nos acordou foi o som dos lobos..."

— Suponho que — disse o pastor, levantando-se de repente — viveram felizes para sempre.

— Não — falei.

4
O oficial prussiano

I

Haviam marchado mais de 30 quilômetros desde a alvorada, pela estrada branca, quente. Vez por outra, passavam pela sombra que os morros arborizados estendiam sobre a estrada, saindo novamente para o brilho intenso. De ambos os lados, o vale extenso e pouco profundo cintilava com o calor; havia pequenas plantações verde-escuras de centeio, trigo novo e claro, campos lavados e campinas, e matas de pinheiros negros que se estendiam em um diagrama monótono e ardente sob um céu cintilante. Mas, bem à frente, as montanhas se enfileiravam, azul-claras e imóveis, e a neve se irradiava da atmosfera insondável. E em direção das montanhas o regimento marchava, sem parar, entre os campos de centeio e as campinas, entre as esguias árvores frutíferas fixadas regularmente a cada lado da estrada. O centeio brilhante, verde-escuro, exalava um calor sufocante, as montanhas delineavam-se, gradualmente, mais próximas e mais nítidas. Enquanto os pés dos soldados ardiam cada vez mais, o suor corria pelos seus cabelos e sob os capacetes. Suas mochilas não mais queimavam em contato com seus ombros, mas pareciam, em vez disso, produzir uma sensação de frio de pequenas picadas.

Ele caminhava sem cessar, em silêncio, fitando os montes elevados à frente, que se erguiam abruptamente do chão e permaneciam dobra após dobra, meio terra, meio céu, o firmamento, a barreira com fendas de neve macia nos picos claros, azulados.

Agora, ele conseguia caminhar quase sem dor. No princípio, havia tomado a decisão de não mancar. Sentiu náuseas ao dar os primeiros passos, e durante mais ou menos 1,5 quilômetro, havia contido a respiração, e as gotas frias de suor tinham permanecido em sua testa. Mas ele havia vencido isso. O que eram elas, afinal, senão machucados! Ele as examinara, ao levantar-se: eram feridas profundas na parte posterior das coxas. E desde que dera o primeiro passo de manhã, estava ciente delas, até que, agora, havia uma compressão, ardente em seu peito, pelo fato de reprimir a dor e controlar-se. Parecia não haver ar quando respirava. No entanto, caminhava quase despreocupadamente.

A mão do capitão tremera ao tomar o café, ao amanhecer: seu ordenança novamente o notara. E ele viu a figura garbosa do capitão a cavalo, movendo-se em círculos na casa da fazenda à frente: uma figura atraente vestida com um uniforme azul-claro, e com adornos de escarlate, e o metal brilhando sobre o capacete preto, e a bainha da espada, e riscas escuras de suor visíveis no lustroso cavalo baio. O ordenança sentiu que estava ligado àquele vulto que se movia tão rapidamente em seu cavalo: seguiu-o como uma sombra, mudo e indefectível, e condenado por isso. O oficial estava sempre ciente da companhia caminhando na retaguarda, do seu ordenança marchando entre os demais.

O capitão era um homem alto de cerca de 40 anos, grisalho nas têmporas. Tinha uma aparência atraente, admiravelmente sólida, e era um dos melhores cavaleiros do Oeste. Seu ordenança, tendo que massageá-lo, admirava os surpreendentes músculos de suas costas, próprios de quem praticava equitação.

Quanto ao resto, o ordenança mal notava o oficial, reparando muito mais em si mesmo. Era raro ver o rosto de seu superior: não olhava para ele. O capitão tinha cabelo castanho-avermelhado e crespo, que usava curto, rente ao couro cabeludo. O seu bigode também era bem aparado e eriçado sobre uma boca carnuda, grosseira. O rosto era bastante irregular, tinha a face magra. Talvez fosse mais atraente pelas linhas profundas em seu semblante, a tensão irritadiça de sua testa, que lhe davam a aparência de um homem que sempre lutou com a vida. As sobrancelhas claras eram espessas sobre olhos azul-celestes que brilhavam sempre com frieza.

Era um aristocrata prussiano, orgulhoso e despótico. Mas sua mãe fora uma condessa polonesa. Tendo feito muitas dívidas de jogo quando jovem, arruinara suas possibilidades no exército e permanecera capitão de infantaria. Jamais se casou: sua posição não o permitia, e nenhuma mulher nunca o havia levado a isso. Passava o seu tempo cavalgando — às vezes montava um de seus cavalos nas corridas — e no clube dos oficiais. De vez em quando arranjava uma amante. Mas, depois disso, voltava ao dever com a testa ainda mais retesada, os olhos ainda mais hostis e irritadiços. Com os homens, no entanto, era simplesmente impessoal, embora fosse um demônio quando se encolerizava; de forma que, em geral, eles o temiam, mas não lhe tinham grande aversão. Aceitavam-no como algo inevitável.

Com seu ordenança, a princípio, fora frio, justo e indiferente: não se ocupava com ninharias. De forma que seu subordinado ignorava praticamente quase tudo a respeito dele, exceto que ordens daria, e como desejava que elas fossem cumpridas. Isso era bastante simples. A mudança ocorrera depois, gradualmente.

O seu ajudante era um rapaz de cerca de 22 anos, de estatura mediana e bem constituído. Tinha pernas fortes, grossas, era moreno, com um bigode liso, negro e pequeno. Havia nele alguma coisa cálida e jovem. Tinha sobrancelhas firmemente traçadas sobre olhos escuros, sem expressão, que pareciam jamais pensar, apenas receber a vida diretamente por meio dos sentidos, e agir inteiramente por instinto.

Aos poucos, o oficial foi tomando consciência da presença insensível, vigorosa e jovem do ordenança à sua volta. Ele não podia fugir dessa presença enquanto estivesse trabalhando. Era como uma chama cálida sobre o corpo rígido, tenso do homem mais velho, que se tornara quase sem vida, fixo. Havia alguma coisa tão livre e independente no rapaz, e algo em seu movimento, que fazia o oficial notá-lo. E isso irritava o prussiano. Ele não resolvera se interessar pela vida por causa de seu criado. Poderia, facilmente, ter mudado de ordenança, mas não o fez. Agora, raramente olhava de frente para ele e mantinha o rosto desviado, como se quisesse evitar vê-lo. E, no entanto, enquanto o jovem soldado andava de um lado para outro dos aposentos, descuidado, o homem mais velho o vigiava, e notava o movimento dos ombros fortes e jovens sob o uniforme azul, a curvatura do pescoço. E isso o irritava. A visão da mão juvenil, morena, bonita e rústica do soldado agarrando o pão ou a garrafa de vinho lançava uma chama de ódio ou cólera através do sangue do homem mais velho. Não sentia essa raiva porque o rapaz parecia desajeitado: era mais a firmeza cega, instintiva, do movimento de um jovem animal livre, que irritava o oficial a tal ponto.

Certa vez, quando uma garrafa de vinho virara, e a bebida se derramara sobre a toalha de mesa, o oficial se levantou de repente, praguejando, e seus olhos azulados como o fogo se fixaram por um momento nos do rapaz confuso. Foi um choque para o jovem soldado. Sentiu algo penetrar-lhe bem no fundo da alma, num local onde nada jamais havia tocado. Ficou bastante perplexo e atônito. Parte de sua natural autossuficiência desaparecera, dando lugar a uma leve intranquilidade. E, desde essa ocasião, um sentimento oculto existia entre os dois homens.

Daí em diante, o ordenança teve medo de se defrontar com seu superior. Em seu subconsciente, lembrava-se dos frios olhos azuis e das sobrancelhas contraídas, e não pretendia vê-los de novo. Assim, ele sempre fitava um ponto além do seu chefe, e o evitava. Além disso, aguardava com alguma ansiedade que se passassem os três meses, quando seu período de trabalho terminaria. Começou a sentir um constrangimento na presença do capitão, e o soldado, ainda mais que o oficial, queria ser deixado em paz, em sua neutralidade de criado.

Ele havia servido ao capitão por mais de um ano e sabia do seu dever. Cumpria-o com facilidade, como se fosse natural para ele. Aceitava o oficial e suas ordens como inevitáveis, como aceitava o sol e a chuva, e servia como algo normal. Isso não o comprometia, pessoalmente.

Mas, agora, se fosse forçado a um intercâmbio pessoal com seu superior, seria como um animal selvagem enjaulado, sentindo que devia fugir.

Mas a influência do jovem soldado havia se infiltrado pela disciplina rígida do oficial, e perturbava o homem que existia nele. Era, no entanto, um cavalheiro, de mãos finas, bonitas, e movimentos refinados, e não permitiria que nada perturbasse sua personalidade inata. Era um homem de temperamento passional, que sempre se mantivera contido. Às vezes, havia um duelo, uma explosão diante dos soldados. Ele sabia que estava sempre a ponto de perder o controle. Mas mantinha-se rigorosamente fiel aos propósitos do Exército. O jovem soldado, ao contrário, parecia viver de acordo com sua natureza apaixonada, integral, desprendendo-a em cada movimento, que continha um certo entusiasmo, como os animais selvagens em liberdade. E isso irritava, cada vez mais, o oficial.

Contra sua vontade, o capitão não conseguia recuperar a neutralidade de sentimento em relação ao ordenança. Tampouco podia deixar o homem em paz. Contra a vontade, ele o vigiava, dava-lhe ordens ríspidas, tentava tomar a maior parte possível do seu tempo. Às vezes, ficava furioso com o jovem soldado e o maltratava. O ordenança fechava os ouvidos, como se estivesse a uma distância em que não podia ouvir, e esperava com rosto taciturno, corado, pelo fim do ruído. As palavras jamais penetravam em sua inteligência, e ele se fazia impérvio, de salvaguarda, aos sentimentos do superior.

Tinha uma cicatriz no polegar esquerdo, uma sutura profunda atravessando o nó do dedo. O oficial sofria com isso havia muito tempo, e queria tomar uma providência a respeito. A cicatriz ainda continuava lá, feia e grosseira na mão jovem e morena. Afinal, o capitão cedeu. Um dia, quando o ordenança alisava a toalha da mesa, o oficial prendeu seu polegar com um lápis e perguntou:

— Como aconteceu isso?

O rapaz estremeceu e recuou em posição de sentido.

— Um machado, *Herr* Hauptmann — respondeu.

O oficial esperou por uma melhor explicação. Não houve nenhuma. O ordenança cuidou de suas tarefas. O homem mais velho ficou mal-humorado e zangado. Seu criado o evitava. No dia seguinte, teve que utilizar toda a força de vontade para evitar ver o polegar com a cicatriz. Queria segurá-lo e uma chama quente correu em seu sangue.

Sabia que em breve seu ordenança estaria livre, e ficaria contente com isso. Até aquele momento, o soldado se conservara a distância do homem mais velho. O capitão se tornou cada vez mais furiosamente irritadiço. Não descansava quando o soldado não estava presente; quando estava, fitava-o com olhos atormentados. Odiava aquelas sobrancelhas bonitas, pretas, sobre os olhos escuros, sem expressão, enfurecia-se com o movimento livre das pernas atraentes, que nenhuma disciplina militar era capaz de enrijecer. E ele se tornou duro e cruelmente ameaçador, utilizando o desprezo e o sarcasmo. O jovem soldado tornou-se, apenas, mais mudo e impassível.

— Que bichos o criaram, que é incapaz de sustentar um olhar? Olhe-me nos olhos quando eu falar com você.

E o soldado virava os olhos escuros para o rosto do outro homem, mas não havia visão neles: encarava-o com a mínima expressão possível, escondendo a visão, percebendo o azul dos olhos de seu superior mas não recebendo qualquer olhar deles. E o homem mais velho empalidecia, e suas sobrancelhas avermelhadas se franziam. Ele então dava sua ordem asperamente.

Certa vez, atirou uma pesada luva militar no rosto do jovem soldado. Teve então a satisfação de ver os olhos negros brilharem de ódio e encontrarem os seus, como a chama de uma palha jogada ao fogo. E rira com um curto estremecimento de desprezo.

Mas restavam apenas dois meses. O jovem tentava, instintivamente, manter-se intocado: tentava servir ao oficial como se ele fosse uma autoridade abstrata, e não um homem. Todo o seu instinto lhe dizia para evitar qualquer contato pessoal, e mesmo um ódio definido. Contudo, contra sua vontade, o ódio cresceu em resposta à paixão do oficial. Colocou-o em segundo plano, todavia. Quando tivesse deixado o Exército, poderia ousar admiti-lo. Era ativo por natureza e tinha muitos amigos. Pensava no quanto tinham sido companheiros surpreendentemente bons. Mas, sem sabê-lo, estava sozinho. Agora, sua solidão se intensificara, e poderia acompanhá-lo até o fim. Mas o oficial parecia irritar-se até a loucura, e o jovem sentia-se muito amedrontado.

O soldado tinha uma namorada, uma garota das montanhas, independente e primitiva. Os dois caminhavam juntos, em silêncio. Ele a procurava não para conversar, mas para ter seu braço ao redor da moça e pelo contato físico. Isso o acalmava, tornava mais fácil para ele ignorar o capitão; porque podia descansar com a cabeça dela segura contra o peito. E ela, de certa forma silenciosa, era sua companheira. Amavam-se.

O capitão notou isso e ficou louco de raiva. Mantinha o rapaz trabalhando todas as noites, e sentia prazer ao notar a expressão sombria que surgia no rosto dele. Ocasionalmente, os olhos dos dois homens se encontravam: os do rapaz, taciturnos e sombrios, teimosamente impassíveis; os do homem mais velho, escarnecedores com inquieto desprezo.

O oficial se esforçou por não admitir a paixão que se apossara dele. Não sabia que seu sentimento pelo ordenança era algo mais que o de um homem exasperado por ter um criado perverso e estúpido. Assim, mantendo-se completamente justificado e convencional em sua consciência, deixou que o restante prosseguisse. Seus nervos, contudo, sofriam. Por fim, arremessou a fivela de seu cinto contra o rosto do criado. Quando viu o jovem recuar, lágrimas de dor nos olhos e o sangue na boca, sentiu imediatamente uma emoção de profundo prazer e vergonha.

Mas isso, reconheceu consigo mesmo, era algo que jamais fizera antes. O rapaz era por demais exasperante. Sentindo seus próprios nervos destroçados, decidiu ir passar alguns dias com uma mulher.

Foi um simulacro de prazer. Ele simplesmente não a queria. Mas permaneceu todo o tempo disponível. Finalmente voltou, em uma agonia de irritação, tormento e infelicidade. Cavalgou até o anoitecer, em seguida entrou diretamente para jantar. Seu ordenança não se encontrava. O oficial se sentou, as mãos finas, bonitas, pousadas sobre a mesa, totalmente imóveis, todo o seu sangue parecendo desgastar-se.

Afinal, o criado entrou. Ele observou a figura forte, naturalmente jovem, as sobrancelhas bonitas, o cabelo negro espesso. Em uma semana, o rapaz havia recuperado seu antigo bem-estar. As mãos do oficial se torceram e pareceram cheias de ardor insano. O rapaz ficou em posição de sentido, imóvel, distante.

A refeição transcorreu em silêncio. Mas o ordenança parecia ansioso. Fez um ruído com os pratos.

— Está com pressa? — perguntou o oficial, observando o seu semblante preocupado e nervoso. O criado não respondeu. — Quer responder à minha pergunta? — insistiu o capitão.

— Sim, senhor — replicou o ordenança, de pé com a pilha de pratos fundos do Exército.

O capitão esperou, olhou para ele, depois perguntou de novo:

— Está com pressa?

— Sim, senhor — soou a resposta, que encolerizou o ouvinte.

— Por quê?

— Eu ia sair, senhor.

— Preciso de você esta noite.

Houve um instante de hesitação. O oficial tinha uma curiosa expressão de rigidez no rosto.

— Sim, senhor — replicou o rapaz, em voz baixa.

— Precisarei de você na noite de amanhã também. Na verdade, pode considerar suas noites ocupadas, a menos que eu lhe dê licença para sair.

A boca com o pequeno bigode permaneceu fechada.

— Sim, senhor — respondeu o ordenança, separando os lábios por um momento.

Novamente, voltou-se para a porta.

— E por que tem um lápis na orelha?

O ordenança hesitou, depois continuou seu caminho sem responder. Arrumou os pratos em uma pilha do lado de fora da porta, tirou o pedaço de lápis da orelha e colocou-o no bolso. Andara copiando um verso para o cartão de aniversário da namorada. Voltou para acabar de tirar a mesa. Os olhos do oficial dançavam, e ele tinha um sorriso curto, vivo.

— Por que tem um pedaço de lápis na orelha? — perguntou.

O ordenança encheu as mãos de pratos. Seu superior estava de pé, perto da grande lareira, com um sorriso curto no rosto, o queixo projetado para a frente. Quando o jovem soldado o viu, seu coração enfureceu-se, de repente. Sentiu-se cego. Em lugar de responder, virou-se, atordoado, para a porta. Quando se agachava para pousar os pratos foi atirado para a frente por um pontapé. As vasilhas desceram em corrente pela escada, ele se segurou nos suportes do corrimão. Enquanto se erguia, foi chutado com força, repetidas vezes, de forma que continuou agarrado fracamente ao balaústre por alguns instantes. Seu senhor havia entrado rapidamente na sala e fechado a porta. O criado lá embaixo ergueu a cabeça para o alto da escada e fez uma careta de escárnio pela catástrofe da louça.

O coração do oficial batia desenfreado. Serviu-se de um copo de vinho, derramou parte no chão e engoliu o resto, encostando-se contra a grande lareira fria. Ouviu seu ordenança recolher os pratos da escada. Esperou, pálido, como que intoxicado. O criado tornou a entrar. O coração do capitão se encheu de uma dor aguda, como se sentisse prazer, por ver o rapaz atônito e inseguro, de pé com sua dor.

— Schöner! — disse.

O soldado demorou um pouco a ficar em posição de sentido.

— Sim, senhor!

O jovem permaneceu de pé diante do capitão, com o patético e pequeno bigode e as belas sobrancelhas muito nítidas na testa de mármore escuro.

— Eu lhe fiz uma pergunta.

— Sim, senhor.

O tom de voz do oficial queimava como ácido.

— Por que tinha um lápis na orelha?

Novamente, o coração do criado se encolerizou e ele não pôde respirar. Com olhos sombrios, cansados, fitou o oficial, como se estivesse fascinado. E permaneceu de pé, firmemente imóvel, inconsciente. O sorriso mirrado surgiu nos olhos do capitão, e ele ergueu o pé.

— Esqueci, senhor — arquejou o soldado, os olhos escuros fixos nos do outro homem, azuis e dançantes.

— O que ele estava fazendo ali?

Viu o peito do rapaz arfar enquanto se esforçava por encontrar palavras.

— Eu estive escrevendo.

— Escrevendo o quê?

Novamente, o soldado mediu-o de alto a baixo. O oficial podia ouvi-lo arquejar. O sorriso apareceu em seus olhos azuis. O rapaz moveu a garganta seca, mas não conseguiu falar. De repente, um sorriso se iluminou como uma chama no rosto do oficial, e um pontapé atingiu fortemente a coxa do ordenança. O jovem se moveu para um lado. Seu rosto tornou-se sem vida, com dois olhos negros, fixos.

— Bem? — disse o oficial.

A boca do jovem ficara seca e sua língua roçou nela como em um papel pardo, áspero. Acionou sua garganta. O oficial ergueu o pé. O criado enrijeceu.

— Uma poesia, senhor — veio o som partido, irreconhecível de sua voz.

— Poesia. Que poesia? — perguntou o capitão com um sorriso repugnante.

Mais uma vez, houve a tentativa de fazer a garganta funcionar. O coração do capitão havia, subitamente, sucumbido, e ele se sentiu doente e cansado.

— Para minha namorada, senhor — ele ouviu o som seco, inumano.

— Ah! — exclamou, virando-se. — Tire a mesa.

A garganta do soldado produziu um estalido, e mais outro, e em seguida ele articulou:

— Sim, senhor.

O criado se foi, parecendo velho e caminhando com esforço.

O oficial, deixado sozinho, manteve-se rígido, para impedir-se de pensar. Seu instinto o avisou de que não devia pensar. Bem no fundo de si estava a intensa satisfação de sua paixão, agindo ainda poderosamente. Houve então uma ação contrária, um horrível colapso de alguma coisa em seu íntimo, uma perfeita agonia de reação. Permaneceu ali durante uma hora, imóvel, um caos de sensações, mas inflexível com o desejo de manter a consciência vazia, para evitar a compreensão da mente. E conservou-se assim, até que o pior tivesse passado, até que começou a beber, beber até se embriagar e dormir, esquecido de tudo. Quando acordou de manhã, estava abalado até o fundo de sua natureza. Mas afastou de forma relutante a lembrança do que havia feito. Evitava que sua mente assimilasse a ação, sufocava-a juntamente com seus instintos, e o homem consciente nada tinha a ver com aquilo. Sentia-se apenas fraco, como acontece depois de uma bebedeira, mas o caso em si estava liquidado e não devia ser trazido de volta. Da embriaguez de sua exaltação recusou, com sucesso, lembrar-se. E quando o ordenança apareceu com o café, o oficial assumiu a mesma personalidade da manhã anterior. Repeliu o que acontecera na véspera — negou que houvesse jamais ocorrido — e foi bem-sucedido em seu propósito. Ele não, ele jamais havia feito tal coisa. O que quer que tivesse acontecido, atribuíra ao ordenança estúpido e insubordinado.

O criado andara toda a noite de um lado para outro, assombrado. Havia bebido cerveja porque tinha a garganta seca, mas não muita, porque o álcool fazia voltar sua raiva, e ele não podia suportá-la. Estava apático, como se nove décimos do homem comum que havia nele estivessem inertes. Arrastou-se de um lado para o outro, desfigurado. Ainda assim, quando pensava nos pontapés, sentia náuseas, e quando pensava na ameaça de mais pontapés, mais tarde na sala, seu coração se exaltava e enfraquecia, e ele arquejava, lembrando-se da última agressão. Ele fora obrigado a dizer: "Para minha namorada." Estava por demais exausto, mesmo para desejar chorar. Sua boca pendia ligeiramente aberta, como a de um idiota. Sentia-se vazio e debilitado. Assim, perambulava em seu trabalho dolorosamente, muito lento e desajeitado, lutando às cegas com as vassouras e achando difícil, quando se sentava, reunir energia para voltar a se mover. As pernas, braços e maxilar estavam lerdos e flácidos. Estava deveras cansado. Foi para a cama, afinal, e dormiu, inerte, relaxado, um sono que era mais letárgico do que calmo, uma noite estéril de torpor entremeada por lampejos de angústia.

De manhã, havia as manobras. Mas ele acordou antes mesmo de soar a corneta. A dor angustiante no peito, a secura da garganta, a terrível e permanente sensação de infelicidade fizeram seus olhos se abrirem e se entristecerem imediatamente. Sem muito esforço de memória, sabia o que havia acontecido. E sabia que amanhecera novamente, e que ele deveria seguir a rotina diária. A última nesga de escuridão era empurrada para fora do quarto. Ele teria que mover o corpo inerte e prosseguir. Era tão jovem, e havia conhecido tão poucas dificuldades, que estava perplexo. Desejava apenas que a noite continuasse, para que ele pudesse jazer imóvel, protegido pela escuridão. E, no entanto, nada impediria que o dia chegasse, nada o pouparia da obrigação de levantar-se e selar o cavalo do capitão, e de fazer o café para ele. Tudo isso era inevitável. Além disso, pensou, era impossível que eles o deixassem livre. Precisava ir e levar o café para o oficial. Estava atordoado demais para compreendê-lo. Sabia apenas que era inevitável — inevitável, não importava quanto tempo permanecesse ali, parado.

Afinal, depois de se levantar, uma vez que parecia uma massa inerte, pôs-se de pé. Mas tinha que forçar cada um dos movimentos. Sentiu-se perdido, confuso e desamparado. Em seguida, agarrou-se à cama, tão aguda era a dor que sentia. E, olhando para as coxas, viu os hematomas mais escuros na carne morena e compreendeu que, se pressionasse um dos dedos sobre os ferimentos, desmaiaria. Mas não queria desfalecer — não queria que ninguém soubesse. Ninguém jamais deveria saber. O que houve deveria ficar entre ele e o capitão. Só havia duas pessoas no mundo agora — ele e o capitão.

Vagarosamente, poupando-se, vestiu-se e se obrigou a caminhar. Tudo era indistinto, exceto as coisas que tocava. Mas conseguiu realizar seu trabalho. A própria dor reanimou todos os seus sentidos apáticos. Ainda restava o pior. Pegou a bandeja e subiu ao aposento do capitão. O oficial, pálido e abatido, estava sentado à mesa. O ordenança, ao fazer continência, sentiu-se expulso da vida. Permaneceu imóvel por um momento, submetendo-se à própria anulação. Depois, recompôs-se, pareceu reconquistar-se, e então o capitão começou a se tornar vago, irreal, e o coração do jovem soldado bateu. Agarrou-se à situação — de que o capitão não existia — para que ele próprio pudesse viver. Mas, quando viu a mão do oficial tremer ao tomar o café, sentiu tudo se desmoronar. E foi embora, sentindo como se ele mesmo se desfizesse em pedaços, desintegrando-se. E quando o capitão estava a cavalo, dando ordens, enquanto ele próprio permanecia de pé com o rifle e a mochila, aflito de dor, sentiu que deveria fechar os olhos — que deveria fechar os olhos para tudo. Foi somente a agonia prolongada de marchar com a garganta seca que o encheu de uma única, adormecida e firme intenção: salvar-se.

II

Estava se acostumando até mesmo com a garganta ressequida. Parecia quase sobrenatural que os picos nevados cintilassem contra o céu, que o rio glacial verde-claro serpenteasse através dos baixios desbotados no vale, abaixo. Mas enlouquecia de febre e sede. Arrastou-se sem se queixar. Não queria falar com ninguém. Lá estavam duas gaivotas, como flocos de água e neve sobre o rio. O aroma do centeio seco ao sol atingiu-o como uma náusea. E a marcha prosseguiu monótona, quase um pesadelo.

Na fazenda seguinte, que se erguia ampla e baixa perto da estrada, tinas de água haviam sido colocadas do lado de fora da casa. Os soldados amontoaram-se ao seu redor para beber. Tiraram os capacetes, e o vapor subiu de seus cabelos molhados. O capitão, montado, observava. Precisava ver seu ordenança. Seu capacete projetava uma sombra escura sobre os olhos claros, ameaçadores, porém, o bigode, a boca e o queixo eram nítidos sob o sol. O rapaz precisava mover-se diante da presença do vulto a cavalo. Não que tivesse medo, ou se acovardasse. Era como se tivesse sido estripado, esvaziado, como uma concha oca. Sentia-se como um nada, uma sombra rastejando sob o brilho do sol. E, sedento como estava, mal podia beber, sentindo o capitão perto dele. Não tiraria o capacete para secar o cabelo molhado. Queria ficar à sombra, não ser forçado a ficar consciente. Ao caminhar, viu o calcanhar ágil do oficial esporear o animal; o capitão se afastou a meio galope, e ele próprio pôde voltar à apatia.

Nada, no entanto, era capaz de lhe devolver seu lugar exato naquela manhã quente e clara. Sentia-se como uma lacuna entre tudo. Enquanto isso, o capitão se mostrava mais orgulhoso, fatigando o cavalo. Uma centelha de cólera atravessou o corpo do jovem criado. O capitão estava mais seguro e orgulhoso, cheio de vitalidade, enquanto ele próprio se encontrava vazio como uma sombra. Uma centelha atravessou-o, de novo, atordoando-o. Mas seu coração batia com mais firmeza.

A companhia virou e subiu a colina, para fazer a volta e regressar. O sino da fazenda retiniu embaixo, por entre as árvores. Ele viu os trabalhadores, ceifando descalços o capim cerrado, abandonarem o trabalho e descerem a colina. Levavam as foices ao ombro, como garras compridas e brilhantes, curvando-se para baixo, atrás deles. Pareciam seres irreais, como se não tivessem relação consigo. Sentia-se como em um pesadelo: como se todas as outras coisas existissem e tivessem forma, mas ele fosse apenas uma consciência, um vazio que podia pensar e compreender.

Os soldados subiam, em silêncio, a encosta cintilante do morro. Aos poucos, a cabeça do rapaz começou a girar, lenta, ritmadamente. Às vezes, havia escuridão diante de seus olhos, como se visse aquele mundo através de um vidro enfumaçado, com sombras frágeis e irreais. Caminhar lhe provocava uma dor aguda na cabeça.

O ar estava perfumado demais, não lhe permitia respirar. Todas as hortaliças viçosas pareciam descarregar sua seiva, até o ar se tornar funesto, doentio com o aroma de verdura. Sentia o perfume do trevo, como puro mel de abelhas. Depois, aquele cheiro sufocante e acre: estavam perto das faias; em seguida, houve um ruído estranho e forte, e um cheiro opressivo, terrível: passavam por um rebanho de ovelhas, com um pastor vestindo um blusão comprido e preto, segurando seu cajado. Por que o rebanho se atropelava sob o sol forte? Sentiu que o pastor não o veria, embora ele pudesse ver o pastor.

Afinal, fizeram uma parada para descansar. Juntaram os rifles em uma pilha cônica, esparramaram as mochilas no chão em um círculo à sua volta, e dispersaram-se um pouco, sentando-se em um montículo sobre a encosta do morro. A conversa começou. Os soldados fumegavam com o calor, mas estavam animados. Ele se sentou, imóvel, vendo as montanhas azuis se erguerem por sobre a terra, a 20 quilômetros de distância. Lá havia uma dobra azul nas cordilheiras. E depois, brotando dali, no sopé, o leito largo, claro do rio, com faixas de água verde, esbranquiçada, entre os baixios cinza, róseos, no meio dos pinheirais. Lá estava ele, derramando-se por longa distância. E o rio parecia descer a encosta. A 1,5 quilômetro de distância, uma jangada seguia sua rota determinada. Era uma região estranha. Mais perto, estava uma fazenda extensa, de telhado vermelho, com base branca e pequenas janelas quadradas acaçapadas ao lado do muro de folhagem das faias, à borda da mata. Havia compridas faixas de centeio, trevo e trigo verde-claro. E, exatamente a seus pés, abaixo do montículo, havia um brejo escuro, onde globulárias se mantinham imóveis sobre as hastes finas. Algumas das borbulhas de um amarelo pálido estouravam e um fragmento partido jazia no ar. Ele pensou que ia dormir.

De repente, algo se moveu na miragem colorida diante de seus olhos. O capitão, uma pequena figura azul-clara e escarlate, trotava calmamente entre as faixas de milho, ao longo da borda horizontal do monte. E o homem que fazia sinais com a bandeira aproximava-se. Seguro e orgulhoso, o vulto a cavalo movia-se de forma rápida e brilhante, onde se concentrava toda a luz da manhã. Já o resto, era uma sombra frágil, cintilante. O jovem soldado, submisso e apático, permanecia sentado, com o olhar fixo. Mas, quando o cavalo reduziu o passo para a marcha, subindo o último caminho íngreme, a imensa cólera inflamou-se no corpo e alma do ordenança. Continuou sentado, à espera. Parecia que a parte posterior de sua cabeça estava presa a um grande pedaço de brasa. Não queria comer. Suas mãos tremiam ligeiramente quando as movia. Enquanto isso, o oficial a cavalo se acercava lenta e arrogantemente. A tensão crescia na alma do ordenança. Então, mais uma vez, vendo o capitão descansar sobre a sela, a chama ardeu em seu corpo.

O capitão olhou para a mancha azul-clara e escarlate, de cabeça escura, dispersada com parcimônia sobre a encosta da colina. Ficou satisfeito. O comando lhe agradava. E sentia-se orgulhoso. Seu ordenança estava entre eles, em sua submissão normal. O oficial se ergueu um pouco nos estribos para olhar. O jovem soldado estava sentado com o rosto desviado, mudo. O capitão relaxou em seu assento. O bonito cavalo, de pernas esguias, castanho como a noz de uma faia, subiu a colina a passo, de forma garbosa. O capitão entrou na área em que se concentrava a companhia: havia um odor forte de homens, de suor, de couro, que ele conhecia muito bem. Depois de uma palavra com o tenente, subiu mais alguns passos e sentou-se: era uma figura dominadora, o seu cavalo estava marcado de suor abanando o rabo, enquanto o homem abaixava os olhos para seus soldados, e para seu ordenança, uma nulidade entre o grupo.

O coração do jovem soldado queimava-o como fogo no peito, e ele respirava com dificuldade. O oficial, olhando colina abaixo, viu três dos jovens soldados, dois baldes d'água entre eles, cambaleando através de um campo verde, ensolarado. Uma mesa havia sido posta sob uma árvore, e o tenente esguio estava lá, de pé, ocupado, com ares de importância. Então o capitão intimou-se a um ato de coragem. Chamou o ordenança.

A labareda saltou para a garganta do jovem soldado quando ouviu a ordem e ergueu-se cegamente, asfixiado. Fez continência, de pé, abaixo de seu superior. Não ergueu os olhos, mas havia vibração na voz do capitão.

— Vá à estalagem e traga-me algo... — o oficial deu suas ordens. — Depressa! — acrescentou.

Com a última palavra, o coração do criado saltou de cólera, e sentiu a força tomar conta de seu corpo. Mas virou-se, em uma obediência automática, e partiu monte abaixo em uma corrida desajeitada, quase parecendo um urso, as calças estufadas sobre as botas militares. E o oficial observava a corrida cega do soldado, que mergulhava caminho abaixo.

Mas era apenas a parte exterior do corpo do ordenança que obedecia de forma tão humilde e mecânica. No íntimo, acumulara, gradualmente, um âmago no qual se comprimia e concentrava toda a energia da juventude. Ele executou sua incumbência e voltou, penosamente, ao alto da colina. Enquanto caminhava, sentia uma dor na cabeça que o fazia contorcer as feições, involuntariamente. Mas, exatamente no centro de seu peito, estava ele próprio, firme, que não seria espoliado.

O capitão havia entrado na mata. O ordenança arrastou-se através da área quente, com o cheiro forte da companhia. Agora, sentia uma curiosa massa de energia em seu íntimo. O capitão era menos real que ele próprio. Aproximou-se da entrada verde da mata. Lá, na penumbra, viu o cavalo de pé, o brilho do sol e a sombra oscilante das folhas dançando sobre seu corpo castanho. Ali havia uma clareira onde árvores haviam sido recentemente abatidas. E, à sombra verde-dourada ao lado da concha brilhante de luz, estavam duas figuras de pé, azul e rosa, as porções róseas claramente visíveis. O capitão falava com o tenente.

O ordenança parou à beira da clareira, onde grandes troncos de árvores, desfolhados e cintilantes, jaziam estendidos como corpos nus, de pele bronzeada. Lascas de madeira cobriam o solo pisado, como luz esparramada, e as bases das árvores derrubadas estavam aqui e ali, com seus tocos toscos, planos. Mais à frente estava o verde radiante, banhado pelo sol, de uma faia.

— Então seguirei em frente, cavalgando adiante — o ordenança ouviu o capitão dizer.

O tenente fez continência e afastou-se a passos rápidos. O ordenança avançou. Uma chama quente atravessou-lhe o estômago enquanto caminhava pesadamente em direção ao oficial.

O capitão observou a figura pesada do jovem soldado avançar cambaleando, e suas veias também se aqueceram. Teria que ser de homem para homem, entre eles. Cedeu diante da figura sólida, vacilante, de cabeça curvada. O ordenança se inclinou e colocou a comida sobre o toco de uma árvore serrada horizontalmente. O capitão observou as mãos nuas, brilhantes, inchadas pelo sol. Queria falar com o rapaz, mas não podia fazê-lo. O criado apertou uma garrafa contra a coxa, tirou a rolha e virou a cerveja na caneca. Mantinha a cabeça baixa. O capitão aceitou a caneca.

— Quente! — exclamou, de maneira amistosa.

A chama saltou do coração do ordenança, quase sufocando-o.

— Sim, senhor — respondeu entre dentes cerrados.

Quando ouviu o som produzido pelo capitão ao beber, apertou os punhos, tamanho era o tormento que penetrava em seus pulsos. Depois, houve o fraco som metálico, quando a tampa da caneca se fechou. Ele ergueu a cabeça. O capitão o observava. Rapidamente, desviou o olhar. Então, viu o oficial se curvar e pegar um pedaço de pão sobre o toco de árvore. Novamente, o lampejo de cólera atravessou o soldado ao ver o corpo rígido inclinar-se ao pé dele, e suas mãos se contraíram. Desviou o olhar. Podia sentir que o oficial estava nervoso. O pão caiu quando era partido. Ele comeu o outro pedaço. Os dois homens permaneciam tensos e imóveis, o amo mastigando laboriosamente seu pão, o criado olhando fixamente para o nada, com o rosto esquivo e o punho cerrado.

Então, o jovem soldado estremeceu. O oficial abrira novamente a tampa da caneca. O ordenança observou a tampa da caneca e a mão branca, que se fechava sobre o cabo, como se estivesse fascinado. A caneca foi erguida. O jovem seguiu-a com os olhos. E então viu o pomo de adão fino e forte do homem mais velho subir e descer enquanto ele bebia, o maxilar sólido trabalhando. E então o instinto que estivera sacudindo os pulsos do rapaz libertou-se, subitamente. Ele saltou, sentindo-se como se tivesse sido rachado em dois por uma violenta labareda.

A espora do oficial ficara presa a uma raiz. O homem caiu para trás com um estalido, e o meio de suas costas bateu com um som surdo contra um tronco de ponta aguçada, a caneca voando longe. Em um segundo, o ordenança, tendo o rosto sério, grave, e falando entre os dentes, havia colocado o joelho sobre o peito do oficial e pressionava-lhe o queixo para trás, contra a ponta mais distante do cepo da árvore, forçando, com todo o seu coração em uma exaltação de alívio, a tensão dos pulsos estranha com o desafogo. Com a base das palmas das mãos, empurrava o queixo com toda a força. E era bom, também, ter aquele queixo, o maxilar rijo já um pouco áspero com a barba, entre as mãos. Não relaxou um só segundo, mas, com toda a energia de seu sangue exultando com o ataque, empurrava a cabeça do outro para trás, até que houve um pequeno "cacarejo" e uma sensação de esmagamento. Sentiu então como se sua cabeça se evaporasse. Fortes convulsões sacudiam o corpo do oficial, assustando e horrorizando o jovem soldado. Ainda sentia prazer também em reprimi-las. Agradava-lhe manter as mãos pressionando o queixo para trás, sentir o peito do outro ceder, sucumbindo ao peso de seus joelhos fortes e jovens, sentir as crispações penosas do corpo prostrado sacudindo toda a sua própria estrutura pressionada sobre ele.

Mas o corpo ficou imóvel. O soldado podia ver as narinas do outro homem, mal podendo enxergar-lhe os olhos. A boca fora empurrada para fora de forma curiosa, exagerando os lábios carnudos, e o bigode eriçando-se acima deles. Então, com um sobressalto, notou que as narinas se enchiam, gradualmente, de sangue. Este transbordou, hesitou, correu e desceu em um fio fino do rosto para os olhos.

O sangue chocou o soldado e deixou-o aflito. Levantou-se devagar. O corpo crispado e estendido jazia inerte. Ficou parado, olhando para ele em silêncio. Era uma pena que estivesse fraturado. Representava mais do que a pessoa que lhe dera pontapés e o oprimira. Tinha medo de fitar os seus olhos. Agora, estavam medonhos, somente a parte branca estava visível, o sangue correndo por ali. O rosto do criado se deformou com tal visão. Bem, acontecera. No íntimo, estava satisfeito. Havia odiado o rosto do capitão. Estava extinto agora. Havia um grande alívio na alma do ordenança. Era como devia ser. Mas não suportava ver o corpo comprido do militar, jazendo dobrado sobre o toco da árvore, os belos dedos crispados. Queria escondê-lo.

Rápida e diligentemente, apanhou o corpo e empurrou-o para debaixo dos troncos abatidos, que descansavam ambas as extremidades de sua grandeza magnífica e lisa sobre os tocos. O rosto ensanguentado estava horrível. Cobriu-o com o capacete. Depois, empurrou as pernas para uma posição reta e decente, e afastou as folhas mortas do belo tecido do uniforme. Dessa forma, o corpo permaneceu completamente imóvel à sombra. Uma pequena faixa de luz corria ao longo do peito, saindo de uma fenda entre os troncos. O rapaz sentou-se próximo ao corpo por alguns momentos. Ali terminava, também, sua própria vida.

Então, em meio a sua confusão, ouviu o tenente explicar em voz alta aos homens fora da mata que eles deviam imaginar que a ponte sobre o rio se encontrava em poder do inimigo. Agora, deviam marchar para o ataque de tal e tal maneira. O tenente não tinha o dom da palavra. O ordenança, ouvindo por hábito, ficou confuso. Quando o tenente repetiu tudo, ele parou de ouvir.

Sabia que devia ir embora. Levantou-se. Surpreendeu-se que as folhas brilhassem ao sol e as lascas de madeira refletissem o branco do solo. Para ele, acontecera uma mudança no mundo. Mas, para o restante, não — tudo parecia igual. Somente ele havia deixado o mundo. E não podia voltar. Era seu dever voltar com a caneca de cerveja e a garrafa. Não podia. Havia abandonado tudo aquilo. O tenente ainda explicava com sua voz rouca. Precisava ir, ou eles o alcançariam. E ele não seria capaz de suportar o contato com ninguém naquele momento.

Protegeu os olhos com as mãos, tentando descobrir onde estava. Depois se virou e se afastou. Viu o cavalo parado na trilha. Aproximou-se do animal e montou-o. Doía-lhe sentar na sela. A dor de se manter ali, sentado, persistiu enquanto atravessava a mata, a meio galope. Não se importaria com nada, mas não podia fugir da sensação de estar separado dos outros. A trilha o levou para fora do arvoredo. À beira da mata puxou as rédeas e ficou parado, observando. Soldados se moviam em um pequeno grupo no fulgor amplo do vale. De vez em quando, um homem gradando uma faixa de alqueive gritava para seus bois, ao dar a volta. O vilarejo e a igreja de torre branca eram pequenos à luz do sol. E ele não fazia mais parte daquilo — permanecia lá, além, como um homem do lado de fora, na escuridão. Havia abandonado o cotidiano e chegara ao desconhecido, e não podia, sequer desejava, voltar.

Afastando-se do vale resplandecente de sol, cavalgou, entrando na mata densa. Troncos de árvores, como pessoas de pé, cinzentos e imóveis, permaneciam estáticos enquanto ele prosseguia. Uma corça, como uma mancha móvel de sol e sombra, atravessou correndo a escuridão raiada. Havia fendas verdes e brilhantes na folhagem. Mais à frente, tudo era a mata de pinheiro, escura e fria. Ele estava angustiado de dor, e tinha uma grande e insuportável vibração na cabeça. Além disso, estava doente. Jamais estivera enfermo antes. Sentiu-se perdido, completamente confuso com tudo aquilo.

Ao tentar desmontar, caiu, surpreso com a dor e a falta de equilíbrio. O cavalo se moveu, inquieto. Ele sacudiu as rédeas e mandou embora o animal, que saiu a meio galope, se balançando. Era sua última conexão com o resto do mundo.

Mas ele desejava apenas deitar-se e não ser perturbado. Cambaleando por entre as árvores, chegou a um local tranquilo onde faias e pinheiros cresciam em uma encosta. Deitou-se imediatamente e fechou os olhos, sua percepção continuando a correr sem ele. Uma grande pulsação da doença palpitou nele, como se latejasse por toda a terra. Ele estava queimando com o calor árido. Mas estava ocupado demais, excessiva e violentamente ativo na corrida incoerente do delírio, para notá-lo.

III

Voltou a si com um sobressalto. A boca estava seca e insensível, o coração batia pesadamente, mas ele não tinha energia para levantar-se. O coração batia pesadamente. Onde estava? No quartel? Em casa? Havia algo batendo. Com esforço, olhou ao redor: árvores e camadas de folhagem, e flocos avermelhados, brilhantes, imóveis de luz sobre o solo. Não acreditou que era ele mesmo, não acreditou no que via. Algo batia. Lutou para recuperar a consciência, mas em vão. Lutou novamente. E, aos poucos, tudo o que estava a seu redor se conectou a ele. Consciente, uma grande angústia de medo atravessou seu coração. Alguém estava batendo. Podia ver as saliências negras, sombrias de um abeto acima de sua cabeça. Depois, tudo escureceu. Não acreditou, contudo, que tinha fechado os olhos. Não tinha. A visão emergiu, de novo, lentamente, da escuridão. E alguém estava batendo. Rapidamente, vislumbrou o rosto desfigurado e ensanguentado do seu capitão, que ele odiava. E manteve-se imóvel, horrorizado. Contudo, bem no fundo de si mesmo, sabia que o capitão devia estar morto. Mas o delírio físico dominou-o. Alguém batia. Permaneceu totalmente parado, como se estivesse morto, de medo. E voltou à inconsciência.

Quando abriu os olhos novamente, ficou chocado ao ver algo mover-se rapidamente para o alto de um tronco de árvore. Era uma pequena ave. E ela assobiava sobre sua cabeça. Tap-tap-tap, fazia a ave pequena, rápida, batendo levemente no tronco da árvore com o bico, como se sua cabeça fosse um martelo pequeno e redondo. Observou-a com curiosidade. Ela se deslocou vivamente, saltitando à sua maneira. Depois, como um camundongo, escorregou, descendo pelo tronco nu. Seu movimento furtivo e ágil provocou uma reação súbita nele. Ergueu a cabeça. Pesava muito. Então, o pequeno pássaro saiu correndo da sombra para uma mancha imóvel de sol, com sua cabecinha balançando depressa, as pernas brancas cintilando vivamente por um instante. Como era perfeita em sua constituição, tão compacta, com uma mancha branca nas asas. Havia várias delas. Eram tão bonitas — mas rastejavam como ratos ligeiros, errantes, correndo aqui e ali entre o tronco da faia.

Deitou-se de novo, exausto, e ficou semiconsciente. Tinha horror das pequenas aves rastejantes. Todo o seu sangue parecia correr e rastejar em sua cabeça. E, no entanto, não podia se mover.

Voltou a si com uma outra espécie de dor, de exaustão. Havia a dor na cabeça e a terrível aflição, além da incapacidade de se mover. Jamais estivera doente na vida. Não sabia onde estava ou o que era. Provavelmente, tivera um ataque de insolação. Ou o que mais? Ele havia silenciado o capitão para sempre... havia algum tempo... ah, muito tempo! Houvera sangue em seu rosto, e os olhos tinham virado para cima. De alguma forma, estava certo. Estava livre. Mas, agora, havia ultrapassado a si mesmo. Nunca estivera ali antes. Era vida, ou não? Ele estava só. Os outros estavam em um local grande, claro, e ele se encontrava fora. A cidade, todo o campo, eram enormes locais brilhantes de luz: e ele estava fora, ali, além do espaço aberto e escuro, onde cada coisa existia sozinha. Mas os outros, todos, teriam que vir até ali, um dia. E houvera pai e mãe e namorada. O que importavam todos eles? Ali era a terra aberta.

Sentou-se. Alguma coisa se arrastava. Era um pequeno esquilo marrom correndo em lindos saltos ondulantes sobre o solo, o rabo vermelho completando a ondulação do corpo — e depois, ao sentar-se, dobrando-se e desdobrando-se. Ele observou, satisfeito. O esquilo tornou a correr, traquinas, divertindo-se. Correu veloz para outro esquilo, e estavam perseguindo um ao outro, produzindo pequenos ruídos de censura e conversa. O soldado quis falar com eles. Mas apenas um som rouco saiu de sua garganta. Os esquilos saltaram para longe, voaram para o alto das árvores. Ele viu o primeiro espreitando-o, a meio caminho da subida de um tronco. Um estremecimento de medo percorreu-lhe o corpo, embora, até onde estava consciente, se divertisse. O esquilo continuou, a pequena cara arguta fixando-o a meio caminho do alto da árvore, as orelhas pequenas erguidas, as garras seguras à casca da árvore, o peito branco levantado. O soldado afastou-se dele, em pânico.

Lutando para ficar de pé, andou cambaleando. Continuou caminhando, caminhando, à procura de algo para beber. Seu cérebro estava quente e inflamado por falta de água. Tropeçou. Depois, não soube de mais nada. Ficou inconsciente enquanto caminhava. Prosseguiu ainda, tropeçando, com a boca aberta.

Quando, para seu mudo assombro, abriu novamente os olhos para o mundo, não tentou mais lembrar o que era. Havia uma luz dourada, abundante atrás de cintilações verde-ouro, e raios altos, cinzentos, purpúreos, e, mais distante, a escuridão cercando-o, cada vez mais profunda. Estava consciente de uma sensação de chegada. Encontrava-se no meio da realidade, no fundo verdadeiro, escuro. Mas havia a sede queimando seu cérebro. Sentia-se mais leve, não tão pesado. Supôs que fosse o frescor. O ar ressoava com o trovão. Pensou que estava caminhando maravilhosamente depressa e chegava diretamente ao alívio — ou seria à água?

De repente, ficou imóvel, com medo. Houve um fulgor grandioso de ouro, imenso — apenas poucos troncos escuros entre ele e o brilho. Todo o trigo novo e uniforme coloriu-se de ouro cintilando sobre seu verde sedoso. Uma mulher, de saia franzida, com um pano negro na cabeça como toucado, passava como uma sombra pelo milho verde brilhante, e chegava ao fulgor total. Havia uma fazenda, também, azul-clara, à sombra, e a mata negra. E havia a torre da igreja, que quase se fundia no ouro. A mulher prosseguiu, afastando-se. Ele não tinha língua com que lhe falar. Ela era a irrealidade brilhante, sólida. Ela produziria um ruído de palavras que o confundiriam, e seus olhos o fixariam sem vê-lo. Enquanto ela atravessava para o lado oposto, ele ficou de pé, encostado a uma árvore.

Quando afinal se virou, abaixando os olhos para a alameda comprida e nua cujo leito plano já escurecia, viu as montanhas envoltas em uma luz encantada, próximas, radiantes. Atrás da crista suave, cinzenta da cordilheira mais próxima, as montanhas mais distantes eram douradas e cinza-claras, a neve fulgurante como ouro puro, macio. Assim, imóveis, brilhavam em seu silêncio, cintilando no céu, moldadas simplesmente do ouro do firmamento. Ele ficou parado e olhou para elas, seu rosto estava iluminado. E como o clarão dourado, lustroso da neve, sentiu sua própria sede brilhar em si próprio. Permaneceu de pé e olhou fixamente para uma árvore, encostando-se a ela. E então tudo desapareceu no espaço.

Durante a noite, relâmpagos tremularam sem cessar, tornando todo o céu branco. Ele devia ter caminhado novamente. O mundo pendia lívido ao seu redor por alguns momentos: os campos, um esplendor de luz verde-acinzentada, as árvores em uma aglomeração escura, e a fileira de nuvens negras contra o céu claro. Então, a escuridão desceu como uma cortina, e a noite foi total. Uma vibração leve de um mundo parcialmente revelado, que não podia saltar para a escuridão! Então, mais uma vez, houve um perfil de palidez para a terra, formas indistintas agigantando-se, uma fila de nuvens pendendo no alto. O mundo era uma sombra fantasmagórica, atirado por um momento na escuridão total, que voltava sempre global e completa.

E o simples delírio da doença e febre continuou penetrando no íntimo do soldado, seu cérebro se abrindo e fechando como a noite. Sentia, às vezes, convulsões de terror por alguma coisa de grandes olhos que ele encarava ao redor de uma árvore, depois, havia a longa agonia da marcha, e o sol apodrecendo seu sangue, e a angústia do ódio pelo capitão, seguida por um rasgo de ternura e conforto. Mas tudo estava distorcido, tudo nascera da dor e se dissipava em dor.

De manhã, despertou definitivamente. Então, seu cérebro incendiou-se com o horror único da sede! O sol batia em seu rosto, o orvalho evaporava-se das roupas molhadas. Levantou-se, como alguém possuído. Lá, bem à sua frente, as montanhas azuis, frias e suaves enfileiravam-se através da extremidade pálida do céu matinal. Ele as queria; queria só a elas; queria abandonar a si mesmo e identificar-se com elas. As montanhas não se moviam, eram imóveis e brandas, com marcas brancas, delicadas, de neve. Permaneceu parado, louco de sofrimento, as mãos crispadas e endurecidas. Então, contorceu-se em um espasmo sobre o capim.

Jazeu imóvel, em uma espécie de sonho de angústia. A sede parecia ter se separado dele, e, para permanecer afastada, havia uma exigência única. Então, a dor que sentiu foi outro ego único. Depois, o peso de seu corpo, outra coisa isolada. Estava dividido entre todos os tipos de coisas independentes. Havia alguma conexão estranha, agonizante entre elas, porém cada vez se desagregavam mais. Depois, todas iriam se decompor. O sol, abrindo caminho até ele, perfurava o elo. Em seguida, tudo cairia, cairia através do eterno espaço do tempo. Novamente, sua consciência se reafirmou. Ergueu-se sobre o cotovelo e fixou-se nas montanhas brilhantes. Lá se enfileiravam elas, imóveis e maravilhosas, entre a terra e o céu. Fitou-as até sua visão escurecer, imóveis em sua beleza, tão imaculadas e frias, pareciam possuir aquilo que estava perdido nele.

IV

Quando os soldados o encontraram, três horas mais tarde, ele jazia com o rosto sobre o braço, o cabelo preto desprendendo calor sob o sol. Mas ainda vivia. Vendo a boca aberta, negra, os soldados o soltaram, horrorizados.

Ele morreu à noite, no hospital, sem ter voltado a si.

Os médicos viram as feridas na parte posterior das pernas, e ficaram calados.

Os corpos dos dois homens jazeram juntos, lado a lado, na casa mortuária; um, pálido e esguio, mas em um repouso rígido; o outro parecendo como se, a qualquer momento, devesse despertar novamente para a vida, de um sono leve, tão jovem e estranho.

5
O cigano*

I

Quando a mulher do pastor fugiu com um homem novo e sem um tostão, houve um escândalo sem limites. Ela deixava duas filhas: uma de 7 e outra de 9 anos. E deixava o pastor, que era um marido tão bom. É verdade que seu cabelo já se tornara grisalho; mas seu bigode era escuro ainda. Era um sujeito simpático, dominava-o ainda a paixão dissimulada que nutria pela bela e impulsiva esposa.

Por que ela teria partido? Por que deixara tudo, de súbito, com tão intempestivo *éclat*,** como se fosse acometida por um acesso de loucura?

Eram perguntas a que nunca ninguém respondeu. Só as beatas é que disseram que ela era uma má mulher. Todavia, as mulheres de coração generoso conservaram-se em silêncio. Elas sabiam.

As duas filhas pequenas nunca souberam. Magoadas, concluíram que o fato acontecera porque a mãe as julgava dignas de desprezo.

O vento impiedoso, que ao soprar não traz benefícios a ninguém, empurrou, com a sua rajada, a família do pastor para

---
*Publicado originalmente com o título "A virgem e o cigano". (*N. do E.*)
**"Alarde" em francês, no original. (*N. do T.*)

longe. E eis que ele, que se distinguira bastante como ensaísta e polemista, e cujo caso suscitara comiseração entre os estudiosos, recebeu, então, o benefício eclesiástico de Papplewick.

Deus compensava-o do vento da desgraça com a concessão de um reitorado no Norte do país.

O presbitério era uma casa de pedra, bastante feia, que se erguia lá embaixo na margem do rio Papple, antes da entrada da vila. Mais adiante, para além do local onde a estrada atravessava o rio, ficavam as enormes e antigas fábricas têxteis de algodão, outrora acionadas hidraulicamente. A estrada subia, às curvas, e desembocava nas ruas empedradas e gélidas da vila.

A família do presbítero sofreu modificações sensíveis na sua constituição quando se transferiu para o reitorado. O vigário, agora reitor, foi à cidade buscar a velha mãe, a irmã e um irmão. As duas meninas passaram a viver num meio muito diferente do que caracterizara o antigo lar.

O reitor tinha agora 47 anos. Depois da fuga da cara-metade, dera largas a um desgosto profundo, embora pouco dignificante. Haviam praticamente evitado que ele cometesse suicídio. O cabelo ficou quase todo branco. A expressão de seu olhar era selvagem e trágica. Bastava observá-lo para se ver quão terrível fora tudo o que lhe acontecera, e como ele havia se transformado numa vítima.

Todavia, parecia haver algo que soava falso. E algumas das senhoras, que se tinham revelado mais compassivas com o vigário, não aprovavam, no fundo, a atitude do reitor. Quando tudo já estava dito e os fatos consumados, persistia nele, ainda, uma espécie de hipocrisia dissimulada.

As filhas pequenas aceitaram, de modo complacente, o veredicto da família, daquela forma abstrata, típica das crianças. A avó, que já passara dos 70, e cuja visão começava a falhar, tornou-se a personagem principal da casa. A tia Cissie, quarentona, pálida e piedosa, consumida por qualquer mal interno, era quem governava. O tio Alfredo, homem parcimonioso e de rosto fechado, que se limitava a viver sombriamente para si mesmo, ia à cidade todos os dias. E é claro que o reitor era a pessoa mais importante, depois da avó.

A esta chamavam-lhe a Mãe. Possuía um desses velhos corpos fisicamente vulgares, mas dotado da inteligência com que triunfara na vida, bajulando as fraquezas dos homens que a rodeavam.

Com grande rapidez assumiu o seu papel. O reitor "amava" ainda a esposa delinquente, a "amaria" até morrer. Calemo-nos, porém! Os sentimentos do reitor eram sagrados. A moça que adorara e com quem se casara continuava-lhe encravada no coração, como num relicário.

Todavia, lá fora — e ao mesmo tempo — vagueava aquela mulher desonrada que o traíra e abandonara as filhas pequenas. Estava, agora, ligada a um homem novo e desprezível que, sem dúvida, lhe traria a degradação que merecia. Que isso fique bem compreendido, e depois, silêncio! Porque na imponência autêntica do coração do reitor florescia ainda a pura e branca flor de neve, que fora sua jovem noiva. Essa branca flor de neve nunca murcharia. A outra criatura, aquela que fugira com um indivíduo miserável, com essa ele nada tinha em comum.

A Mãe que, como viúva na casa pequena onde até aí vivera, nunca passara de um ser um tanto apagado e insignificante, elevava-se, agora, à dignidade da principal cadeira de braços do presbitério, onde sua massa corpórea envelhecida se plantava, de novo, com firmeza. Nunca mais seria destronada. Disfarçadamente, soltou um suspiro de homenagem à fidelidade do reitor para com a sua pura e branca flor de neve, embora fingisse não estar de acordo. Mas numa atitude de respeito, um tanto ardilosa, não disse uma palavra contra aquela erva daninha que crescia, lá fora, num mundo de perdição, essa que um dia tivera o nome de Sra. Artur Saywell. Agora, graças a Deus, uma vez que casara de novo, já não era a Sra. Artur Saywell. Nenhuma mulher ostentava, atualmente, o nome do reitor. Daí para o futuro, a branca e pura flor de neve floresceria sem designação, *in perpetuum*. Os próprios membros da família pensariam nela como sendo Aquela-que-fora-Cíntia.

Tudo isso constituía um trunfo nas mãos da Mãe. Tinha-os nas mãos, seguros por aquilo que era a mais débil das suas fraquezas: o seu covarde amor-próprio. Ele casara com uma flor de neve branca e imperecível. Homem de sorte! Fora ofendido! Homem infeliz! Sofrera. Ah! Coração apaixonado! E perdoara! Sim, a branca flor de neve fora perdoada. Não se esquecera mesmo dela no testamento, quando aquele outro salafrário... Porém, calemo-nos! Que não se *pense*, por pouco que seja, naquela horrível erva daninha que crescia, lá fora, nesse mundo malcheiroso! Aquela-que-fora-Cíntia! Que a branca flor de neve florescesse, inacessível, nos pináculos do passado. O presente era uma história diversa.

As crianças tinham sido educadas numa atmosfera de hipócrita autossantificação e de "coisas que não deveriam ser mencionadas". Viam, também, a flor de neve em cumes inatingíveis. Sabiam, além disso, que estava entronizada, em solitário esplendor, muito acima das suas próprias vidas, intocável.

Ao mesmo tempo, lá de fora desse mundo miserável, vinha um horrível aroma, pérfido aroma de egoísmo e de abjeta lascívia, o aroma dessa terrível erva daninha, Aquela-que-fora-Cíntia. Tal erva daninha parecia querer, às vezes, se manifestar um pouco por meio das meninas, das filhas. E, perante isso, a Mãe, de cabeça prateada, sentia-se abalada interiormente pelo ódio. Porque, se alguma vez Aquela-que-fora-Cíntia regressasse, pouco ou nada ficaria da Mãe. Uma secreta erupção de raiva, que irrompia da velha avó, se voltava contra essas jovens, filhas da viciada urtiga da concupiscência, aquela Cíntia que sempre tinha revelado um desprezo tão cortês pela Mãe.

Misturado com tudo isso, havia o fato de as crianças se lembrarem muito distintamente do verdadeiro lar, o vicariato no Sul, e da sua deslumbrante, embora pouco digna de confiança, mamãe, Cíntia. Como se fosse um sol cintilante e perigoso, ela envolvera o lar com uma magnífica incandescência, uma torrente de vida. Sua presença estava sempre associada ao brilho, e também ao perigo, tanto ao deslumbramento como a um egoísmo medonho.

Agora, o deslumbramento se fora, e a branca flor de neve, como uma grinalda de porcelana, gelava no seu túmulo. O perigo da instabilidade, aquela espécie peculiarmente *perigosa* de egoísmo, como tigres e leões, também tinha desaparecido. Havia, agora, uma estabilidade completa, na qual cada um poderia perecer com toda a segurança.

Mas as meninas cresciam. E à medida que cresciam tornavam-se cada vez mais inquietas, mais vivamente confusas. A Mãe, quanto mais velha ficava, menos via. Agora, era preciso guiá-la com a mão. Só se levantava por volta do meio-dia. Porém, quase cega e de cama, continuava à frente da casa.

Todavia, o fato de estar confinada ao leito não constituía para ela um estado permanente. Sempre que os *homens* estavam presentes, lá ia a Mãe para o seu trono. Era demasiado esperta para abandonar a corte. Especialmente se havia rivais.

A mais perigosa era a neta mais nova, Yvette. Ela possuía um pouco da vaga e descuidada jovialidade que caracterizara Aquela-que-fora-Cíntia. No entanto, era mais dócil. Talvez a avó pudesse conseguir refreá-la a tempo. Talvez!

O reitor adorava Yvette e a mimava com um amor que beirava a idolatria, como se dissesse: não serei eu um velho mancebo de coração generoso e tolerante? Gostava de mostrar sua fraqueza até por um fio de cabelo. Yvette conhecia tais características e a opinião que o pai fazia de si mesmo. A Mãe também, mas tentava fazê-los passar por virtudes, em atenção ao caráter do reitor. Este queria, na verdade, até perante si mesmo, ostentar um caráter atraente, da mesma maneira que as mulheres gostam de exibir vestidos fascinantes. Assim, de maneira hábil, a Mãe encobria os defeitos e deficiências do filho, substituindo-os por uma outra fachada, mais sedutora. Era o amor maternal a tapar-lhe as fraquezas, a escondê-las por trás de disfarces. Enquanto Aquela-que-fora-Cíntia!... Mas não *a* mencionemos a esse respeito. É que a seus olhos o reitor era um idiota, quase um corcunda!

O engraçado é que a avó, secretamente, odiava mais a neta mais velha, Lucília, que a outra, a mimada Yvette. Lucília, difícil e irritável, tinha uma consciência mais nítida de estar sob o domínio da avó do que a ambígua e caprichosa Yvette.

Por outro lado, a tia Cissie detestava Yvette. Odiava mesmo o nome que a menina ostentava. Sua vida fora de sacrifício à Mãe. A tia Cissie tinha consciência disso, e a Mãe, por sua vez, tinha consciência de que Cissie tinha consciência disso. Porém, à medida que os anos passavam, a questão tornara-se uma convenção. A convenção de que o sacrifício da tia Cissie era aceito por todos, incluindo a própria. Esta fartava-se de rezar, a propósito da sua situação. O que provava que a pobre infeliz também possuía, em algum lugar, sentimentos próprios e privados. Deixara de ser Cissie, e perdera a vida e o sexo. Agora, arrastava-se para os 50 anos, e, às vezes, quando estranhas labaredas verdes de raiva erguiam-se nela, parecia insana.

Contudo, a avó dominava-a. E o único objetivo da vida da tia Cissie era olhar pela Mãe.

Por vezes, as tais labaredas verdes de ódio infernal voltavam-se contra tudo o que revelasse juventude. Pobre infeliz. Cansava-se de rezar para obter o perdão do céu. Porém, aquilo que lhe fora feito, ela não podia perdoar, e às vezes era ácido mesmo o que lhe corria pelas veias.

Não que a Mãe fosse uma alma bondosa e afável. Não era esse o caso. Só por astúcia é que revelava tais características, e a verdade ia despertando, lentamente, nas moças. Debaixo daquela touca rendada fora de moda, debaixo daqueles cabelos prateados, debaixo da seda preta que cobria aquele corpo idoso e dobrado para a frente, a velha possuía um coração manhoso, sempre visando à afirmação do seu poderio feminino. E esse poder fora mantido à medida que os anos passavam, por meio da debilidade dos homens precocemente envelhecidos e apáticos que criara, dos seus 70 até 80 anos, e agora, numa nova etapa, dos 80 a caminho dos 90.

Na família, havia toda uma tradição de "lealdade"; lealdade de um para com o outro, e especialmente à mãe; ela, é claro, era o eixo da família. Esta não passava de um prolongamento do seu ego, o qual era protegido pelo poder que mantinha. Os filhos e as filhas, fracos e desunidos, tinham de lhe ser leais. Na verdade, fora da família, o que é que lhes restaria senão perigos, insultos e ignomínias? Acaso o reitor não o experimentara já com o casamento que fizera?

Portanto, agora, cuidado! Cautela e lealdade para enfrentar o mundo! Que *no seio* da família houvesse o ódio e o atrito possíveis! Mas, com relação ao mundo, uma teimosa barreira de união!

II

Só quando as moças acabaram finalmente sua educação escolar é que sentiram todo o peso daquela velha e querida mão da avó nas suas vidas. Lucília tinha, agora, quase 21 anos. Yvette, 19. Haviam frequentado um bom colégio de moças, e estado no último ano em Lausanne. Não tinham nada de especial: eram jovens altas, de rosto fresco e delicado, cabelo curto, maneiras varonis e endiabradas.

— O que há de imensamente *tedioso* em Papplewick — comentou Yvette, quando ambas, de pé, no tombadilho do barco em que atravessavam o canal da Mancha, observavam as rochas branco-acinzentadas de Dover — é que lá não há *homens*. Por que é que papai não organiza umas atrações desportivas para os amigos? Então o tio Alfredo, esse é o cúmulo!

— Não sabemos o que irá acontecer — respondeu Lucília, mais filosoficamente.

— Você sabe muitíssimo bem o que esperar! — disse Yvette. — Coro na igreja aos domingos, e eu odeio coros mistos! As vozes dos rapazes são *encantadoras* quando não há mulheres. Escola Dominical, Sociedade Feminina de Socorro Mútuo, reuniões sociais e toda aquela gente velhinha perguntando pela vovó! Nem sequer um rapaz decente por quilômetros e quilômetros.

— Isso talvez não! — atalhou Lucília. — Há sempre que considerar os Framleys. Você sabe bem que o Gerry Somercotes *adora* você.

— Mas eu *odeio* os rapazes que me adoram! — exclamou Yvette empinando seu nariz delicado. — Eles *me aborrecem*. Agarram-se como carrapatos.

— Mas o que *é* que você quer então, se não suporta ser adorada? Eu acho que não há nada de mal no fato de ser adorada. Você sabe que nunca se casará com eles... Portanto, deixe que a bajulem à vontade, se isso os diverte.

— Mas eu *quero* casar-me! — exclamou Yvette.

— Nesse caso, deixe que continuem a adorá-la, até encontrar algum com quem, *de fato*, possa se casar.

— Desse modo, nunca conseguirei. Não há nada que me irrite tanto como homens pegajosos. *Aborrecem-me* de tal maneira! Enojam-me.

— A mim também, se insistem muito. Mas, a distância, acho-os bastante agradáveis.

— Gostaria de me apaixonar *violentamente*.

— É natural. Mas eu não. Odiaria tal coisa. E certamente você também, se isso acontecesse de verdade. Afinal, o que temos a fazer é sossegarmos um pouco, antes de decidirmos o que queremos.

— Mas não *horroriza* você a ideia de regressar a Papplewick? — perguntou Yvette, levantando de novo, no ar, o nariz jovem e delicado.

— Não, nem por isso. E julgo que vamos nos aborrecer muito. Gostaria que papai conseguisse um carro. Caso contrário, teremos que arrastar aquelas bicicletas antigas. Você não gostaria de subir até o pântano de Tansy?

— Oh! *Eu adoraria!* Apesar de constituir um terrível esforço subir tudo aquilo em bicicletas prestes a se desfazer!

O barco aproximava-se das escarpas branco-acinzentadas. Era verão, mas o dia estava carregado. As duas jovens usavam casacos com golas de pele viradas para cima e pequenos chapéus elegantes com abas que tapavam as orelhas. Altas, esguias, de faces frescas, ingênuas, embora confiantes em si, demasiado confiantes, na sua arrogância de recém-saídas dos estudos. Eram tão terrivelmente inglesas! Pareciam tão livres, e, no fundo, viviam tão amarradas dentro de si próprias! Pareciam tão atrevidas e pouco convencionais, fechadas dentro de si mesmas. Pareciam barcos novos, esguios e arrojados, deslizando de um porto, em direção aos oceanos da vida. Porém, na realidade, não passavam de duas vidas na flor da idade, mas sem leme, deslocando-se apenas de um para outro porto de ancoragem.

O presbitério arrepiou-lhes as almas quando entraram. Parecia feio, quase sórdido, naquele conforto degenerado, típico da classe média, um conforto frio e úmido, que já deixara de ser confortável, para se tornar sujo e abafado. Aquela pesada casa de pedra impressionou as moças como se fosse impura, e elas não saberiam dizer por quê. A mobília ensebada parecia sórdida, ali não havia nada de novo. Até a comida possuía aquela horrível e lúgubre sordidez tão repelente para alguém que, ainda jovem, acabasse de regressar de outro país. Rosbife, repolho, carneiro frio, purê, picles ácidos, pudins incríveis.

A avó, que "gostava de um pouco de carne de porco", tinha também pratos especiais, caldo de carne e biscoitos, e um pouco de creme. A tia Cissie, com o rosto consumido, não comia nada. Sentava-se à mesa e servia-se de uma única, triste e nua batata cozida. Nunca comia carne. Sentava-se como se estivesse num sinistro cárcere, enquanto a refeição continuava. A avó engolia sua rejeição, e era muita sorte se ela não entornasse qualquer coisa colo abaixo. A comida não era apetitosa. Como poderia ser se a tia Cissie odiava a comida, odiava o próprio fato de se comer, e nunca conseguia aguentar uma criada mais do que três meses? As jovens comiam com repulsa: Lucília suportava com bravura. O delicado nariz de Yvette denunciava a náusea. Só o reitor, de cabelos brancos, é que limpava o abundante bigode grisalho no guardanapo e dizia piadas. Tinha se tornado pesado e lento, pois habituara-se a estar sentado no escritório todo o dia, sem fazer qualquer exercício físico: todavia, sempre fazia pequenos gracejos irônicos, ali, sob a proteção da Mãe.

A região, com as suas montanhas escarpadas e vales profundos e estreitos, era sombria e melancólica, embora nela houvesse um certo vigor. Cerca de 35 quilômetros além, estava a mancha escura do industrialismo setentrional. Porém, a vila de Papplewick, em comparação, parecia isolada, quase perdida. Nela, a vida era pedregosa e rígida. Tudo era como pedra, de uma dureza quase poética, e bastante austera!

A vida continuava como as moças tinham previsto: regressaram ao coro, deram o seu auxílio à paróquia. Mas Yvette opôs uma resistência tenaz à Escola Dominical, à Banda da Esperança, às Sociedades Femininas de Socorro Mútuo. Em resumo: contra todas as organizações dirigidas por velhas solteironas resolutas e homens estúpidos e obstinados. Evitava, tanto quanto possível, o desempenho de quaisquer funções na igreja, e, sempre que podia, escapava do presbitério. Os Framleys, uma alegre, desordenada e enorme família que vivia em cima na granja, representavam um grande apoio. Quando alguém a convidava para almoçar ou jantar, mesmo quando qualquer mulher de um dos trabalhadores da área lhe pedia para ficar até à hora do chá, aceitava imediatamente. De fato, andava um tanto animada. Gostava de falar com os trabalhadores que, às vezes, tinham umas cabeças tão belas e viris. Mas era claro que pertenciam a um mundo muito diferente.

E assim correram os meses. Gerry Somercotes continuava a ser um dos seus admiradores. Havia outros, evidentemente, filhos de proprietários de quintas e moagens. Yvette deveria, na verdade, ter se divertido. Passava a vida em bailes e festas. Amigos vinham buscá-la de automóvel e levavam-na à cidade, às matinês, no hotel principal, ou então ao novo e magnífico Palais de Danse, o chamado Pally.

Porém, ela parecia viver como se estivesse permanentemente hipnotizada. Nunca se sentia suficientemente descontraída, a ponto de estar completamente feliz. Havia dentro de si mesma uma irritação intolerável que ela julgava não ser obrigada a experimentar. E, como odiava tal sensação, acabava ficando pior. Nunca pôde compreender perfeitamente o porquê de tal estado.

Em casa, era, na verdade, irritante e afrontosamente malcriada com a tia Cissie. De fato, o terrível temperamento de Yvette tornou-se um dos motivos de desprezo geral da família.

Lucília, sempre mais prática, arranjou um emprego na cidade como secretária particular de um cavalheiro que precisava de alguém que soubesse perfeitamente francês e estenografia. Ia e vinha todos os dias, no mesmo trem que o tio Alfredo. Mas nunca viajava com ele. Quer chovesse ou não, ia de bicicleta para a estação, enquanto ele ia a pé.

As moças eram ambas da mesma opinião sobre aquilo que de fato mais desejavam: uma vida social verdadeiramente divertida. Consideravam, com indignação, que o presbitério era impossível para seus amigos. No pavimento térreo havia apenas quatro aposentos: a cozinha, onde viviam, descontentes, as duas criadas; a escura sala de jantar; o escritório do reitor, e a grande e acolhedora sala de estar — ou sala de visitas. Na sala de jantar havia um fogão a gás. Só na sala de estar é que havia um bom fogão de lenha. E ele lá estava, porque, é claro, era lá que a avó reinava.

Era nesse aposento que a família se reunia. À noite, depois do jantar, o tio Alfredo e o reitor jogavam invariavelmente palavras cruzadas com a avó.

— Mãe, já podemos principiar? N, espaço em branco, espaço em branco, espaço em branco, W: funcionário siamês.

— O quê, o quê? M, espaço em branco, espaço em branco, espaço em branco, W?

A avó tinha má audição.

— Não, Mãe. Não é M! N, espaço em branco, espaço em branco, espaço em branco, W: funcionário siamês.

— N, espaço em branco, espaço em branco, espaço em branco; W, funcionário chinês?

— SIAMÊS.

— O quê?

— SIAMÊS! SIÃO!

— Funcionário siamês? Que é que poderá ser? — perguntou a velha, dobrando as mãos por cima do ventre redondo. Os dois filhos faziam sugestões, às quais ela respondia: Ah! Ah! O reitor tinha uma habilidade espantosa para as palavras cruzadas. Mas Alfredo possuía um grande vocabulário técnico.

— Essa é dura de roer — comentou a velhota quando estavam todos travados.

Entretanto, Lucília mantinha-se sentada num canto, com as mãos tapando os ouvidos. Fingia ler. Yvette, irritada, fazia desenhos ou cantarolava alto melodias aborrecidas, a fim de aumentar o barulho provocado pela família. A tia Cissie levava continuamente bombons à boca, e suas mandíbulas trabalhavam sem descanso. Podia dizer-se que se alimentava exclusivamente de chocolate. Sentada, num ponto afastado, introduziu na boca mais um e olhou novamente para a revista editada pela paróquia. Depois, levantou a cabeça e verificou que já era tempo de ir buscar a xícara de Horlicks para a Mãe.

Quando saiu da sala, Yvette, irritada e nervosa, quis abrir a janela. O aposento nunca estava arejado: sentia que cheirava à avó. Esta, que era quase surda, tinha o ouvido das fofoqueiras que ouvem sempre quando não é preciso.

— Abriu a janela, Yvette? Acho que você devia lembrar-se que há pessoas mais velhas do que você nesta sala — observou.

— Aqui está abafado! Está insuportável! É por isso que estamos sempre todos resfriados.

— Acho que a sala é suficientemente grande e há uma boa lareira. — A velha senhora teve um arrepio. — Uma corrente de ar para nos matar a todos.

— Não há corrente de ar nenhuma — berrou Yvette. — Apenas um sopro de ar fresco.

A velhota teve outro estremecimento e disse:

— Não há dúvida!

O reitor, em silêncio, dirigiu-se para a janela e fechou-a com firmeza. Ao fazê-lo, nem sequer olhou para a filha. Tinha horror de contrariá-la. Contudo, ela precisava ser educada.

As palavras cruzadas, invenção de satanás em pessoa, continuaram até a avó ter bebido o seu Horlicks e se preparado para a cama. Chegou então a cerimônia do boa-noite! Todos se levantaram. As moças foram beijar a velha cega. O reitor deu-lhe o braço, e a tia Cissie seguiu-a com uma vela.

Eram já 21 horas, embora a avó, pela sua idade, devesse ter ido mais cedo deitar-se. Porém, quando estava na cama, não conseguia dormir enquanto não chegasse a tia Cissie.

— Veja só — dizia a Mãe. — Nunca dormi sozinha. Durante 54 anos nunca dormi uma noite sem o braço do seu pai à minha volta. E quando ele morreu, tentei dormir sozinha. Mas, logo que os meus olhos se fechavam para dormir, o coração quase que me saltava do peito e eu ficava cheia de palpitações. Ah! Pode pensar o que quiser, mas isso é algo de terrível, depois de 54 anos de uma vida perfeita de casados... Eu teria rezado para morrer primeiro, mas... julgo que seu pai não teria resistido a tal golpe...

Desse modo, a tia Cissie deitava-se com a Mãe. E ela odiava isso. Dizia que, assim, nunca poderia dormir. Tornou-se cada vez mais taciturna. A comida na casa cada vez estava pior e a tia Cissie teve de ser operada.

A Mãe, porém, levantava-se, como sempre, cerca de meio-dia, e, à hora do almoço, lá estava presidindo a refeição, com a barriga roliça, o rosto avermelhado e oscilante, cheio de uma espécie de horrível majestade, uma face que caía à direita da testa ampla e onde flutuavam olhos azuis perscrutadores, mas que não viam. O cabelo branco se tornou escasso e, ao mesmo tempo, um tanto cafona. O reitor, jovialmente, dirigia-lhe piadas e ela fingia zangar-se. Porém, sentia-se totalmente satisfeita consigo mesma, ao exibir sua obesidade já antiga, e arrotava depois das refeições, para o que comprimia o peito com uma das mãos, permitindo-se um prazer físico grosseiro.

Aquilo que mais aborrecia as moças era a presença certa da avó quando traziam os amigos para casa, como um ídolo de carne envelhecida, a atrair sobre si todas as atenções. Havia um único aposento para todos. E lá é que se sentava a idosa senhora, com a tia Cissie a fazer-lhe uma guarda irritante. Todos deviam ser apresentados, em primeiro lugar, à avó, que estava sempre pronta a mostrar-se sorridente. Gostava de companhia e sentia necessidade de conhecer todos os visitantes, saber de onde vinham e todas as circunstâncias das suas vidas. Então, quando já estava *au fait*, monopolizava a conversa.

Para as jovens não havia nada mais exasperante do que isso. "Não é encantadora a Sra. Saywell? Quase com 90 anos revela tamanho interesse pela vida!"

— O interesse dela não é pela vida em geral, ela gosta é de bisbilhotar a vida dos outros! — comentava Yvette.

Então, sentia-se imediatamente culpada. Afinal de contas, não *era* maravilhoso ter quase 90 anos e possuir ainda uma mente tão esclarecida? E, *na verdade*, a avó nunca fizera mal a ninguém. O que ela fazia era intrometer-se. E não seria talvez um tanto horrível odiar uma pessoa, só por ela ser velha e intrometida?

Yvette arrependia-se imediatamente e tornava-se, então, encantadora. A avó desentranhava-se em reminiscências de quando era jovem, numa pequena cidade de Buckinghamshire. Falava pelos cotovelos. Era tão divertida. Era *mesmo* encantadora.

Uma tarde, chegaram de visita Lottie, Ella, Bob Framley e Leo Wetherell.

— Ah! Entrem!

E todos entraram na sala, onde a avó, de touca branca, estava sentada junto ao fogão.

— Vovó! Este é o Sr. Wetherell.

— Sr. Que-é-que-disse? O senhor me desculpe. Sou um pouco surda!

A avó estendeu a mão ao jovem constrangido, e fixou-lhe os olhos, que nada viam.

— Não é da nossa paróquia? — perguntou-lhe.

— Dinnington! — berrou ele.

— Queremos ir amanhã a um piquenique, a Bonsall Head, no carro de Leo. Bem apertadinhos, cabemos todos — disse Ella, em voz baixa.

— Você disse Bonsall Head? — perguntou a avó.
— Disse. No carro do Sr. Wetherell.
— Espero que ele dirija bem. A estrada é muito perigosa.
— Ele é *muito* bom motorista.
— Não é um bom motorista?
— É. Eu disse que ele *é* um bom motorista.
— Já que vão a Bonsall Head, podiam dar um recado meu a lady Louth.

A avó tinha a mania de, sempre que havia pessoas estranhas e a propósito de tudo e de nada, inserir na conversa a famigerada lady Louth.

— Não passamos por lá! — gritou Yvette.
— Então que caminho tomam? — retorquiu a avó. — Vocês têm que ir por Heanor.

Todo o grupo se sentou, como se fosse constituído por patos embalsamados, inquietos, a remexer-se nas cadeiras, como avaliou Bob.

Entraram a tia Cissie e, depois, a criada com o chá. Lá estava o perpétuo pedaço de bolo ressequido, mas logo surgiu um prato com bolos frescos. A verdade é que tia Cissie acabava de mandar buscá-lo na confeitaria.

— Chá, Mãe!

A velhota fincou as suas mãos nos braços da cadeira. Todos se ergueram e se mantiveram de pé, enquanto ela atravessava a sala, lentamente e com esforço, apoiada no braço da tia Cissie, em direção a seu lugar à mesa.

Durante o chá Lucília regressou da cidade, voltando do trabalho. Estava simplesmente esgotada, com grandes olheiras. Soltou um gritinho ao ver tanta gente.

Logo que o barulho diminuiu e o constrangimento tornou a imperar, a avó disse:

— Você nunca me falou do Sr. Wetherell, Lucília.
— Não me lembro — respondeu esta.

— Com certeza que não. O nome me é desconhecido.

Yvette, de forma distraída, pegou o outro bolo, que tirou da travessa quase vazia. A tia Cissie, que ficava quase louca com as maneiras vagas e despropositadas da sobrinha, sentiu que, no coração, o fusível da raiva verde se tornava incandescente mais uma vez. Pegou no seu próprio prato, onde estava o único bolo que havia servido, e com cáustica polidez, perguntou a Yvette:

— Não quer também o meu?

— Ah! Obrigada! — respondeu ela, na sua irritante distração.

E, da mesma forma despreocupada, serviu-se também do bolo da tia Cissie, dizendo:

— Se a senhora não está mesmo querendo...

Tinha, agora, dois bolos no prato. Lucília, que ficara pálida como um fantasma, curvou-se em cima do chá. A tia Cissie sentou-se com um olhar esverdeado de venenosa resignação. O constrangimento era uma agonia.

Mas a avó, inconsciente da forma desajeitada como estava sentada, disse, no centro do ciclone:

— Se for amanhã a Bonsall Head, Lucília, gostaria que levasse um recado meu a lady Louth.

— Ah! — exclamou Lucília, olhando de uma maneira esquisita para a avó cega. Lady Louth era uma espécie de título de nobreza para a família, que a avó explorava a fim de impressionar os visitantes. — Muito bem!

— Ela foi tão amável a semana passada! Mandou o chofer especialmente para me entregar um livro de palavras cruzadas.

— Mas na ocasião a senhora agradeceu!... — exclamou Yvette.

— Mas quero enviar-lhe um bilhete.

— Pode fazê-lo pelo correio! — exclamou Lucília.

— Ah! Isso não! Quero que seja você a entregá-lo. Quando lady Louth nos visitou a última vez...

Os jovens estavam sentados como um cardume de peixes novos que, de maneira taciturna, aflorassem, de boca aberta, à superfície da água, enquanto a Mãe continuava falando sobre lady Louth. Tia Cissie — as duas moças tinham consciência disso — continuava desesperada, num espasmo de raiva quase inconsciente, por causa do bolo. Talvez a pobre estivesse rezando.

Quando os amigos partiram, foi um alívio. Nessa altura, porém, as moças estavam ambas desfiguradas. E foi então que Yvette, olhando à volta, viu, subitamente, a rija e implacável força de vontade na expressão da velha e maternal avó. Ali estava ela, encostada na cadeira, impassível na sua face cheia de rugas, oscilante e avermelhada, cheia de manchas, quase inconsciente, mas implacável. O rosto parecia uma máscara que escondia algo inexorável e desumano. Era a manifestação da inércia estática do seu repugnante poder. Mas, num instante, era capaz de abrir a boca envelhecida para investigar qualquer pormenor a propósito de Leo Wetherell. Ora podia permanecer, como que hibernando na sua velhice e senilidade, ora abria a boca, e, chamejando-lhe o espírito, numa explosão de insaciável avidez pela vida, aliás pela vida dos outros, começava logo o inquérito a respeito dos mínimos detalhes de todas as coisas. Parecia-se com aquele velho sapo que Yvette tinha observado, fascinada, um dia, postado na borda da colmeia, em frente ao pequeno orifício por onde entravam e saíam as abelhas. O sapo, com um estalido seco e demoníaco, como o de um relâmpago, apanhava-as nas mandíbulas franzidas, à medida que deixavam o cortiço, e engolia-as, umas após as outras. Parecia preparado para fazê-las desaparecer todas na enrugada e protuberante boca em forma de bolsa. Ali estava aquele sapo, há gerações, ano após ano, engolindo abelhas, à medida que elas mergulhavam no ar primaveril.

O jardineiro, porém, chamando por Yvette, estava irritado. Armado de uma pedra, matou-o.

— Toma, que não vais meter a colmeia toda no papo! — exclamou. — Tá bom mas é pras minhocas!

III

O dia seguinte surgiu cinzento e pesado. As estradas estavam horríveis porque estava chovendo havia várias semanas, mas, assim mesmo, as moças partiram para o passeio sem levar o recado da Mãe. Desapareceram no momento em que ela, depois do almoço, subia lentamente as escadas. De forma alguma passariam pela casa de lady Louth. Essa viúva de um médico que recebera o título de "Sir", na verdade, era uma senhora inofensiva, mas tornara-se algo odioso na vida de Yvette e Lucília.

Seis jovens rebeldes sentavam-se com um ar bastante petulante no carro, enquanto este ziguezagueava pela lama. Exibiam, apesar de tudo, um aspecto macilento. Na verdade, nenhum deles tinha nada contra o que se rebelar. Concediam-lhes tanta liberdade em suas atitudes. Os pais deixavam-lhes fazer quase tudo o que queriam. Não havia algemas a partir, grades de prisões a limar, nem sequer um parafuso para desatarraxar. As chaves das suas vidas estavam nas próprias mãos deles e balançavam, inativas.

É muito mais fácil quebrar grades de prisões do que abrir portas para a vida, verdade que as gerações mais novas, só um tanto contrariadamente, descobrem. Havia, é verdade, a avó. Mas à pobre e idosa avó não se lhe podia, evidentemente, dizer: "Deite-se e morra, velhota!"

Ela podia, de fato, ser uma velha inútil; contudo, nunca fizera mal a ninguém. Não era justo que fosse odiada.

Desse modo, os jovens partiram em excursão, tentando mostrar-se cheios de vida. Podiam, na verdade, fazer tudo o que lhes apetecesse. Assim, não tendo mais nada com que se ocupar, passaram a falar mal de toda a gente e a dirigir galanteios idiotas uns aos outros. Tudo isso, na realidade, era um tanto enfadonho. Ainda se houvesse algumas "ordens escritas" que pudessem ser infringidas! Nada havia, porém: apenas a recusa de levarem a mensagem a lady Louth, o que o reitor também teria aprovado, pois ele, do mesmo modo, não gostava de obsessões.

Cantaram, um tanto incoerentemente, as últimas canções com pretensões cômicas, à medida que atravessavam vilas austeras. No grande parque, ao lado da estrada, havia grupos de veados, corças e gamos aninhados sob os carvalhos marginais, na melancolia da tarde.

Yvette insistiu para que parassem e saíssem do carro, a fim de se comunicar com os animais. As moças, nas suas botas russas, atravessaram a relva úmida, enquanto os veados as observavam com olhos enormes e calmos. Um dos machos afastou-se lentamente, atirando para trás a cabeça, por causa do peso dos chifres. Mas a respectiva fêmea, balançando as enormes orelhas, só se ergueu do ponto onde estava, debaixo da árvore, com os filhotes, quando as moças quase lhe tocavam com as mãos. Então, afastou-se ligeiramente, erguendo a cauda no traseiro sarapintado, enquanto os filhotes trotavam com vivacidade.

— Não são lindos e elegantes? — exclamou Yvette. — E parecem tão confortavelmente deitados nesta horrível relva molhada!

— Bem! Acho que eles têm de se deitar *de vez em quando* — respondeu Lucília. — E debaixo da árvore está *razoavelmente* seco.

Observou a relva pisada, no lugar onde os animais tinham estado deitados.

Yvette abaixou-se e apalpou a grama.

— Sim! — concordou de modo ambíguo. — Parece que está um bocado quente.

O casal de veados agrupara-se de novo, alguns metros adiante, e estava de pé, imóvel, envolto pela tarde triste. Longe, abaixo das encostas relvadas e das árvores, para além do rio veloz e da sua ponte com balaustrada, erguia-se o enorme palácio ducal. Uma ou duas das chaminés lançavam para o céu uma fumaça azul. Atrás, estava o bosque avermelhado.

As moças levantaram as golas até as orelhas, e de pé, brandindo um ramo comprido, observaram, em silêncio, o enorme edifício que, lá embaixo, se levantava quadrangular e cinzento. As suas grandes botas protegiam-nas da relva molhada.

— Gostaria de saber se o duque está por aqui agora — disse Ella.

— Pode estar em muitos lugares, mas aqui é que não está — respondeu Lucília. — Penso que deve estar fora do país, algures, onde o sol brilhe.

Ouviu-se a buzina, que soava da estrada, e a voz de Leo:

— Vamos embora! Se vamos de fato para Head e descer depois para Amberdale para o chá, é melhor partirmos.

Apinharam-se de novo no carro, com os pés gelados. Atravessaram o parque, passaram o pináculo silencioso da igreja, os amplos acessos para a povoação, a ponte, até entrarem na ampla e úmida vila de Woodlinkin, toda de pedra, por onde o rio passava. Daí em diante, e por um largo espaço de tempo, houve apenas a lama, a escuridão e a umidade do vale. Às vezes, íngremes rochedos por cima das suas cabeças. De um lado, águas revoltas; do outro, montanhas escarpadas ou árvores escuras.

Então, no meio da escuridão das árvores suspensas, começaram a subir, e Leo mudou de velocidade. O carro avançou lentamente pela lama branco-acinzentada até entrar em Bolehill, vila onde tudo era igualmente construído de pedra. O local ficava na encosta que contornava o antigo cruzeiro, com seus degraus que começavam precisamente onde a estrada se bifurcava.

Passaram as moradias que emanavam um maravilhoso cheiro de bolos para o chá. Mais além, subindo sempre, passaram sob árvores gotejantes e vertentes esburacadas cheias de samambaias. Depois, as árvores acabaram e as margens da estrada tornaram-se nuas, apenas com uma relva escura, e limitadas por baixos muros de pedra. Estavam chegando ao cume.

Havia já algum tempo que o grupo emudecera. Em ambos os lados da estrada, havia relva apenas, mas já se via uma baixa muralha de pedras que começava na curva apertada, próxima do pico. Acima disso, via-se um céu pesado que parecia roçar suas cabeças.

O carro continuou sob o céu cinzento rumo aos picos desguarnecidos.

— Podemos parar um momento? — perguntou Leo.

— Ah! Sim! — exclamaram as moças.

E desceram do veículo mais uma vez, para olhar a paisagem. Conheciam o lugar muito bem. Mesmo assim, já que iriam até o cume, queriam apreciar a vista.

Os montes pareciam os nós dos dedos de uma mão. Os vales estavam lá embaixo entre os dedos imaginários, estreitos, escarpados e escuros. Pelo local mais profundo, um trem deslizava lentamente para o norte, soltando fumaça: uma pequena visão de um mundo distante. O barulho da locomotiva ecoava curiosamente para cima. Chegou, depois, o som pesado e familiar das explosões em uma pedreira.

Leo, sempre ansioso por movimento, mexia-se com vivacidade.

— Vamos andando? — perguntou. — Então *queremos* ou não ir a Amberdale tomar chá? Ou vamos tentar outro lugar mais perto?

Todos votaram por Amberdale, pelo Marquês de Grantham.

— Muito bem! E por que caminho vamos voltar? Vamos por Codnor e Chosshill ou Ashbourne?

Era o dilema habitual. Decidiram finalmente ir por Codnor. E o carro para lá partiu, corajosamente. Estiveram no topo do mundo, mas agora estavam no lado oposto da mão fechada, num flanco também desolado, verde-escuro, triste. Estava recoberto por uma rede de velhos muros de pedra, separando os campos, interrompidos aqui e ali pelas ruínas de antigas minas de chumbo e oficinas. Uma casa de campo isolada erguia-se no meio de seis árvores esguias e despidas. A distância, havia a mancha acinzentada de um lugarejo. Viam-se, em alguns campos, carneiros de cor escura pastando silenciosa e tristemente. Porém, de tudo aquilo, não partia um som ou um sinal de movimento. Era o teto da Inglaterra, pedregoso e árido como qualquer teto. Lá para o fundo, e para além, estavam os condados.

"E vejam as províncias cheias de cores!", recitou Yvette para si mesma. Ali, pelo menos, a província não era colorida. Um bando de gralhas surgiu, de repente, vindo não se sabe de onde. Tinham andado sem um rumo certo, bicando pelo campo nu que acabara de ser adubado. O carro continuou pela estrada do planalto, por entre a relva e os muros de pedra. Os jovens estavam silenciosos. Observavam aquela rede longínqua de muros de pedra e as curvas da estrada que, do alto, podiam ser vistas se desenrolando até o fundo, nos vales escondidos.

À frente, seguia uma carroça guiada por um homem. Ao lado daquela, caminhava penosamente uma mulher idosa, mas robusta, com um fardo às costas. O homem da carroça, que ela acabara de alcançar, mantinha agora o ritmo da caminhada da mulher.

A estrada era estreita. Leo tocou a buzina com força. O homem da carroça olhou ao redor, mas a mulher que ia a pé limitou-se a apressar o passo, sem voltar a cabeça.

O coração de Yvette deu um salto. O homem da carroça era um cigano, moreno, simpático, de aspecto desenvolto. Permaneceu sentado na carroça e virou a cabeça, a fim de examinar os ocupantes do automóvel. A sua atitude era desprendida e o olhar, sob a pala do boné, era tão indiferente que chegava a ser ofensivo. Sob um nariz delgado e reto exibia um bigode preto e fino. À volta do pescoço usava um enorme lenço de seda, vermelho e amarelo. Disse qualquer coisa à mulher. Ela parou um segundo, virou-se e olhou para os passageiros do carro que havia se aproximado bastante. Leo buzinou mais uma vez, imperiosamente. A mulher, que usava um lenço branco e cinzento à volta da cabeça, virou-se para a frente, a fim de acompanhar a marcha da carroça, cujo condutor se reclinara para trás, erguendo, agora, as rédeas, ao mover os ombros ágeis e descontraídos. Não afastou, porém, a carroça para o lado.

Leo, com o pé no freio, buzinou várias vezes e o carro reduziu a marcha já quase colado à carroça. O cigano virou-se e, debaixo do seu boné verde-escuro, podia-se notar um sorriso no rosto moreno. O homem disse qualquer coisa que eles não ouviram, mostrando os dentes brancos em contraste com a mancha escura do bigode, fazendo um gesto com a mão livre.

— Saia do caminho! — gritou Leo.

Como resposta, o homem fez parar o cavalo. Este era um belo animal pardo e a carroça verde-escura era elegante.

Leo, possuído pela raiva, freou de vez e parou o carro.

— As lindas e jovens senhoras não querem que leiam a sua sorte? — perguntou o cigano da carroça.

Todo o seu rosto se transformara num sorriso, exceto pelos olhos pretos que percorreram, vigilantes, as faces dos ocupantes do carro e se demoraram no rosto de Yvette, tão jovem e delicado.

Ela enfrentou, durante um segundo, aqueles olhos negros, o exame direto, a insolência e a completa indiferença que revelavam por pessoas como Bob e Leo, e algo pareceu ter se incendiado no seu peito. Pensou: "Ele é mais forte do que eu. É indiferente."

— Ah! Sim! Queremos! — exclamou imediatamente Lucília.
— Ah! Sim! — responderam em coro as outras moças.
— Estou perdido! E o tempo? — berrou Leo.
— Queremos lá saber do tempo? Sempre há alguém que se preocupa com o tempo! — exclamou Lucília.
— Muito bem! Se você não se preocupa com a *hora* do regresso, *eu* muito menos — disse Leo, heroicamente.

O cigano sentara-se despreocupadamente num dos lados da carroça, avaliando o rosto dos seus interlocutores. Saltou para o chão e os joelhos pareceram um tanto entorpecidos. Aparentava pouco mais de 30 anos e, a seu modo, era um homem bonito. Usava uma espécie de casaco de caça verde e preto, de lã grosseira, com peitorais duplos que chegavam até a cintura; calças pretas, muito justas, botas pretas, um boné verde e preto e um grande lenço amarelo e vermelho, ao pescoço. Havia nele uma curiosa elegância que, para o estilo cigano, devia ter sido conseguida à custa de um bom preço. Chamava a atenção também pela maneira como punha a mão no queixo, em um gesto altivo, característico dos ciganos. Agora, enquanto conduzia o belo cavalo pardo para o lado da estrada e se preparava para fazer recuar a carroça, parecia ter deixado de prestar atenção nos estranhos.

Pela primeira vez, as moças notaram que havia uma reentrância profunda num dos lados da estrada, onde duas grandes carroças que serviam de habitação, como as que são utilizadas pelos nômades, expeliam fumaça. Yvette desceu depressa do carro. Haviam alcançado, subitamente, uma pedreira que fora aberta no flanco da montanha que ladeava a estrada. A pedreira, fora de uso, transformara-se automaticamente num refúgio, quase uma caverna, onde três outras grandes carroças idênticas às anteriores estavam desarmadas, até passar o inverno. Havia também na parte de trás, bem ao fundo, um abrigo construído de ramos, que servia de estábulo. A rocha, nua e cinzenta, erguia-se bem acima das carroças e depois continuava à volta, em uma área circular, em direção à estrada. O chão estava cheio de lascas de pedra, por entre as quais crescera o capim. Era um acampamento de inverno, abrigado e escondido.

A mulher idosa, com o volume às costas, entrara num dos carroções, deixando a porta aberta. Duas crianças de cabeças bem morenas espiavam o lado de fora. Quando o cigano fez recuar a carroça para dentro da pedreira, chamou alguém em voz alta e um velho veio auxiliá-lo a desamarrar as cordas. Depois, o homem subiu as escadas do mais novo dos carroções, o qual tinha a porta fechada. Um cão que estava debaixo da casa ambulante correu para a frente até onde a corda que o prendia o permitiu. Era um cão de caça, branco, de manchas avermelhadas. Rosnou baixo quando Leo e Bob se aproximaram.

No mesmo instante, uma cigana morena, com um lenço cor-de-rosa em volta da cabeça e grandes brincos de ouro nas orelhas, desceu as escadas que o cigano subira havia pouco, balançando sua enorme saia verde. Era simpática com aquele rosto moreno longo e petulante, que tinha algo de animalesco. Parecia uma atrevida e ondulante cigana espanhola.

— Bom dia, senhoras e cavalheiros — disse, observando as jovens com olhos audazes de ave de rapina.

Falava com um certo sotaque estrangeiro.

— Boa tarde! — responderam as moças.

— Qual das jovens e lindas senhoras quer que eu lhe leia a sorte? Quer me dar a sua mãozinha?

Era uma mulher alta, com uma maneira um tanto assustadora de inclinar para a frente o pescoço, como se fosse uma ameaça. Os olhos, muito vivos e impiedosos, correram as faces à sua frente, esperando que uma delas se manifestasse. Entretanto, o homem, que era aparentemente seu marido, apareceu no topo da escada do carroção, fumando um cachimbo. Trazia uma criancinha de cabelos pretos nos braços. De pé, nas pernas flexíveis, olhava distraído para o grupo, como se este estivesse muito longe. De seus grandes olhos negros, orgulhosos e impudentes, erguiam-se longas pestanas pretas. Havia algo de especialmente penetrante na maneira como olhava. Yvette sentiu isso, sentiu-o nos joelhos. Fingiu estar interessada no cão.

— Quanto quer para ler a sorte de nós todos? — perguntou Lottie Framley, quando os seis jovens cristãos se aproximaram, um tanto relutantemente, daquela mulher nômade e pagã.

— Todos vocês? Senhoras e cavalheiros? Todos? — perguntou a cigana com astúcia.

— Eu não quero que leiam a minha! E andem logo! — exclamou Leo.

— Nem eu! — disse Bob. — Só as quatro moças.

— As quatro meninas? — perguntou a cigana, observando-as com perspicácia, depois de olhar os rapazes.

Fixou então o preço:

— Cada uma um xelim, e um pouco mais para dar sorte. Só um bocadinho mais!

Sorriu de uma forma mais aduladora que cruel. E sua força de vontade foi sentida, pesada como ferro, sob o veludo das palavras.

— Está bem — aquiesceu Leo. — Um xelim por cabeça. Mas não gaste muito tempo com a história.

— Ah! Cale-se — disse Lucília. — Queremos ouvir tudo!

A mulher tirou dois bancos de madeira que estavam debaixo de um dos carroções e colocou-os ao lado de uma das rodas. Depois, pegou a mão da alta e morena Lottie Framley e fez com que ela se sentasse.

— Não se importa que os outros ouçam? — perguntou, olhando curiosamente para o rosto de Lottie.

Lottie corou, de nervosismo, quando a cigana lhe segurou a mão e lhe bateu na palma com dedos rígidos, parecendo cruéis.

— Ah, não me importo! — respondeu.

A cigana examinou a palma da mão, percorrendo-lhe as linhas com um dedo indicador, duro e negro. Mesmo assim, ela parecia limpa.

E, lentamente, leu o seu destino, enquanto os outros, de pé, escutavam e comentavam: "Ah! Esse é o John Baggaley! Ah! Não acredito! Ah! Isso não é verdade! Uma loura que vive debaixo de uma árvore! Mas quem poderá ser?" Até que Leo as deteve com um aviso autoritário:

— Deixem disso, meninas! Vocês estragam tudo!

Lottie levantou-se, corada e confusa, e foi a vez de Ella.

Esta, mais calma e esperta, tentava interpretar as palavras proféticas. Lucília continuava a expandir-se, com exclamações: "Ai! Diga! Diga!"

O cigano continuava de pé no alto da escada, imperturbável, sem qualquer expressão. Mas os seus olhos atrevidos continuavam fixos em Yvette. Ela sentia-os no seu rosto, no pescoço, e não ousava olhar para cima. Framley olhava às vezes para ele, mas seu olhar encontrava-se com os altivos e presunçosos olhos negros do cigano. Um olhar estranho para alguém que pertencia afinal à tribo dos humildes: olhar do pária, um desafio meio sarcástico do réprobo, cheio de desdém pelos homens respeitadores da lei. Durante todo o tempo, o cigano ali esteve de pé, segurando a criança nos braços, olhando à volta, sem se mostrar intimidado.

A cigana estava lendo a sorte de Lucília:

— Você já esteve perto do mar e lá conheceu um homem de cabelo castanho, mas que era mais velho...

— Ah! Escute! — exclamou Lucília, olhando para Yvette.

Mas Yvette estava distraída, agitada, quase não ouvia; parecia estar hipnotizada.

— Casará dentro de alguns anos... não agora, mas dentro de alguns anos, talvez quatro... não será rica, mas terá muito, o suficiente, e irá fazer uma grande viagem.

— Com o meu marido ou sem ele?

— Com ele...

Quando chegou a vez de Yvette, a mulher olhou-a bem de frente, de um modo cruel, perscrutando-lhe demoradamente o rosto. Yvette disse, muito nervosa:

— Afinal, parece que não quero que leia a minha sina. Não, não quero, não! Não quero, realmente!

— Está com medo de alguma coisa? — perguntou a cigana, com sarcasmo.

— Não, não é isso... — respondeu Yvette, revelando a inquietação.

— Tem algum segredo que receia que eu revele? Venha, não quer entrar numa das carroças, onde ninguém ouvirá nada?

A mulher era estranhamente insinuante, enquanto Yvette era caprichosa e obstinada. Seu olhar de obstinação se revelava, agora, na face terna e delicada, conferindo-lhe uma dureza especial.

— Sim! — disse ela subitamente. — Sim! Talvez isso!

— Ah, essa não! — exclamaram os outros. — Seja camarada.

— Não acho que deva fazer isso! — disse Lucília.

— Sim! — exclamou Yvette com o seu modo meio brusco de falar. — Vou fazê-lo. Vou entrar na carroça.

A cigana disse qualquer coisa ao homem que estava na escada. Ele entrou na carroça por uns momentos, tornou a aparecer e desceu os degraus, guiando a criança pela mão, que andava vacilante nos seus pezinhos pouco seguros. Parecia um *dandy* de botas pretas polidas, calças pretas apertadas e uma camisa de jérsei verde-escura, justa ao corpo. Levava sempre pela mão a criança titubeante. Em seguida, aproximou-se da cigana velha que estava dando feno ao cavalo pardo, no abrigo feito de ramos que se formara por meio do aproveitamento de uma cavidade vertical na pedreira. Quando passou, virou-se para Yvette, olhando-a bem nos olhos, com uma expressão de atrevimento e desonestidade de pária. Algo de duro dentro dela encarou aquele olhar. Todavia, a superfície do seu corpo pareceu que ia derreter. Ela registrou as linhas puras e peculiares do rosto dele, do nariz reto e delicado das faces e das têmporas, a curiosa pureza, suave e morena, do corpo, que o jérsei verde fielmente delineava: uma pureza que parecia um sarcasmo vivo.

Quando ele lentamente passou por ela, com suas ancas flexíveis, pareceu-lhe que era o mais forte. De todos os homens que vira até então, este era o único que era mais forte que ela, possuía uma força da mesma natureza que a dela, que era sua única forma de compreensão.

Assim, com curiosidade, seguiu a cigana pelas escadas da carroça acima. As abas do casaco marrom, de bom corte, balançavam, quase mostrando os joelhos sob o vestido verde-pálido. Tinha pernas delicadas e compridas, mais magras do que gordas, e usava meias de lã fina castanho-amarelas, com um desenho curioso, fazendo lembrar a pele de algum animal exótico.

No topo da escada parou e, voltando-se cortesmente para os outros, disse, no seu modo ingênuo e senhoril:

— Não demorarei.

Levava a gola de pele cinzenta aberta e deixava exposta a garganta macia e o vestido verde-pálido. Emoldurando um rosto fresco e suave, o chapéu castanho franzido chegava-lhe às orelhas. Havia qualquer coisa nela que era, ao mesmo tempo, gentil, arrogante e inconsciente. Sabia que o cigano se voltara para observá-la, pois estava atenta aos movimentos de sua nuca trigueira e do cabelo negro despenteado. Quando ela entrara na casa rolante, ele ainda a contemplava.

O que a cigana lhe disse nunca ninguém soube. Os outros sentiram que haviam esperado muito tempo. O crepúsculo aprofundava-se em trevas e o tempo tornava-se úmido e frio. Da chaminé da segunda carroça saiu fumaça e um aroma de boa comida. O cavalo fora alimentado e envolvido num cobertor amarelo. A distância, os dois ciganos falavam um com o outro, em voz baixa. Havia, suspensa naquela pedreira, solitária e escondida, uma sensação peculiar de silêncio e segredo.

Por fim, abriu-se a porta do carroção e surgiu Yvette, que, inclinando-se para a frente, desceu a escada com suas pernas compridas, esguias e fascinantes. Sua aparição à luz do crepúsculo produziu um silêncio de condescendência e feitiço.

— Pareceu muito tempo? — perguntou ela, com ar ausente, não olhando para ninguém, e ocultando com muito cuidado o que ela mesma, vaga e difusamente, pensava da própria demora. — Espero que não tenham ficado aborrecidos. O chá, agora, é que seria bom. Vamos?

— Entre no carro! — disse Bob. — Eu pago.

A saia de alpaca da cigana, de um verde-jade metálico, desceu, balançando, a escada. No rosto moreno e animalesco da mulher, havia um ar de triunfo, largo e altivo. Olhou com atrevida arrogância para os jovens envolvidos pelas sombras crepusculares.

Bob pôs-lhe duas meias coroas na mão.

— Um pouco mais para dar sorte, para dar sorte à senhorita — disse com uma doçura afetada, como uma loba aduladora. — Mais uma moeda de prata, para lhe dar sorte.

— Já lhe dei um xelim a mais para isso. Já é bastante — respondeu Bob com toda a calma, enquanto se dirigia com os outros para o carro.

— Só mais uma moedinha de prata! Só mais uma para lhe dar sorte no amor!

Yvette, que já ia entrando no automóvel, virou-se de repente e, imprimindo um movimento rápido e súbito às suas pernas compridas e estendendo o braço, aproximou-se da cigana, pondo-lhe qualquer coisa na mão. Depois pousou um pé no estribo, curvou-se e entrou no carro.

— Felicidade para a linda senhorita, com a minha bênção! — proferiu a voz sugestiva e meio sarcástica da mulher.

O motor roncou, roncou de novo, roncou ainda outra vez mais forte, e começou a trabalhar. Leo ligou as luzes, e imediatamente a pedreira e os ciganos mergulharam na escuridão da noite.

— Boa noite! — saudou Yvette, quando o carro partiu.

A sua voz, porém, foi a única que se fez ouvir, jovial e despudorada no seu caráter imperturbável. Os faróis iluminavam o caminho das pedras.

— Yvette! Você tem de nos confessar o que ela lhe disse! — exclamou Lucília, diante do silêncio da irmã.

— Ah! *Nada* de especial! — disse Yvette com falsa cordialidade. — A mesma coisa de sempre: um homem moreno, que significa boa sorte, um homem louro, que significa desgraça. **Uma morte na família**, que talvez seja a da vovó. Enfim, nada de muito horrível. Vou me casar quando tiver 23 anos, terei bastante dinheiro, serei muito amada e terei dois filhos. Tudo isso é muito bonito, mas é bonito demais, não é?

— E você ainda deu à cigana mais dinheiro?

— Dei. Dei porque quis. Temos de mostrar-nos um pouco liberais com esse tipo de gente...

IV

Houve um rebuliço enorme no reitorado por causa de Yvette e do Fundo dos Vitrais. Quando a guerra acabou, a tia Cissie manifestou, ardentemente, o desejo de colocar um vitral na igreja, em memória dos homens da paróquia que tinham perecido durante o conflito. Como, porém, a maior parte deles não era conformista, a celebração limitou-se a um feio e pequeno monumento, na frente da capela metodista.

Isso não venceu a tia Cissie. Ela angariou fundos, organizou leilões de caridade e um grupo amador de teatro, a fim de conseguir o precioso vitral. Yvette, que gostava de teatro e de tomar parte nas representações, tomou a seu cuidado a farsa *Maria no Espelho* e guardou a receita respectiva que deveria ser entregue ao Fundo dos Vitrais, quando as contas fossem liquidadas. Cada uma das moças tinha à sua responsabilidade uma caixa de dinheiro para o Fundo.

A tia Cissie, com a impressão de que as importâncias reunidas já deveriam bastar, lembrou-se de repente de ir examinar a caixa de Yvette. Continha 15 xelins. Sacudiu-a um espasmo violento de horror.

— Onde está o resto?

— Ah! — exclamou Yvette com ar indiferente. — Emprestei-o a mim mesma. Não é uma coisa assim tão espantosa!

— Onde estão as 3 libras e 13 xelins da *Maria do Espelho?* — perguntou a tia Cissie, como se ali mesmo se abrissem as portas do inferno.

— Calma! Emprestei-as a mim própria. Posso devolvê-las.

Pobre tia Cissie! Um terrível tumor de ódio queimava-lhe as entranhas, e deu-se então ali uma cena pavorosa, uma cena estranha, que deixou Yvette toda trêmula de medo e de repugnância nervosa.

Até o próprio reitor se mostrou bastante severo.

— Se você precisava de dinheiro, por que não me disse? — perguntou friamente. — Já lhe recusei alguma coisa que fosse razoável?

— Eu... eu pensei que isso não tivesse importância — gaguejou Yvette.

— E que fez você do dinheiro?

— Acho que o gastei — retorquiu Yvette, com os grandes olhos perturbados e a face um tanto pálida.

— Gastou em quê?

— Não posso lembrar-me de tudo: meias e outras coisas. Também dei uma parte.

Pobre Yvette! Os seus ares e maneiras de senhora começavam a eclipsar-se. O reitor estava zangado; seu rosto adquiriu um perfil canino, com um risinho de desprezo. Parecia rosnar. Receava que a filha estivesse desenvolvendo dentro de si algumas das perversas e grosseiras qualidades d'Aquela-que-fora-Cíntia.

— Quer dizer então que você gosta de gastar à toa o dinheiro dos outros, não é? — observou com frio e híbrido sarcasmo que revelava quão descrente era, afinal, no fundo de si próprio.

Estava ali a inferioridade de um espírito que não possui sequer uma centelha de crença, nem orgulho na vida. No âmago de si mesmo, não acreditava na filha.

Yvette tornou-se pálida e abstrata. Seu orgulho, essa chama preciosa e frágil que todos tentavam apagar, reduziu-se como se de longe um vento frio soprasse, desapareceu como se a chama tivesse sido apagada. No rosto, agora branco como um galanto, a branca flor de neve da sua vaidade, parecia que sua vida tinha terminado. Subsistia apenas aquela pura e estranha abstração.

"Ele não acredita em mim!" pensou. "Na verdade não sou nada para ele. Nada sou, a não ser algo de vergonhoso. Tudo é vergonhoso, tudo é vergonhoso!"

Uma chama de paixão ou de raiva, mesmo que a tivesse esmagado, não a teria rebaixado tanto como a incredulidade e aquela atitude final de desprezo do pai.

Ele tornara-se um tanto receoso, absorto em pensamentos estéreis. Afinal, precisava da aparência de amor, fé e alegria. Nunca se atreveria a enfrentar o gordo verme da própria descrença que lhe remexia o coração.

— Que tem a dizer em sua defesa? — perguntou.

Ela limitou-se a olhá-lo com um rosto de flor de galanto insensível, rosto que o enchia de temor, e que lhe dava uma sensação desesperada de culpa. A outra, Aquela-que-fora-Cíntia, também olhara para ele com o mesmo pavor branco e estático, o pavor pela degradante incredulidade que ele revelava e pelo verme que residia no ponto mais oculto do seu coração. Ele sabia que o âmago desse seu coração era um verme gordo e horrível. O que temia era que mais alguém tivesse conhecimento disso. O assomo de ódio voltava-se contra alguém que o sabia, e, por esse motivo, diminuiu de proporções.

Viu Yvette humilhada, e, imediatamente, os seus modos adquiriram aquele velho tom de cinismo mundano e bem-humorado que, às vezes, o caracterizava.

— Pois bem! — exclamou. — Você tem de devolver esse dinheiro, menina! Isso é tudo! Vou lhe adiantar o dinheiro das suas mesadas. Mas cobrarei quatro por cento de juros ao mês. Até o diabo tem de pagar uma porcentagem pelas suas dívidas. Para a outra vez, se é que você pode confiar em si mesma, não gastará nenhum dinheiro que não lhe pertencer. A desonestidade é uma coisa feia.

Yvette ficou esmagada, descoberta e humilhada. Arrastava-se pela casa, carregando os vestígios do seu orgulho. Mesmo dentro de si houvera uma reação. Para que tinha tocado naquele dinheiro repelente? Sua própria carne se contraía, como se estivesse poluída. Mas por que essa sensação? Por que essa sensação?

Admitiu que errara ao gastar o dinheiro. "Claro que não devia ter feito aquilo. Eles têm muita razão em estarem furiosos", dizia para si mesma.

Mas de onde lhe vinha aquele estremecimento da sua carne? Por que sentia como se houvesse sofrido qualquer contágio físico?

— Você foi *tola*, Yvette — observou-lhe Lucília —, em se ter deixado levar por todos. Você devia *saber* que eles descobririam. Eu podia ter conseguido algum dinheiro, e lhe teria poupado aborrecimentos. Foi uma coisa verdadeiramente horrível. Você nunca pode saber com antecedência aonde suas ações podem levá-la. Aquela fantástica tia Cissie dizendo as coisas que disse a você! Que horror! Que é que mamãe teria dito se ouvisse isso? Quando as coisas iam mal, pensavam na mãe e desprezavam o pai e toda aquela baixa parentela dos Saywells. A mãe pertencera a um nível mais elevado, embora mais perigoso e "imoral". Certamente mais egoísta. Dotado, todavia, de maneiras mais requintadas. Mais sem escrúpulos e mais facilmente inclinado ao desprezo: mas não tanto à humilhação.

Yvette sempre considerara que sua carne fina e delicada vinha do lado da mãe. Os Saywells eram um bocado inflexíveis e deviam estar cheios de vermes por dentro. Contudo, eles nunca abandonariam ninguém, ao passo que a requintada Aquela-que-fora-Cíntia abandonara o reitor com uma batedela de porta, deixando-lhe as filhas ainda pequeninas. As próprias filhinhas! Elas não podiam perdoar-lhe isso de modo nenhum.

Só depois da discussão é que Yvette começara a compreender, ainda que vagamente, que, dentro de si mesma, havia também a santidade do seu sangue e da sua carne pura e sensível; carne e sangue que os Saywells tinham conseguido poluir com sua pseudomoralidade. Sempre tinham querido poluí-la. Eles eram os descrentes da vida. Enquanto, talvez Aquela-que-fora-Cíntia não tivesse passado de uma descrente da moral.

Yvette andava confusa, entorpecida e macilenta. O reitor entregou o dinheiro à tia Cissie, embora estivesse com raiva dela. O inevitável tumor do ódio continuava a dominá-la. Ela teria desejado chamar a atenção de todos pelo erro da sobrinha no jornal da paróquia. Era uma angústia para aquela mulher destroçada não poder dar a notícia a todo mundo. O amor-próprio! O amor-próprio! O amor-próprio!

O reitor entregou depois uma conta à filha, mencionando a dívida para com ele, os juros, e a quantia a deduzir das suas pequenas mensalidades. Mas lançara-lhe a crédito um guinéu, que era o que julgava ter de pagar pela sua cumplicidade.

— Como pai do criminoso — disse com humor — multo-me em um guinéu. E, com isso, considero-me livre de responsabilidades.

Era sempre generoso em questões de dinheiro. Julgava que, sendo liberal nesse quesito, podia considerar a si mesmo uma pessoa generosa.

Nunca mais falou no caso. Divertia-se, então, mais que nunca, a julgar pelas aparências. Pensou, ainda, que agora estava salvo.

Mas a tia Cissie não pôde se recuperar do abalo.

Uma noite em que Lucília se ausentara para ir a uma festa, Yvette, com um ar infeliz, foi muito cedo para a cama.

Os membros esguios e macios pareciam jazer imersos numa espécie de torpor e languidez. Então, a porta abriu-se suavemente, e pela abertura surgiu a cara esverdeada da tia Cissie. Yvette ergueu-se com terror.

— Mentirosa! Ladra! Sua pequena fera egoísta! — sibilou a maníaca tia Cissie. — Sua hipócrita! Mentirosa! Fera egoísta! Sua ferazinha gananciosa!

Havia um ódio tão extraordinariamente impessoal naquela máscara cinzento-esverdeada, e naquelas palavras tão frenéticas, que Yvette desatou a gritar histericamente. Mas a tia Cissie fechou a porta tão subitamente como a tinha aberto, e desapareceu. Yvette saltou da cama e fechou a porta a chave. Depois, para retornar para a cama, teve de se arrastar, meio enlouquecida pelo terror provocado por aquela criatura anormal, esquálida, meio entorpecida pela paralisia do seu orgulho espezinhado. E, misturados com esses sentimentos, não pôde evitar surgimento de uma risada divertida. Aquilo era tão sujo, tão ridículo!

O comportamento da tia Cissie não melindrou muito a moça. Afinal de contas, não deixava de ser um tanto fantástico.

Todavia, não deixava de se sentir ferida: ferida nos membros, no corpo, no sexo. Ferida, entorpecida, meio destroçada. Os nervos vibravam e soavam estridentemente. E, ainda tão jovem, não compreendia o que lhe estava acontecendo.

Ali estava ela com o desejo de ser cigana, de viver no campo, numa carroça ambulante, e de nunca pôr os pés numa casa autêntica, nem sequer saber da existência de uma paróquia, nem olhar para uma igreja. O coração transbordava-lhe de repugnância pelo reitorado. Tinha nojo daquelas casas, com sua assepsia e sanitários. Nojo do que havia de extraordinariamente repulsivo em tudo isso. Odiava o reitorado e tudo o que ele implicava. Aquele tipo de vida canalizada em que nunca se mencionavam os esgotos, mas onde estes pareciam irromper do íntimo de cada um dos habitantes, desde a avó até as criadas, esse tipo de vida como que contaminado. Se os ciganos não tinham banheiros, ao menos não tinham também canalizações. Havia ar fresco. No reitorado *nunca* havia ar fresco. E, nas almas das pessoas, o ar estava poluído e cheirava mal.

O ódio incendiava-lhe o coração, enquanto permanecia deitada com braços e pernas entorpecidos. E lembrou-se das palavras da cigana: "Vejo um homem moreno que nunca viveu dentro de uma casa. Ele a ama. Há outras pessoas que vivem pisando em seu coração. E hão de pisar nele até você pensar que morreu. Mas o homem moreno fará incendiar a última brasa e dela brotará uma bela fogueira. Você vai ver que bela fogueira!..."

Mesmo no próprio momento em que a mulher proferiu estas palavras, Yvette pressentiu que nelas havia um sentido duplo. Mas não se importou com isso. Odiava o interior do reitorado, com a amarga e fria aversão de uma criança. Odiava aquela podridão de vida. Gostava da cigana enorme e trigueira com feições de loba, com aqueles enormes brincos de ouro nas orelhas, o lenço cor-de-rosa à volta da cabeleira preta, ondulada, o corpete justo de veludo castanho e a saia verde, em forma de leque. Gostava daquelas mãos implacáveis, fortes e escuras, que comprimiam, de uma maneira tão firme, como garras de lobo, a palma macia da sua mão. Gostava dela. Gostava do perigo e da oculta intrepidez que dela irradiava. E do seu sexo obstinado e secreto, imoral sim, mas dotado de um orgulho próprio, provocador e firme. Nada jamais seria capaz de derrubar aquela mulher. Desprezaria, profundamente, o reitorado e sua moralidade. Seria capaz de estrangular a avó com uma mão apenas. E ao pai e ao tio Alfredo, destinaria o mesmo desprezo que ao velho, baboso e gordo Rover, o cão terra-nova. Um grande e sardônico desprezo feminino por aqueles cães domesticados, que se consideravam homens.

E o cigano?! Yvette estremeceu subitamente, como se tivesse visto os enormes olhos arrogantes observando-a, cheios de uma insinuação nua de desejo. Essa insinuação fez com que deitasse, impotente, de bruços na cama, como se uma droga a tivesse fundido num novo molde.

Nunca confessou a ninguém que duas daquelas malditas libras do Fundo dos Vitrais tinham sido dadas à cigana. O que não aconteceria se o pai e a tia Cissie soubessem *disso*! Yvette remexeu-se languidamente na cama. O pensamento fixo no cigano havia libertado a sua vida dos membros e conseguira cristalizar no seu coração o ódio pelo reitorado. Agora, sentia-se forte, e não mais impotente.

Quando, mais tarde, Yvette contou a Lucília o acontecimento dramático à porta do quarto, Lucília ficou indignada.

— Ah! Chega de tudo isso! — exclamou. — Ela já deveria ter posto o assunto de lado. Acho que já se falou bastante a esse respeito. Meu Deus! A quem a vê, a tia Cissie parece uma ave-do-paraíso! Papai já encerrou o caso, e, afinal, a história é com ele e mais ninguém! A tia Cissie que se cale!

Na verdade, o fato de o reitor ter encerrado a questão, e continuar a tratar Yvette com a maneira despreocupada e vaga de sempre, como se ela fosse um ser dotado de direitos especiais, é que mantinha a bílis da tia Cissie em permanente fluxo. O fato de Yvette, a maior parte do tempo, desconhecer os sentimentos dos outros, e desconhecendo-os não lhes dar importância, quase enlouquecia a tia Cissie. Por que motivo aquela jovem criatura, filha de uma mãe delinquente, atravessava a vida como se fosse um ser privilegiado, desconhecendo a existência dos outros, mesmo quando estes estavam debaixo do seu nariz?

Lucília, por essa ocasião, andava muito irritável. Parecia que, quando transpunha o limiar do reitorado, perdia um pouco o equilíbrio. Era tão cuidadosa e digna de confiança! Tinha a seu cuidado todos os assuntos extras. Era ela que tratava de tudo que dizia respeito a médicos, remédios, criadagem, e coisas do gênero. Durante todo o dia, no trabalho, das 10 às 17 horas, esforçava-se na sala com luz artificial. E, quando chegava em casa, era para submeter os nervos a uma tensão que chegava ao frenesi, uma tensão provocada pela horrível e persistente curiosidade e pela caquexia parasitária da avó.

A questão do Fundo dos Vitrais tinha, aparentemente, caído em ponto morto, mas, na atmosfera, permanecera uma tensão abafada. O tempo continuava ruim. No seu meio-feriado, Lucília ficou em casa de tarde, e isso não lhe fez bem nenhum. O reitor estava no escritório. Ela e a irmã puseram-se a fazer um vestido para Yvette. A avó repousava no divã.

O vestido era de veludo de seda azul, feito com tecido francês, e ia ficar muito bem. Lucília pediu a Yvette para que o experimentasse mais uma vez. Não estava contente com a maneira como o vestido caía debaixo da cava.

— Que chatice! — exclamou Yvette, estendendo os braços compridos, macios e infantis que estavam começando a ficar azulados pelo frio. — Não seja tão terrivelmente *exigente*, Lucília. Já está muito bem!

— Se esse é o agradecimento que recebo depois de estragar o meu meio-feriado fazendo roupa para você, valeria mais fazer algo para mim!

— Essa agora, Lucília! Você sabe muito bem que não lhe pedi *nada*! Você sabe que não toleraria não fazê-lo, não supervisionar — falou Yvette com a meiguice irritante que a caracterizava, enquanto erguia os cotovelos nus e se observava atentamente no espelho, por cima do próprio ombro.

— Ah! Sim! Nunca me pediu — exclamou Lucília. — Como se eu não soubesse o que você queria quando se pôs a suspirar e a cirandar por aqui e por ali.

— Eu!? — retorquiu Yvette com divertida surpresa. — Quando foi que eu suspirei e cirandei por aqui e por ali?

— Sim, você sabia bem o que estava fazendo,

— Eu!? Eu não sabia coisa nenhuma! Quando é que isso aconteceu?

Yvette era capaz de imprimir ao tom de suas perguntas mais ingênuas um aborrecimento especial.

— Não poderei fazer nada nesse vestido se você não ficar quieta e não se calar — disse Lucília em voz alta e um tanto imperiosa.

— Não sei se você sabe que é muito desagradável quando resmunga e se irrita, Lucília — observou Yvette, como se estivesse sentada sobre brasas.

— O quê, Yvette? — explodiu Lucília, cujos olhos pareceram fulminar, com labaredas selvagens, o rosto da irmã. — Pare já com isso! Por que é que todos terão de aturar o seu temperamento terrível e insuportável?

— Nada sei a respeito do *meu* temperamento — observou Yvette, despindo o vestido meio feito e tornando a pôr o que trazia antes.

Depois, com um ricto de obstinação no rosto, sentou-se de novo à mesa, à luz melancólica da tarde, e começou a coser o vestido azul. O quarto estava cheio de aparas azuis, a tesoura estava no chão, a cestinha do trabalho entornada em cima da mesa, num caos, e um segundo espelho estava perigosamente pousado no piano.

A avó, que estivera num estado de semicoma que pode ser chamado de sesta, ergueu-se no divã macio e endireitou a touca.

— Não consigo dormir em paz — disse, apalpando cuidadosamente o cabelo, para ver se estava em ordem.

Ouvira uns ruídos vagos.

— Nunca vi confusão tão grande! — observou. — Você deveria limpar este lixo, Yvette.

— Está bem! — respondeu. — Dentro de um minuto...

— O que significa nunca — zombou a tia Cissie, dando subitamente um pontapé na tesoura e apanhando-a logo a seguir.

Houve silêncio por alguns momentos. Lucília, que lia um livro, meteu as mãos no cabelo.

— Era melhor você arrumar isto — insistiu a tia Cissie.

— Farei isso antes do chá — respondeu Yvette, levantando-se mais uma vez, e enfiando de novo o vestido azul pela cabeça. Os braços compridos e nus irromperam através das cavas. Depois, dirigiu-se para o espaço situado entre os espelhos, a fim de se observar mais uma vez.

Ao fazer isso, atirou ao chão com estrondo o segundo espelho, que colocara despreocupadamente em cima do piano. Felizmente não se partiu. Mas todos deram um pulo.

— Ela quebrou o espelho! — berrou a tia Cissie.

— Quebrou o espelho? Que espelho? Quem é que o quebrou? — proferiu a voz afiada da avó.

— Não quebrei coisa nenhuma — respondeu calmamente Yvette. — Está inteiro.

— Era melhor que você nunca mais o colocasse no lugar onde o pôs — aconselhou Lucília.

Yvette, com um encolher de ombros um pouco impaciente perante aquela barulheira toda, tentou colocar o espelho em outro lugar. Não conseguiu.

— Se houvesse uma lareira em cada quarto — disse ela de mau humor — não se teria todos à volta, quando se quer coser.

— Com que espelho é que você está andando por aí, de um lado para o outro? — perguntou a avó.

— É um dos nossos, veio do vicariato — respondeu Yvette com dureza.

— Não o quebre *nesta* casa, venha ele de onde vier — respondeu a avó.

Havia uma espécie de animosidade na família por todo o mobiliário que pertencera Àquela-que-fora-Cíntia. A maior parte dele estava empilhado na cozinha e nos quartos das criadas.

— Ah! *Eu não sou* supersticiosa — respondeu Yvette — com espelhos e coisas desse gênero.

— Talvez não seja — retorquiu a avó. — As pessoas que nunca tomam a responsabilidade pelas suas ações nunca se importam com aquilo que acontece.

— Afinal de contas — cortou Yvette — é preciso ver que, mesmo que eu o tivesse quebrado, trata-se de um espelho que era meu.

— Repito — frisou a avó — que, *nesta* casa, tanto quanto puder ser evitado, não deve haver espelhos partidos. Não interessa a quem eles pertencem ou pertenceram. Cissie, a minha touca está direita?

A tia Cissie encaminhou-se para ela e endireitou-lhe a touca. Yvette pôs-se a cantarolar alto, de uma maneira irritante, uma cantiga desafinada.

— E agora, Yvette, que tal se você arrumasse isto tudo?

— Que chatice! — berrou Yvette, furiosa. — É simplesmente *horroroso* viver com um monte de gente que está sempre resmungando e fazendo barulho por causa de ninharias.

— Que gente, pode-se saber? — perguntou a tia Cissie, ostensivamente.
Estava iminente outra confusão. Lucília olhou com uma expressão esquisita no rosto. Nas duas moças circulava o sangue d'Aquela-que-fora-Cíntia.
— Claro que a senhora pode perguntar. A senhora sabe muito bem que me refiro à gente desta casa abominável — respondeu Yvette, insultuosamente.
— Pelo menos — respondeu a avó — não descendemos de gente meio depravada.
Houve uma segunda pausa carregada de eletricidade. Então Lucília levantou-se de um pulo. De todo o seu corpo pareciam sair faíscas.
— Cale-se! — berrou, numa explosão que caiu sobre a majestade sarapintada da velha senhora.
O peito dela começou a ofegar, sabe Deus movido por que emoções. Desta vez, a pausa, como a que se produz após um relâmpago acompanhado de trovão, foi glacial.
Tia Cissie, lívida, saltou em cima de Lucília e empurrou-a com fúria.
— Vá para o seu quarto! — gritou asperamente.
E continuou a empurrar para fora do aposento a pálida sobrinha, cujos olhos cintilavam. A própria Lucília deixava-se empurrar, enquanto a tia Cissie vociferava:
— Fique no seu quarto até pedir desculpa pelo que você fez... até pedir desculpa pelo que você fez à Mãe!
— Não peço desculpa! — retorquiu a voz cortante de Lucília, do limiar da porta, enquanto a tia a empurrava.
A tia Cissie arrastou-a, mais ferozmente ainda, pela escada acima.
Yvette permanecia rígida e meio tonta, com um ar de dignidade ofendida, e ao mesmo tempo estupefata, o que era nela bastante excêntrico. Continuava de braços nus, envergando o

vestido azul semifeito. *Ela* própria encontrava-se meio horrorizada com o ataque de Lucília à majestade dos anos. Todavia, estava também friamente indignada contra a calúnia da avó, que se voltara contra o sangue materno que corria nas veias dela.

— Claro que não quis ofender — explicou a avó.
— Ah! Não? — interrompeu Yvette friamente.
— Claro que não. Só disse que não éramos depravados, pelo fato de sermos supersticiosos com os espelhos partidos.

Yvette nem queria acreditar no que ouvia. Teria ouvido bem? Seria possível? Ou a avó, naquela idade, estaria apenas dizendo uma mentira descarada?

Yvette tinha a consciência de que a velha estava dizendo, friamente, uma mentira descarada. Porém, a avó acreditava piamente nas próprias palavras.

O reitor apareceu, tendo dado um tempo para que o ambiente acalmasse.

— Que é que está acontecendo? — perguntou cautelosa e cordialmente.

— Ah! Nada! — falou pausadamente Yvette. — A Lucília, quando a vovó estava dizendo não sei o quê, mandou-a calar. E a tia Cissie levou-a para o quarto. *Tant de bruit pour une omelette!** Bom, a Lucília passou, desta vez, um tanto do limite.

A velha nada compreendeu do que Yvette acabava de dizer.

— Não há dúvida que a Lucília tem de aprender a controlar os nervos — comentou a avó. — O espelho caiu e isso preocupou-me. Foi o que disse a Yvette, que me respondeu qualquer coisa a propósito de superstições e das pessoas que viviam nesta casa abominável. Retorqui-lhe que nós, por nos preocuparmos com um espelho partido, não podíamos ser chamados de depravados. Ao ouvir isso, Lucília deu um pulo e mandou-me calar.

---

*"Tanto barulho por uma omelete!" Expressão atribuída ao poeta Des Barreaux, que pode ser adaptada para "muito barulho por nada". (*N. do E.*)

Na verdade, é de lamentar a forma como essas crianças dão largas aos nervos. Sei que não se trata de outra coisa senão nervos!

A tia Cissie entrara enquanto a avó falava. A princípio esteve calada. Além disso, era de opinião que as coisas tinham se passado, de fato, como a avó acabava de contar.

— Proibi-a de descer, enquanto não pedisse desculpas à Mãe — disse.

— Tenho dúvidas de que ela peça desculpa — retorquiu Yvette, calma e majestosamente, cruzando os braços nus.

— Eu também não quero desculpa nenhuma — respondeu a anciã. — Foi apenas um ataque dos nervos. O que eu não sei é aonde chegarão essas pequenas com tantos nervos e ainda tão novas! Lucília precisa tomar Vibrofat... Cissie, tenho a certeza de que o Artur gostaria de tomar, agora, o chá...

Yvette começou a reunir os apetrechos de costura, para subir até seu quarto. E, de novo, começou a cantar baixinho de forma desafinada a cantiga de há pouco. Toda ela tremia por dentro.

— Mais uns trapinhos berrantes... — disse-lhe o pai alegremente.

— Mais uns trapinhos berrantes... — repetiu ela prudentemente, ao dirigir-se para o andar de cima, levando no braço o vestido velho. Queria consolar Lucília e perguntar-lhe como é que caía agora o novo vestido azul.

No primeiro patamar, parou, como quase sempre fazia, a fim de espiar pela janela que dava para a estrada e para a ponte. Como lady Shalott, parecia-lhe, sempre, que um dia talvez alguém surgisse pela margem do rio, cantando *tira-lira* ou qualquer outra coisa do gênero.

V

Estava quase na hora do chá. O terreno que marginava a curta vereda que, flanqueando um dos lados da casa, ia até o portão, estava cheio de galantos. O jardineiro trabalhava a ritmo lento nos canteiros úmidos, na relva molhada que se estendia em declive até o rio. Para além do portão, a estrada esbranquiçada de lama e, quase em seguida, a ponte de pedra e a curva que conduzia à vila agrupada em uma cascata íngreme, pedregosa e fumarenta, empoleirada sobre as fábricas têxteis, construções de pedra que Yvette enxergava, lá embaixo no estreito vale, com as chaminés estreitas e eretas.

O reitorado ficava numa das margens do Papple, naquele vale um tanto abrupto; a vila, do outro lado do rio de águas agitadas, mais além, num ponto mais elevado. Atrás do reitorado, a colina subia escarpada, vestida de um bosque de coníferas nuas e escuras, através do qual a estrada desaparecia. Do outro lado do rio, mesmo em frente ao reitorado, a margem erguia-se íngreme, cheia de arbustos, até as campinas que, por sua vez se estendiam, lúgubres, até os flancos da colina, revestidos de árvores sombrias, onde, aqui e ali, espreitava a massa acinzentada de rochedos.

Mas, do extremo da casa, Yvette via unicamente a estrada que ladeava (na curva que fazia até a ponte) o muro cuja parte superior era construída por uma sebe de loureiro. Depois, a estrada continuava até o primeiro agrupamento austero de casas da vila, para lá dos muros de pedra que limitavam os campos declivosos.

Sempre esperava que *algo* surgisse daquela ladeira que vinha de Papplewick, e, sempre que passava pelo patamar da escada, punha-se a olhar... Às vezes surgia uma carroça, um automóvel, um caminhão carregado de pedra, um trabalhador ou algum criado. Mas nunca ninguém que cantasse *tira-lira* pela margem do rio, Os tempos do *tiralirar* pareciam haver sumido na noite dos tempos.

Porém, nesse dia, na curva branco-acinzentada, entre a relva e os baixos muros de pedra, vinha trotando brava e alegremente por ali abaixo um cavalo pardo, conduzido por um homem de boné, que se sentava na parte da frente de uma pequena carroça. Enquanto o animal transpunha a descida, no silêncio sombrio da tarde, o homem balançava negligentemente, ao sabor do balanço da carroça. Na parte traseira, viam-se compridas vassouras de junco e penas, abanando os suportes de cana. Yvette se pôs em frente aos vidros da janela, jogando as cortinas para trás de si. Com as mãos, apertava os antebraços nus.

Quando chegou ao fim da descida, o cavalo se pôs a trotar vivamente em direção à ponte. Ao alcançá-la, ouviu-se o matraquear das rodas na calçada de pedra. As vassouras agitavam-se e balançavam, e o condutor parecia mover-se como se tivesse surgido de um sonho, balançando lentamente. Parecia, na verdade, algo que só fosse possível de ver durante o sono.

Mas, quando chegou ao extremo da ponte e estava passando em frente ao muro do reitorado, o homem olhou para a sombria casa de pedra que parecia fugir do portão de entrada, para se colocar sob a proteção da montanha. As mãos de Yvette agitaram-se nos braços, onde repousavam. E, ao mesmo tempo, sob a pala do boné, ele a viu. O rosto moreno e vigilante alertou-se.

Parou repentinamente no portão branco, olhando sempre para a janela do patamar. Yvette, entretanto, apertava os seus braços sardentos, olhando para o cigano fixa e distraidamente.

O homem fez um breve e rápido sinal e conduziu o cavalo para um dos lados, para cima da grama. Então, rápido e flexível, afastou o oleado que cobria a carroça, retirou vários objetos, entre eles duas ou três vassouras compridas de junco e penas de peru, cobriu de novo a carroça, e dirigiu-se para a casa sem tirar os olhos de Yvette, enquanto abria o portão branco.

Ela inclinou a cabeça, como sinal de saudação, e voou para o quarto de banho a fim de pôr o vestido. Esperava ter dissimulado suficientemente o cumprimento que fizera, de forma que ele não tivesse realmente a certeza se ela o saudara ou não. De repente ouviu o ladrar rouco e forte daquele velho tolo, o Rover, acompanhado pelo latir do jovem idiota chamado Trixie.

Ela e a criada chegaram ao mesmo tempo à porta da sala.

— É o vendedor de vassouras? — perguntou Yvette à criada. — Está bem! — E abriu a porta. — Tia Cissie, é um homem vendendo vassouras. Quer que o atenda?

— Que espécie de homem? — perguntou a tia, que estava sentada tomando o chá com o reitor e a Mãe, já que daquela vez as moças tinham sido excluídas da mesa.

— Um homem de carroça — respondeu Yvette.

— Um cigano — explicou a criada.

Claro que a tia Cissie levantou-se imediatamente. Tinha que verificar o que acontecia.

O cigano estava na porta traseira que dava para a rampa sombria, onde cresciam as coníferas. Numa das mãos trazia as vassouras, e, na outra, vários objetos brilhantes de cobre e latão: uma caçarola, um castiçal, e pratos de cobre martelado. O homem apresentava-se limpo e asseado, quase luxuosamente, no seu casaco verde com estampa xadrez e no seu boné verde-escuro. As suas maneiras eram muito calmas e convincentes e, ao mesmo tempo, altivas, com o seu ar de reserva e afabilidade.

— Nada hoje, minha senhora? — perguntou, olhando para a tia Cissie, com olhos negros, astuciosos e inquisitoriais. Havia, contudo, na sua voz uma quieta suavidade.

A tia Cissie viu quão simpático ele era, observou-lhe a curva flexível dos lábios, sob a linha do bigode preto, e ficou agitada. A mais ligeira alusão de rudeza ou agressividade que o homem eventualmente mostrasse seria o bastante para ela lhe fechar, com desprezo, a porta na cara. Porém ele conseguiu insinuar uma tão sutil sugestão de humildade no seu comportamento que ela começou a hesitar.

— O castiçal é muito bonito! — exclamou Yvette. — Foi você que o fez?

E olhou para o cigano com olhos ingênuos e infantis, cuja expressão podia significar uma intenção ambígua, o que acontecia também com os olhos dele.

— Sim, senhora!

O cigano retribuiu-lhe o olhar durante um segundo com aquela nua sugestão de desejo que atuava nela como um apelo e lhe roubava o ânimo. O rosto de Yvette parecia ter adormecido.

— É muitíssimo bonito! — repetiu ela, com um ar ausente.

Tia Cissie começou a regatear pelo castiçal, que era formado por uma haste grossa e curta de cobre, terminando numa espécie de vaso duplo. O homem atendeu-a pacientemente sem sequer olhar para Yvette, a qual, encostada à porta, observava, absorta.

— Como está a sua mulher? — perguntou a moça, subitamente, quando a tia Cissie entrou em casa a fim de mostrar o castiçal ao reitor e perguntar-lhe se valeria a pena comprá-lo.

O cigano olhou Yvette de frente, com um sorriso indefinível nos lábios. Os olhos não lhe sorriram: a insinuação que neles havia tornou-se dura e penetrante.

— Está boa. Quando vai lá outra vez? — murmurou numa voz baixa, acariciante e íntima.

— Ah! Não sei! — exclamou Yvette, indecisa.

— Vá às sextas-feiras, quando estou lá — retorquiu.

Yvette olhava-o por cima do ombro, como se não o tivesse ouvido. A tia Cissie voltou com o castiçal e com o dinheiro para o pagar. Yvette virou logo as costas negligentemente, trauteando uma das suas canções desengonçadas, cortando a conversa com uma certa rudeza. No entanto, escondeu-se na janela do patamar para ver o cigano partir. O que ela queria saber era se ele, de fato, tinha algum poder sobre ela. Não queria que desta vez ele a visse.

Viu-o dirigir-se para o portão, com as vassouras e as panelas, e, em seguida, para a carroça. Arrumou cuidadosamente o que trazia e cobriu o veículo com o oleado. Depois, com um pequeno impulso dado aos quadris flexíveis, instalou-se na viatura e puxou as rédeas. O cavalo pardo pôs-se de novo a marchar e as rodas do carro rangeram, monte acima. Rapidamente o homem desapareceu sem olhar para o lado. Desapareceu como um sonho que não passasse de um sonho, que ela não podia afastar.

— Não! Ele não tem poder nenhum sobre mim! — exclamou para si mesma e um tanto desapontada, porque, na verdade, desejava que alguém ou alguma coisa tivesse poder sobre ela.

Subiu, então, para falar com a pálida e fatigada Lucília e censurá-la por ter ficado naquele estado por uma bobagem.

— Que *importa* — sublinhou — que você tivesse mandado a vovó calar-se? Devia agir sempre assim com qualquer pessoa que se portasse estupidamente. Mas ela não quis magoar você, sabe disso muito bem. Não, ela não teve essa intenção. E lamenta muito ter dito o que disse. Não há razão nenhuma para fazer do ocorrido uma tragédia. Vamos embora. Vamos vestir-nos com apuro e jantar como duquesas. Vamos vingar-nos desta maneira! Vamos, Lucília!

Na euforia ambígua de Yvette havia algo de estranho e intrincado, como quando alguém tem uma teia de aranha no rosto. Parecia estar fugindo de qualquer aborrecimento, por um processo exótico e misterioso. Que era também estimulante. Mas aquilo era como vagar numa neblina outonal, como se fios de gaze roçassem o rosto, quando se perde a noção do lugar onde se está.

Conseguiu, porém, convencer Lucília. Assim, elas se vestiram com as melhores roupas de cerimônia. Lucília de verde e prateado; Yvette de lilás pálido com ornamentos azul-turquesa. Um pouco de ruge e pó de arroz, os seus melhores sapatos, e os jardins do paraíso pareceram florir de novo. Yvette murmurou qualquer coisa e olhou para si mesma, enquanto ensaiava o ar mais desembaraçado de qualquer jovem marquesa. Tinha uma maneira muito peculiar de levantar as sobrancelhas e de franzir os lábios, de libertar-se, segundo as aparências, de todas as considerações terrenas, flutuando na nuvem da sua própria circunspecção perolada. Era divertido, embora não de todo convincente.

— Claro que sou bonita, Lucília — disse ela com suavidade. — E você é perfeitamente encantadora, embora pareça um tanto suscetível a críticas. Já se sabe que, com o seu nariz, você é, de nós duas, a que tem ar mais aristocrático! Os seus olhos parecem merecer algum reparo, mas isso é o que lhes confere maior simpatia! Você está perfeita, perfeitamente encantadora! Mas, de certo modo, pareço ser mais *vencedora*, não concorda?

Virou-se com artificial e maliciosa simplicidade para Lucília.

Yvette revelava a maior ingenuidade naquilo que dizia. Porém, aquilo era precisamente o que pensava. Mas não aludiu à *sensação* muito diferente que a dominava: a sensação de que, ao ver-se, não o fazia de fora, mas de dentro do seu eu feminino mais secreto. Vestia-se da maneira mais deslumbrante possível, como reação ao efeito que o cigano lhe provocara quando olhara para ela, sem poder ver, contudo, como o rosto dela era belo e como eram requintados os seus gestos. Ele só pudera ver o mistério poderoso, trêmulo e sombrio da sua virgindade.

Quando soou o gongo para o jantar, as duas moças começaram a descer, nervosas. Mas suspenderam a marcha até ouvirem as vozes masculinas. Então, acabaram de descer e irromperam na sala de jantar, Yvette embelezando-se ainda com trejeitos despreocupados e garbosos, sempre um pouco distraída. Lucília, tímida, quase chorando.

— Santo Deus! — exclamou tia Cissie, que vestia ainda o casaco de malha castanho-escuro. — Que aparição! Aonde é que vocês vão?

— Jantar com a família — respondeu Yvette com um ar ingênuo. — Pusemos os melhores trapos para honrar o acontecimento.

O reitor riu alto, e o tio Alfredo disse:

— A família sente-se muitíssimo honrada.

Ambos os homens da família se mostraram absolutamente cavalheirescos, que era o que Yvette desejava.

— Venham aqui e deixem-me apalpar os vestidos — disse a avó. — São os melhores que têm? É uma vergonha não poder vê-los.

— Hoje, Mãe — observou o tio Alfredo —, temos de levar as jovens senhoras à sala de jantar e conduzirmo-nos de acordo com a honra concedida. Quer ir com Cissie?

— Certamente — retorquiu a avó. — A juventude e a beleza têm a primazia.

— Esta noite, pelo menos, será assim, Mãe — observou o reitor, satisfeito.

E ofereceu o braço a Lucília, enquanto o tio Alfredo acompanhava Yvette.

Todavia, a refeição, como de costume, foi triste e arrastada. Lucília tentou ser brilhante e mundana, e Yvette, com seus modos sutis e vagos, esteve, na verdade, bastante simpática. Porém, lá no fundo do seu espírito, pensava: por que não passamos, afinal, de peças mortais de mobiliário? Por que nada será *importante*?

Era essa a pergunta constante que fazia a si mesma, como um estribilho: por que é que nada é importante? Quer estivesse na igreja, ou numa festa só com pessoas jovens, ou dançando no hotel da cidade, surgia-lhe, repetidamente, na consciência, a eterna pergunta: por que nada será importante?

Havia muitos rapazes que estariam prontos para amá-la, devotadamente, até. Todavia, ela repelira-os com impaciência. Por que eram eles tão sem importância? Tão irritantes?

Nem sequer pensava no cigano. Ele não passara de um acidente perfeitamente insignificante. No entanto, a aproximação da sexta-feira seguinte surgia-lhe com estranha significação. "Que vamos fazer na sexta-feira?" — perguntou à Lucília. Esta respondeu que não iam fazer coisa nenhuma. E Yvette sentiu-se perturbada.

A sexta-feira chegou, e malgrado seu, pensou todo o dia na pedreira que ficava lá em cima na estrada, em Bonsall Head. Desejava estar lá. Porém, não tinha a mínima intenção de ir até o local. Além disso, estava de novo chovendo. Mas, ao coser o vestido azul, ao acabá-lo para a festa em Lambley Close, que seria realizada no dia seguinte, sentiu que sua alma estava lá em cima, na pedreira, entre as caravanas, com os ciganos. Como alguém que se tivesse perdido, ou cuja alma tivesse sido roubada, ela não estava presente no seu corpo, na concha do seu corpo. O interior deste estava longe, na pedreira, no meio da caravana. No dia seguinte, na festa, nem percebera que havia se mostrado terna com Leo, e que o estava roubando da pobre Ella Framley. Só teve consciência disso quando, ao saborear um sorvete de pistache, Leo lhe disse:

— Por que não ficamos noivos, Yvette? Estou absolutamente certo de que é a melhor coisa que poderíamos fazer.

Leo era um tanto vulgar, mas agradável e rico. Yvette simpatizava muito com ele. Mas ficar noiva! Que coisa tola!

— Mas eu pensei que era com Ella... — falou, surpreendida.

— Bom! Podia ser, mas só na sua ideia. Isso são coisas suas, já sabe... Desde que aqueles ciganos leram a sua sorte, passei a experimentar a sensação de que, para você, só existiria eu ou ninguém, e que, para mim, só você ou nenhuma outra.

— Verdade?! — exclamou Yvette, completamente perdida de espanto. — Verdade?!

— Não sente um pouco o mesmo? — insistiu Leo.

— Verdade?!

Yvette continuava ofegando suavemente como um peixe fora da água.

— Você sente um pouco da mesma maneira que eu, não é? — perguntou ele.

— O quê? Sobre o quê?! — exclamou ela, como se regressasse à terra.

— Sobre mim, como eu sinto a seu respeito.

— Por quê? O quê? Você quer dizer ficarmos noivos? Eu?! Não! Como é que *eu* poderia?!... Nunca sequer pensei numa coisa tão impossível.

Falava com a sua negligente candura habitual, absolutamente desinteressada dos sentimentos dele.

— Mas o que é que torna isso tão impossível para você? — inquiriu um pouco irritado. — Julguei que você tivesse considerado.

— Mas você achou *mesmo*? — murmurou ela, cheia de surpresa, impregnada por aquela desprendida naturalidade, suave e virginal, que a rodeava tanto de amigos como de inimigos.

Revelava tal espanto, que a ele só restou a solução de fazer girar os polegares, em sinal de aborrecimento.

A música começou a tocar, e Leo olhou para Yvette.

— Não, não danço mais! — disse ela, endireitando-se e olhando um tanto altivamente para o grupo de pessoas que estava na sala, como se Leo não existisse. Havia uma ruga de intrigada surpresa nas suas sobrancelhas, e o rosto meigo lembrava de verdade o galanto, flor que fazia parte do patético simbolismo do reitor.

— Mas claro que *você* pode ir dançar — disse ela virando-se para ele, tentando demonstrar assim uma juvenil condescendência. — Peça a alguém para dançar com você.

Ele se levantou furioso e atravessou a sala.

Yvette permaneceu onde estava, leve e absorta no seu espanto. Não podia imaginar que ele a pediria em casamento. Já agora, também era de esperar que o velho Rover, o cão terra-nova, lhe fizesse o mesmo pedido. Comprometer-se com qualquer homem deste mundo? Não, Santo Deus! Não se podia imaginar coisa mais ridícula! Foi então que, num fugaz pensamento surgido de repente, ela se lembrou de que o cigano existia. Ficou subitamente indignada. "Com ele? Ele? Nunca! Mas por quê?" perguntou a si mesma, de novo mergulhada num pasmo silencioso. "Por quê? É *absolutamente* impossível: absolutamente! Mas impossível por quê?"

Aí é que estava o cerne da questão. Olhou para os rapazes que dançavam com os cotovelos no ar, os quadris soerguidos, as cinturas elegantes. Eles não lhe traziam qualquer solução para o seu problema. Além disso, desagradava-lhe, muito particularmente, a elegância forçada daquelas cinturas e ancas levantadas, sobre as quais se dependuravam com tão efeminada discrição, os casacos bem cortados.

— Há qualquer coisa a meu respeito, que eles não veem, nem nunca verão — disse furiosa para si mesma.

E, ao mesmo tempo, sentia-se aliviada pelo fato de eles não verem nem poderem ver tal coisa. E isso tornava sua vida muito mais simples.

E, de novo, já que ela era uma daquelas pessoas que tinham boa memória visual, viu a camisa verde-escura metida nas calças pretas do cigano, seus quadris delgados e ligeiros, despertos como olhos. Esses, sim, eram elegantes. Não era a elegância empalhada daqueles dançarinos, com seus quadris meramente preenchidos de carne. Inclusive o próprio Leo, que se julgava tão bom dançarino e tão bom rapaz!...

Viu então o rosto do cigano; o nariz retilíneo, os lábios móveis e esguios, o olhar direto e significativo dos olhos negros, que pareciam feri-la num ponto oculto e vital, infalivelmente.

Endireitou-se furiosamente. Como se atrevia ele a olhá-la daquela maneira? Pôs-se então a contemplar os insípidos grã-finos que estavam dançando. E desprezou-os. Da mesma forma que as ciganas desprezam aqueles que não são ciganos e o modo canino como estes se arrastam pelas ruas.

Onde, entre eles, estava a solitária, insinuante e sutil batalha que tanto a atingia?

Ela não queria se casar com um cão de guarda.

Ao sentar-se, em devaneio, ergueu o nariz delicado; e o cabelo acastanhado e fofo envolveu-lhe o rosto como uma capa macia. Seu rosto se assemelhava a uma flor. Parecia tão virginal! E ao mesmo tempo, tinha algo da jovem e incrível *feiticeira* virgem, que faz afastar, com vergonha, os cães de guarda.

Era isso que a tornava solitária, apesar de todo o flerte que a ela dirigiam. Talvez esse fato a tornasse ainda mais solitária.

Leo, que era uma espécie de mastim entre os cães domésticos, regressou depois daquela dança, com renomada e alegre coragem.

— Então, pensou um pouco sobre o assunto, não pensou? — perguntou, sentando-se ao lado dela.

Yvette não sabia por que motivo é que aquele satisfeito, bem alimentado e resoluto rapaz a irritava tão sem razão, quando, ao sentar-se numa cadeira, compunha, arrepanhando-as na altura do joelho, as calças, que envolviam umas pernas razoáveis, mas não muito distintas.

— Pensar, eu? — respondeu ela vagamente. — Sobre o quê?

— Você sabe bem do que se trata — observou ele. — Já tomou uma decisão?

— Tomar uma decisão a propósito de quê? — perguntou ela, inocentemente.

Na camada superior da sua consciência, ela esquecera de fato.

— Ah! — exclamou Leo, compondo outra vez as calças. — Já sabe: a meu respeito, e sobre ficarmos noivos.

Mostrava-se quase tão à vontade quanto Yvette.

— Ah! Isso é *absolutamente* impossível — respondeu ela, com uma afabilidade indulgente, como se se tratasse de um assunto dissociado de todo o resto. — Nunca mais pensei no assunto. Ah! Não me fale mais uma tolice dessas! Uma coisa dessas é absolutamente impossível! — tornou a repetir, como se fosse uma criança.

— Que espécie de coisa? — insistiu ele, pondo um sorriso esquisito na sua réplica calma e distante. — Que espécie de coisa *será* então possível? Você não quer morrer uma velha solteirona... ou quer?

— Ah! Não me importo — retorquiu distraidamente Yvette.

— Eu me importo — contestou Leo.

Ela virou-se para ele com espanto.

— Por quê? — inquiriu. — Que lhe importa que eu me transforme em uma velha solteirona?

— Por todas as razões e mais uma — respondeu Leo com um sorriso, significativo e atrevido, querendo deixar bem claro e patente seu objetivo.

Porém, em vez de a atingir num ponto secreto e profundo, o sorriso claro e audacioso de Leo só a alcançou no exterior do corpo, como uma bola de tênis, provocando o mesmo tipo de reação súbita e irritada.

— Julgo que tudo isso não passa de um disparate — observou ela com atrevido acinte. — Você está praticamente noivo de... de... — Yvette segurou-se a tempo — e, provavelmente, de mais outra meia dúzia de moças. O que você disse não me lisonjeia. E até ficaria furiosa se alguém o soubesse! Furiosa! Não contarei nada a ninguém, e espero que você tenha o bom senso de fazer o mesmo... Aí está Ella.

Continuando a evitar olhá-lo de frente, dirigiu-se para Ella Framley, como uma flor delicada e extravagante.

Leo bateu com as luvas brancas.

"Mocinha dissimulada", disse para si mesmo.

Como era do tipo mastim, não desgostava que a gatinha lhe saltasse à cara. Começou, todavia, a deixá-la visivelmente de lado.

VI

Na semana seguinte choveu muito. E isso encheu Yvette de uma fúria estranha. Ela contara que o tempo estivesse bom. Contara especialmente que estivesse bom durante o fim de semana. Por que motivo ela queria tanto que fosse assim é o que ela não perguntara a si mesma.

Na quinta-feira, dia meio-feriado, apareceu o sol, mas também um frio de congelar. Leo chegou no carro, com o grupinho habitual. Yvette, com modos desagradáveis e inexplicáveis, recusou-se a ir com eles.

— Não, obrigada! Não estou com vontade! — disse.

Gostava um pouco de desempenhar o papel de desmancha-prazeres.

Então, foi dar um passeio sozinha, lá para cima, para os montes cobertos de geadas, até às Pedreiras Negras.

O dia seguinte também esteve ensolarado e frio. Era fevereiro, mas naquelas regiões do Norte o sol não conseguia derreter a neve que cobria tudo. Yvette disse que ia dar um passeio de bicicleta e levou a sua refeição, pois só voltaria na parte da tarde.

Partiu sem pressa. Apesar do frio, o sol parecia de primavera. No parque, os gamos aqueciam-se ao sol, de pé, em grupos, a distância. Uma corça, sarapintada de branco, atravessou lentamente a paisagem estática.

Ao andar de bicicleta, Yvette percebeu como era difícil manter as mãos quentes, embora tivesse o corpo quente. Isso só acontecia quando não havia vento e tinha de subir a pé até o cume de algum morro.

O planalto era bastante nu de vegetação e muito menos sombrio. Parecia ser um outro mundo. Yvette subira até um outro nível. Pedalava, devagar, um pouco receosa de se meter por algum caminho errado, naquele vasto labirinto de muros de pedra. Ao atravessar um desses caminhos, que julgava ser o verdadeiro, ouviu um ruído fraco de marteladas, com ligeira ressonância metálica. O cigano estava sentado no chão, de costas para o eixo da carroça, a martelar um vaso de cobre. Estava de camisa verde, ao sol, com a cabeça descoberta. Três crianças brincavam calmamente, no abrigo destinado ao cavalo, onde não estava nem este nem a carroça. Uma velha, corcunda, com um lenço à cabeça, cozinhava numa fogueira de galhos. O único barulho que se ouvia era o das marteladas rápidas e metálicas, na peça de cobre.

Quando Yvette desceu da bicicleta, o homem a olhou imediatamente, mas não se moveu, apesar de ter deixado de bater. No seu rosto havia um sutil sorriso de triunfo, mas difícil de se perceber. A velha olhou com atenção ao redor, com olhos perscrutadores sob a suja massa de cabelos grisalhos. O homem disse-lhe qualquer coisa de forma quase inaudível, e ela voltou de novo a atenção para o que estava cozinhando. O cigano olhou Yvette.

— Como estão todos? — perguntou ela com delicadeza.

— Todos bem! Não quer sentar-se um minuto?

Mesmo sentado, tirou um banco que estava debaixo do carroção para que Yvette o utilizasse. Ela foi encostar a bicicleta em um dos flancos da pedreira, e ele recomeçou a bater com aquelas rápidas e leves marteladas que pareciam bicadas de pássaro.

Yvette dirigiu-se para a fogueira, a fim de aquecer as mãos.

— Está fazendo o jantar? — perguntou infantilmente à velha cigana, enquanto estendia as mãos compridas e delicadas, avermelhadas pelo frio, sobre as brasas.

— Sim, o jantar — respondeu a velha. — Para ele! E para as crianças.

Apontou com o garfo comprido para as três crianças espantadas. Possuíam olhos muito pretos, que a observavam fixamente por debaixo das franjinhas negras. Mas apresentavam-se com asseio. Só a velhota estava suja. Na própria pedreira não havia sinais de lixo ou sujeira.

Yvette agachou-se, silenciosa, para aquecer as mãos. O homem continuava a martelar, embora fizesse pausas. A velha dirigiu-se para a mais desmantelada das carroças e começou a subir as escadas. As crianças recomeçaram a brincar, como animaizinhos selvagens, vivas, mas caladas.

— São os seus filhos? — perguntou Yvette, erguendo-se de junto do fogo e virando-se para o homem.

Ele olhou-a nos olhos e acenou que sim.

— Mas onde está sua mulher?

— Partiu com o cesto das vendas. Saíram com a carroça e tudo, para vender coisas. Eu não vendo. Faço as coisas, mas não as vendo. A não ser raramente. Só raramente.

— É você quem faz esses objetos todos de cobre e latão? — perguntou.

Ele fez um sinal de aquiescência e tornou a oferecer-lhe o banco. Ela sentou-se.

— Você disse que estaria por aqui às sextas-feiras — continuou Yvette. — Resolvi, por isso, passar por aqui, já que o tempo estava tão bom.

— Dia esplêndido! — comentou o cigano, olhando-a no rosto, que estava bastante pálido de frio e o cabelo solto que lhe caía sobre as orelhas avermelhadas. Observou também manchas arroxeadas nas pernas.

— Passa muito frio quando anda de bicicleta? — perguntou.

— Nas mãos — disse Yvette, crispando-as nervosamente.

— Não usa luvas?

— Usava, mas elas não eram muito boas.
— O frio atravessa tudo — disse ele.
— É verdade — respondeu Yvette.

A velha começou a descer, de forma lenta e grotesca, a escada do carroção. Trazia alguns pratos de esmalte.

— O jantar está pronto? — perguntou o cigano com brandura.

A velha resmungou qualquer coisa ao espalhar os pratos ao pé da fogueira. Havia duas panelas dependuradas de uma comprida barra horizontal, por cima das brasas do fogo. Outra panela menor fervia apoiada num tripé de ferro. O vapor da comida tremulava ao sol.

O cigano pousou as ferramentas e o vaso de cobre e ergueu-se do solo.

— Não quer comer conosco? — perguntou a Yvette, sem olhar para ela.

— Ah! Eu trouxe o que comer.
— Não quer um pouco de guisado?

E de novo tornou a chamar discretamente a atenção da velha, que balbuciou uma resposta, enquanto arrastava um dos potes de ferro para a extremidade do suporte.

— Tem feijão e carne de carneiro — informou ele.
— Ah! Muitíssimo obrigada — disse Yvette.

Depois, acrescentou, tomando subitamente coragem:
— Está bem, então só um pouquinho, por favor.

Dirigiu-se para a bicicleta, a fim de retirar o embrulho da refeição que trouxera, e ele subiu a escada do carroção que lhe servia de habitação. Passado um minuto, tornou a aparecer, limpando as mãos em uma toalha.

— Quer subir para lavar as mãos? — perguntou.
— Não, não é preciso — respondeu ela. — Estão limpas.

O cigano atirou fora a água em que lavara as mãos e começou a descer a escada com um cântaro de metal, a fim de ir buscar água fresca de uma fonte que corria para dentro de um pequeno tanque. Levava uma caneca para com ela enchê-lo.

Quando regressou, pôs o cântaro e a caneca ao lado do fogo. Foi, depois, buscar uma tora curta de madeira, onde se sentou. As crianças sentaram-se no chão, em grupo, comendo o feijão e bocados de carne com a colher e as mãos. O cigano comia em silêncio, concentrado. A mulher fez café numa das panelas e tornou a subir a escada da carroça para buscar as xícaras. No acampamento o silêncio era completo. Yvette sentara-se no banco, tirara o chapéu e sacudira o cabelo ao sol da tarde.

— Quantos filhos tem? — perguntou Yvette subitamente.

— Digamos, cinco — respondeu ele, lentamente, enquanto a fitava nos olhos.

A ave do seu coração tornou a mergulhar e pareceu que ia afogar-se. Vagamente, como num sonho, recebeu a xícara de café que ele lhe entregava. Ela tinha consciência apenas da silhueta silenciosa do cigano, que estava ali sentado, no cepo de madeira, como uma sombra. Tinha a xícara de esmalte na mão e sorvia o café, sem dizer uma palavra. A coragem havia evaporado dos seus membros. Ele tinha poder sobre ela: a sombra dele estava nela.

E o homem, enquanto soprava o café quente, estava certo apenas de uma única coisa: do fruto misterioso da virgindade, da ternura perfeita que havia naquele corpo de moça.

Por fim, ele pousou a xícara ao lado do fogo e olhou Yvette, cujo cabelo lhe caíra para a frente do rosto, enquanto sorvia o café. Na face da jovem havia aquela terna aparência de sono que tem a flor oscilante quando abre completamente. Ela abrira completamente, como uma misteriosa flor precoce, como um galanto, que estende suas três pétalas brancas, de um jato, ao sono acordado da breve florescência. O sono acordado da virgindade florira completamente, extasiada como um galanto ao sol.

O cigano, bastante seguro dela, esperava pela moça, como o corpo por uma sombra, como uma sombra espera e está sempre presente.

Disse, por fim, sem quebrar o encanto:

— Não quer entrar agora na minha carroça para lavar as mãos?

Seus olhos infantis, de sono acordado, de um momento de virgindade perfeita, fitaram os dele, sem ver. Ela estava consciente, apenas, da estranha e sombria emanação que provinha do cigano e que lhe banhava os membros, lavando-a, por fim, de uma maneira pura e espontânea. Tinha consciência dele, como um poder completo e sombrio.

— Talvez — respondeu ela.

Ele levantou-se, silenciosamente, depois se virou para falar com a velha senhora, em voz baixa e em tom de comando. Em seguida, olhou de novo Yvette, exercendo sobre ela o seu poder, de forma que ela deixasse de se sentir responsável por si mesma ou pelos seus atos.

— Venha! — disse.

Ela o seguiu com simplicidade, seguiu o poderoso movimento, silencioso e secreto, do corpo dele, postado ali na sua frente. Não lhe custava nada. Ia por sua vontade.

O cigano estava já no alto da escada. Yvette ia começar a subi-las quando ouviu um ruído inesperado. Permaneceu quieta. Um automóvel aproximava-se. O cigano, de pé, no topo da escada, olhava à volta com uma expressão estranha. A velha disse qualquer coisa, asperamente, à medida que o barulho aumentava. O carro já estava muito perto. Ia passando.

Nesse momento ouviu-se a exclamação de uma mulher e o ranger dos freios do automóvel. O carro parou um pouco abaixo da pedreira.

O cigano desceu a escada, depois de ter fechado a porta do carroção.

— Certamente quer pôr o chapéu — disse a Yvette.

Esta, obediente, dirigiu-se para o banco que estava ao lado do fogo e pegou o chapéu. Ele sentou-se contra a roda da carroça, com o rosto carregado, e pegou as ferramentas. Ouviu-se o rápido ruído do martelo, veloz e furioso, como o som de uma metralhadora em miniatura, enquanto chegava também a voz da recém-chegada que exclamava:

— Podemos aquecer as mãos no fogo?

Avançou, envolvida num casaco de pele de marta, enorme mas macio. Atrás dela vinha um homem de sobretudo azul. Tirou as luvas de pele e o cachimbo.

— A fogueira parecia dali tão tentadora! — disse a mulher, pavoneando-se no casaco feito de múltiplas peles de pequenos animais mortos. Expressou um sorriso largo e artificial, meio condescendente, meio hesitante, para os presentes.

Ninguém disse uma palavra.

Era uma mulher muito baixa e de nariz largo: talvez fosse judia. Era minúscula, quase como uma criança, no seu casaco de peles, no entanto parecia maior do que era. Estava emoldurada pelos olhos grandes, castanhos, um tanto rancorosos, olhos de mulher mimada, que fitavam os outros de forma esquisita.

Agachou-se ao pé do fogo, abrindo bem as mãos, cujos dedos luziam diamantes e esmeraldas.

— Uh! — estremeceu. — Claro que não devíamos viajar num carro aberto. Mas o meu marido nem sequer permite que eu me queixe do frio.

Fitou-o com olhos de reprovação, com seus olhos grandes, infantis, que possuíam, além disso, a fina astúcia de uma judia burguesa: seria rica, provavelmente.

Aparentava estar apaixonada, de uma forma que era curiosa numa mulher judia, pelo homem enorme e louro que a acompanhava. Ele retribuiu-lhe o olhar com seus olhos azuis, abstratos, que pareciam não ter pestanas, e um pequeno sorriso enrugou-lhe as faces macias, curiosamente nuas. O sorriso não significava absolutamente nada.

Era o tipo de homem em relação ao qual se podia dizer imediatamente que era bem familiarizado com os esportes de inverno, como o esqui e a patinação. Atlético, como que desprendido da vida ao seu redor, enchia o cachimbo, comprimindo o fumo com um dedo enorme, forte e avermelhado.

A pequena mulher olhou-o, a fim de saber se ele lhe daria qualquer resposta. Absolutamente nenhuma, com exceção daquele sorriso estranho e vazio. Virou-se de novo para o fogo, arqueando as sobrancelhas, observando as mãos pequenas, brancas e abertas.

Ele tirou o sobretudo de forro grosso, mostrando uma esplêndida camisa de malha, num padrão vivo, amarelo, cinzento e preto, que lhe caía sobre calças bastante largas. Não há dúvida de que ambos se vestiam dispendiosamente! O homem tinha porte atlético, magnífica estatura, peito saliente. Como um campista experimentado, começou calmamente a reavivar a fogueira: como um soldado em campanha.

— Acha que eles se importariam se eu jogasse aqui algumas pinhas para conseguir umas labaredas? — perguntou a Yvette, ao mesmo tempo que observava silenciosamente o cigano que martelava.

— Acho que gostariam muito — respondeu Yvette, que parecia estar entorpecida, como se a magia do cigano a estivesse abandonando lentamente, e ela se sentisse vazia e fracassada.

O homem dirigiu-se ao automóvel e trouxe de lá um pequeno saco cheio de pinhas, de onde tirou uma porção delas.

— Importa-se que eu faça uma fogueira grande? — perguntou ao cigano.

— O quê?

— Importa-se que eu faça uma fogueira grande com algumas pinhas?

— Pode ir em frente! — respondeu o cigano.

O homem colocou as pinhas cautelosamente em cima das brasas. E, logo, uma por uma, as pinhas incendiaram-se e arderam como rosas de fogo, com um aroma agradável.

— Ah! Encantador! Encantador! — exclamou a pequena judia, olhando de novo para o marido. Ele retribuiu-lhe o olhar, o mais gentilmente possível. Como o sol no gelo. — Não gosta do fogo? Ah! Eu adoro! — exclamou a mulher para Yvette, por entre o ruído das marteladas.

Aquele barulho a aborrecia. Olhou à volta, franzindo ligeiramente as sobrancelhas curtas e finas, como se quisesse impor silêncio ao cigano. Yvette também olhou. O cigano inclinara-se sobre o vaso de cobre, com as pernas afastadas, a cabeça pendida, com um dos braços erguidos, flexivelmente. Parecia já tão distante dela.

O homem que acompanhava a pequena mulher dirigiu-se para o lugar onde estava o cigano, e de pé, com o cachimbo na boca, pôs-se a observá-lo. Ali estavam, agora, aqueles dois homens, como dois cães estranhos, farejando um ao outro.

— Estamos na nossa lua de mel — disse a pequena judia, olhando de forma altiva e antipática para Yvette. Falava com a voz um bocado alta, uma voz provocante que parecia o chamado de algum pássaro, um gaio ou uma pega.

— Ah! Sim? — interrompeu Yvette.

— Sim! E antes mesmo de termos contraído matrimônio! Já ouviu falar de Simon Fawcett? — citou o nome de um engenheiro rico e muito conhecido, do Norte da região. — Pois bem! Eu sou a Sra. Fawcett, e ele está se divorciando de mim!

Olhou para Yvette com uma estranha avidez e um ar de desafio.

— Ah! Sim? — repetiu Yvette.

Compreendia agora a expressão de ressentimento e provocação que havia nos enormes e infantis olhos castanhos da judia.

Ela era uma pequena mulher honesta, mas talvez sua honestidade fosse *muito* racional. Talvez isso explicasse em parte a notória falta de escrúpulos do bem conhecido Simon Fawcett.

— Sim! Logo que eu conseguir o divórcio, vou me casar com o major Eastwood.

Pusera, agora, todas as cartas na mesa. Não ia desiludir ninguém.

Atrás dela, os dois homens trocavam frases lacônicas. Ela tornou a olhar ao redor, e fitou o cigano com seus grandes olhos castanhos.

Este olhava para cima, como que timidamente, para aquele homem enorme de camisa gritante, que estava de pé, com o cachimbo na boca, olhando para baixo: um homem enfrentando outro homem.

— Com a cavalaria de Arras — estava respondendo o cigano, em voz baixa.

Falavam da guerra. O cigano servira na artilharia, no próprio regimento do major.

— *Ein shöner Mensch!* — disse a judia. — Um homem simpático, não é?

Para ela também, o cigano era um daqueles homens vulgares, os "Tommies".*

— Muito simpático! — concordou Yvette.

— Vai de bicicleta? — perguntou-lhe a judia com ar surpreso.

— Vou! Até Papplewick, lá embaixo. O meu pai é o reitor de Papplewick: Sr. Saywell.

— Ah! — exclamou a judia. — Conheço! Um escritor inteligente! Muito inteligente! Já li coisas dele.

As pinhas tinham ardido todas, e a fogueira, agora, não passava de uma pilha de rosas de fogo, fragmentadas e desagregadas. O céu estava ficando carregado. Talvez, lá mais para o anoitecer, nevasse.

---

*Nome familiar dado na Inglaterra aos soldados britânicos. (*N. do T.*)

O major voltou e vestiu o sobretudo.

— Tenho a impressão de que me lembro da cara dele — observou. — Um dos impedidos que tratava dos cavalos!

— Olhe! — disse a judia a Yvette. — Não quer que a levemos até Normantown? Moramos em Scoresby. Podemos prender a bicicleta atrás do carro.

— Acho que quero — concordou Yvette.

— Venham cá! — disse a judia para as crianças que observavam a cena, enquanto o seu companheiro louro transportava a bicicleta. — Venham! Venham cá!

E, tirando a bolsa, exibiu um xelim.

— Venham! E peguem isto! — exclamou.

O cigano tinha abandonado o trabalho e dirigira-se para a carroça. A velha chamou asperamente as crianças. As mais velhas aproximaram-se. A judia deu-lhes duas moedas de prata, um xelim e uma meia-coroa, que tinha na bolsa. De novo se fez ouvir a voz rouca da velha, que não podia ser vista.

O cigano desceu da carroça e dirigiu-se para o fogo. A judia examinou-lhe o rosto com a arrogância burguesa peculiar da sua raça.

— Você esteve na guerra, no regimento do major Eastwood?

— Sim, senhora!

— É curioso estarem agora os dois aqui!... Vai nevar!

E olhou para o céu.

— Mais tarde! — informou o cigano, observando também o céu.

Tornara-se inacessível, também. Sua raça há muito tempo travava uma batalha especial com a sociedade estabelecida e não conseguia vencer. Só de vez em quando saíam ganhando.

Porém, desde que a guerra acabara, aquele velho esporte de marchar de vez em quando também se extinguira. Não se tratava de uma questão de rendição.

Os olhos do cigano conservavam ainda um ar de orgulho: mas a expressão endurecera, tornara-se distante. Desaparecera o laivo de intimidade insolente.

Olhou para Yvette.

— Vai no carro?

— Vou! — replicou ela, com um trejeito um tanto afetado. — O tempo está tão traiçoeiro!

— Tempo traiçoeiro! — repetiu ele, olhando para o céu.

Ela não podia, nem de leve, adivinhar quais eram os sentimentos dele. Na verdade, nem sequer estava interessada. Agora, sentia-se um pouco fascinada pela pequena judia, mãe de dois filhos, que transferia sua fortuna do engenheiro famoso para aquele pobre e jovem desportista, major Eastwood, que devia ser cinco ou seis anos mais novo do que ela.

O homem louro voltou.

— Dê-me um cigarro, Charles! — exclamou a pequena judia, queixosamente.

Ele tirou o maço, devagar, com movimentos atléticos e lentos.

Algo de delicado nele fazia-o assim arrastado, cauteloso, como se, por acaso, tivesse ferido alguém. Deu um cigarro à mulher, depois outro a Yvette. Finalmente, de maneira simples, ofereceu o maço ao cigano. Este tirou um cigarro.

— Obrigado, senhor!

E, encaminhando-se calmamente para o fogo, inclinou-se para frente e acendeu o cigarro nas brasas. Ambas as mulheres observavam-no.

— Bem, adeus! — disse a judia, com sua estranha camaradagem burguesa. — Obrigada pela fogueira agradável!

— O fogo é de todos — disse o cigano.

A criança mais nova dirigiu-se para ele.

— Adeus — disse Yvette. — Espero que não neve. Por sua causa...

— Não faz mal um pouco de neve.
— Não? — perguntou Yvette. — Pensei que sim.
— Não — afirmou o cigano.

Yvette balançou o lenço, com modos aristocráticos, à volta dos ombros, e seguiu o casaco de peles da judia, a qual já se afastava nas suas perninhas curtas.

VII

Yvette estava um pouco intrigada pelos Eastwoods, como ela lhes chamava. A pequena judia tinha que esperar três meses apenas para estar legalmente divorciada. Alugara atrevidamente uma pequena casa de campo de verão, nas charnecas altas de Scoresby, não muito longe das montanhas. Estavam, agora, no ápice do inverno, e ela e o major viviam num relativo isolamento, pois nem sequer tinham criados. Ele havia pedido demissão do serviço que prestava no exército e chamava-se a si mesmo de Sr. Eastwood. De fato, todos já os consideravam o Sr. e a Sra. Eastwood.

A pequena judia tinha 36 anos de idade e ambas as suas filhas já tinham passado dos 12. O marido concordara que, logo que ela se casasse com Eastwood, poderia ficar com as crianças.

Ali estava, pois, aquele casal estranho, constituído pela minúscula mulher, de linhas tão finas, olhos enormes, marcados de ressentimento, o cabelo áspero e encaracolado, cuidadosamente cortado. E ali estava aquele homem novo, de grande estatura, forte, de olhos pálidos, reservado: último remanescente, certamente, de alguma antiga tribo dinamarquesa. Ali estava aquele casal vivendo numa pequena casa perto das montanhas, e fazendo seu próprio serviço doméstico.

A casa era curiosa. Havia sido alugada com mobília, mas a judia levara para lá seus móveis mais queridos. Ela possuía uma certa inclinação, um tanto esquisita, pelos armários de curvas estranhas, com embutidos de madrepérola, tartaruga, ébano, e só Deus sabe que mais; por enormes e extravagantes cadeiras italianas, de rebordos ondulados e brocados verde-mar; santos surpreendentes com guarnições de vidro soprado, ricamente coloridos e com faces cor-de-rosa; prateleiras cheias de estatuetas de terracota de Capo di Monte, estatuetas do velho e misterioso Saxe, e até por um sortimento estranho de gravuras espantosas pintadas em vidro, provavelmente nos primeiros anos do século XIX, ou nos fins do século XVIII.

Neste interior extraordinário, repleto de objetos, é que recebeu Yvette, numa visita que esta lhe fez às escondidas. Na casa fora instalado um perfeito sistema de aquecimento por meio de fogões, de modo que não havia canto algum que não estivesse morno, quase quente. E, no meio daquilo tudo, deambulava a estatueta minúscula e rococó da pequena judia, de vestidinho e avental, pondo fatias de fiambre no prato, enquanto o pássaro de neve que era o major, de camisa branca e calças cinzentas, cortava o pão, misturava a mostarda, preparava o café e fazia todo o resto. Fora ele mesmo quem preparara o prato de lebre estufada que se seguira às carnes frias e ao caviar.

As pratas e a louça eram realmente valiosas, parte do enxoval da noiva, e o major bebia cerveja em uma caneca de prata. A mulher e Yvette bebiam champanhe em uma linda taça. Por fim, o major trouxe o café. Falaram disto e daquilo. A pequena mulher ardia de indignação pelo primeiro marido. O senso moral que a caracterizava era tal que a levara a pedir o divórcio. O próprio major, aquele pássaro estranho e silencioso, mas também, ao mesmo tempo, tão forte e simpático, ainda que não houvesse qualquer coloração à volta dos seus olhos, como se acaso estes não tivessem pestanas, estava cheio de uma curiosa indignação contra a vida, por causa da falsa moralidade desta. Seu peito poderoso e atlético estava cheio de uma raiva glacial e estranha. E a ternura que nutria pela pequena judia baseava-se no seu sentido da justiça ultrajada. A moralidade abstrata dos nórdicos arrastava-o, como um vento estranho, para o isolamento.

Mais lá para a tarde, dirigiram-se para a cozinha. O major arregaçou as mangas, mostrando os braços brancos e bastante robustos, e pôs-se a lavar, de maneira primorosa, os pratos, enquanto a mulher os limpava. Não fora inutilmente que os músculos dele tinham sido treinados. Depois, dirigiu-se para os diferentes locais onde estavam instalados os fogões para tratar deles. Estes, no entanto, não precisavam mais do que um ou dois momentos de atenção, diariamente. Depois disso, foi levar Yvette em casa. Chovia, e ele deixou-a no portão traseiro, em uma pequena abertura entre as coníferas, onde principiavam os degraus de terra batida que conduziam até a casa.

Yvette sentia-se realmente surpreendida com aquele casal.

— Quer saber de uma coisa, Lucília? Conheci as pessoas mais extraordinárias que é possível se conhecer.

E fez uma descrição detalhada do casal.

— Isso parece muito bonito! — comentou Lucília. — Aprecio muito essa coisa de o major fazer os trabalhos domésticos, e, apesar de tudo, continuar a parecer tão Bond Street.* Acho que *depois que eles se casarem* não vai deixar de ser curioso conhecê-los.

— Sim! — afirmou Yvette, distraída como sempre. — Sim! Não vai deixar de ser curioso.

O que havia de estranho na ligação entre a minúscula judia e aquele jovem oficial atlético fez com que Yvette tornasse a evocar o cigano, que desaparecera de forma completa da sua consciência, mas que agora regressava com uma força subitamente dolorosa.

---

*Rua de Londres, que vai de Oxford Street até Picadilly, célebre por suas joalherias, cabeleireiros etc. (*N. do T.*)

— Que será — perguntou — aquilo que faz com que as pessoas fiquem tão estreitamente unidas? Pessoas como os Eastwoods, por exemplo? E que razão tornou nosso pai e nossa mãe tão incompatíveis? E que é que ligará aquela cigana que me leu a sorte, que parece mesmo rústica como um cavalo, ao cigano, tão fino e delicado?

— Suponho que é o sexo ou qualquer coisa assim — respondeu Lucília.

— Sim, que será? O que for não há de ser uma coisa, de modo nenhum *vulgar*, como a sensualidade vulgar, isso com certeza não é, Lucília.

— Sim, julgo também que não — disse a irmã. — Pelo menos, julgo que não tem necessidade de ser.

— Porque, não sei se você vê, os tipos *vulgares*, aqueles que fazem com que uma moça experimente *baixas* inclinações. Ninguém se importa muito com eles. Ninguém se sente verdadeiramente ligado a eles. E, todavia, são do tipo sexual.

— Acho que há dois tipos de sexo, o baixo, e o outro tipo, o que não é baixo. Na verdade, isso é terrivelmente complicado. Eu tenho horror aos tipos vulgares. Mas também não experimento nada de *sexual* — e Lucília sublinhou com evidente repugnância esta palavra — com os tipos que não são vulgares. Pode-se dizer que eu não tenha sexo.

— É isso mesmo — disse Yvette. — Talvez nenhuma de nós tenha. Talvez nenhuma de nós tenha sexo, para que seja possível nos relacionarmos com os homens.

— Que horrível isso soa: *nos relacionarmos com os homens* — exclamou Lucília, com repulsa. — Não acharia horroroso se relacionar com homens dessa maneira? Acho que é uma coisa dolorosa isso de ter de haver sexo! Seria muito melhor se pudéssemos continuar a ser homens e mulheres sem essa espécie de coisa.

Yvette refletiu. Longe, como se fosse numa parede de fundo surgiu-lhe a imagem do cigano, no momento em que este olhara para ela e lhe dissera: "Tempo traiçoeiro!" Sentia-se, nesse momento, como São Pedro quando o galo cantou três vezes, para contradizê-lo. Porém, ela não negava o cigano. De qualquer maneira, não se importava com o papel que ele desempenhava na sua vida. O que ela negava era algo de escondido que havia dentro de si mesma, aquela parte dela que, inconfessada e misteriosamente, lhe correspondia. E foi um galo preto, brilhante e estranho, que cantou, zombando dela.

— Sim — concordou abstratamente. — Sim! O sexo é uma coisa muito cansativa. Quando não o temos, sentimos que *deveríamos* tê-lo de qualquer maneira; quando o temos — ou *se* o temos — ergueu a cabeça e franziu o nariz desdenhosamente — nós o detestamos.

— Ah! Não sei! — exclamou Lucília. — Tenho a impressão de que gostaria *muito* de me apaixonar por um homem.

— Isso é o que você pensa! — contestou Yvette, franzindo o nariz. — Mas se estivesse, não quereria...

— Como é que você sabe? — perguntou Lucília.

— Bom, não é que eu saiba de verdade — interpôs Yvette. — Penso pelo menos assim. Sim, penso, na verdade, assim.

— Ah! O que você diz aconteceria, muito provavelmente — concordou Lucília, com ar de decepção.

— Bom, deixemos lá isso — continuou. — Por ora, não é problema para nós. Nenhuma de nós está apaixonada, e provavelmente nunca estará, de modo que o problema está resolvido por natureza.

— Não estou assim tão confiante — interrompeu Yvette, com ar prudente. — Não tenho certeza. Talvez um dia eu me apaixone *perdidamente*.

— Provavelmente você nunca se apaixonará — disse Lucília, brutalmente. — É nisso que as velhas solteironas pensam dia e noite.

Yvette olhou a irmã com olhos pensativos, mas aparentemente despreocupados.

— Você acha? — perguntou. — Acha mesmo, Lucília? Mas isso para elas é horrível! Mas por que é que elas se preocupam?

— Por quê? — perguntou Lucília. — Talvez não se preocupem de verdade. Talvez seja só pelo fato de o povo dizer: "Pobre moça, não achou nenhum homem."

— Suponho que sim — concordou Yvette. — Elas têm de se importar com as coisas estúpidas que o povo está sempre dizendo sobre as solteironas. É uma lástima.

— Bem, a verdade é que nós, pelo menos, divertimo-nos bastante, e há sempre um monte de rapazes atrás de nós — disse Lucília.

— Sim — concordou Yvette. — Sim! Mas seria impossível para mim me casar com qualquer um deles.

— Também para mim — disse Lucília. — Mas por que não? Por que havemos de nos preocupar com o casamento, quando nos divertimos tanto com rapazes que são, afinal de contas, tão bons partidos, e, temos de concordar, Yvette, tão formidavelmente atléticos e *decentes* conosco?

— Ah! Isso eles são — respondeu Yvette, com ar ausente.

— Acho que será hora de começarmos a pensar em casamento — disse Lucília — quando percebermos que já *não* nos divertimos. Então, o melhor será nos casarmos e nos aquietarmos.

— Estou com você! — concordou Yvette.

Agora, porém, sob a meiga e gentil cordialidade que suas palavras denotavam, estava aborrecida com Lucília. Subitamente deu-lhe uma vontade grande de voltar as costas à irmã.

Percebiam-se as olheiras da pobre Lucília e a ansiedade que havia em seus belos olhos. Ah! Se algum homem extraordinariamente simpático e amável, do tipo protetor, quisesse se casar com ela! E se Lucília o permitisse!

Yvette nada disse, ao reitor ou à avó, a propósito dos Eastwoods. Isto teria dado, apenas, origem a muita conversa, o que ela detestaria. O pai, pelo que lhe poderia dizer respeito diretamente, não se importaria. Mas, ele também, saberia a necessidade de evitar, tanto quanto possível, a ação da língua do povo, essa serpente venenosa e de múltiplas cabeças.

— Mas eu não *quero* que venha aqui, se o seu pai não souber disso — exclamou a pequena judia.

— Bem, acho que terei de dizer a ele — afirmou Yvette. — Tenho a certeza de que não se importará. Mas se ele soubesse, ele teria de se importar, eu suponho.

O jovem oficial fixou nela os olhos esquisitos porém divertidos, olhos agudos de pássaro, indiferentes. O que o atraía era a ternura virginal característica que havia na face de Yvette, aquele ar ausente e desgarrado das coisas.

Ela tinha consciência do que estava acontecendo e orgulhava-se disso. Eastwood estimulava a sua fantasia. Era bastante curioso que um jovem oficial, tão fino e simpático, tão calmo, um campeão de natação, se pusesse calmamente a lavar pratos, a fumar cachimbo e a desempenhar tarefas domésticas com tanta atenção e habilidade. Para ele era tão interessante a investigação do interior misterioso de um automóvel como a preparação de um prato de lebre recheada na cozinha da casa. Depois saía. Lá fora, numa atmosfera glacial, punha-se a limpar o carro de tal maneira que este ficava como se fosse algo vivo, como se fosse um gato que tivesse lambido a si mesmo. Após isso tudo, conversava com a pequena judia, com a maior naturalidade, modestamente, sem nunca aparentar estar aborrecido. Sentava-se à janela com o cachimbo, quando o tempo estava ruim, silencioso durante horas, em abstrato devaneio, embora o corpo atlético continuasse desperto nesse estado de repouso.

Yvette não flertava com ele. Mas *gostava* dele.

— E a respeito do seu futuro? — perguntou a ele.

— A respeito, como? — inquiriu o major, tirando o cachimbo da boca, com o pespontar de um sorriso calmo nos seus olhos de ave.

— A respeito da sua carreira! Então todos os homens não têm de fazer uma carreira, construí-la, desbravando-a, exatamente como se trincha um ganso recheado?

Yvette fitou-o com estranha ingenuidade nos olhos.

— Estou perfeitamente bem assim como estou hoje e assim estarei amanhã — respondeu com uma expressão fria e decidida. — Por que é que o meu futuro não pode ser uma continuação de hojes e amanhãs?

Observou-a, de forma perscrutadora, sem se mexer.

— Exatamente — respondeu ela. — Odeio empregos e todo esse gênero de coisas da vida.

Porém, ela estava pensando na fortuna da judia.

Ele, no entanto, não respondeu. O seu aborrecimento era mole e frio, do tipo que só muito superficialmente perturba a alma.

Tinham chegado ao ponto de conversarem filosoficamente um com o outro. A pequena judia estava um tanto pálida. Não se mostrava possessiva com relação a ele, mas curiosamente ingênua. Não se mostrava, também, aborrecida com Yvette. Apenas um tanto pálida e sorumbática.

Yvette, num impulso súbito, pensou que o melhor era explicar-se.

— Penso que a vida é *terrivelmente* difícil — disse.

— Ah! Lá isso é! — exclamou a judia.

— O que considero tolice é uma pessoa poder *se apaixonar* e se casar — disse Yvette, franzindo o nariz.

— Mas você não quer se apaixonar e depois se casar? — perguntou a judia, com grandes olhos espantados de censura.

— Não, não particularmente — respondeu Yvette. — Especialmente se isso for feito só porque se pensa que não há outra coisa a fazer. É uma ratoeira terrível em que uma pessoa se mete.

— Mas você não sabe o que é o amor? — perguntou a judia.
— Não! — respondeu Yvette. — E você sabe?
— Eu? — berrou a minúscula judia. — Eu? Meu Deus, então não sei?

Olhou com expressão pensativa para Eastwood, que fumava o cachimbo. A face dele, macia e bem-tratada, mostrava covinhas revelando boa disposição. Tinha uma pele muito fina e macia, uma face que as intempéries ainda não haviam estragado. Por isso, sua pele parecia a de um bebê. Mas o rosto não era redondo: era bastante característico, franzia-se numas covinhas irônicas e curiosas, como uma máscara cômica mas petrificada.

— Quer dizer que não sabe o que é o amor? — insistiu a judia.
— Não! — respondeu Yvette, com despreocupada candura. — Julgo que não. E isso é assim tão terrível na minha idade?
— Nunca houve homem nenhum que a fizesse sentir-se totalmente, totalmente diferente? — perguntou a judia, lançando outro olhar prolongado a Eastwood.

Ele continuava fumando, aparentemente alheio à conversa.

— Creio que não — respondeu Yvette. — A não ser... sim... a não ser aquele cigano...

Virou a cabeça para o lado numa atitude pensativa.

— Que cigano? — gritou a judia.
— Aquele que foi soldado e cuidava dos cavalos do regimento do major Eastwood durante a guerra — respondeu Yvette friamente.

A pequena judia contemplou Yvette com enormes olhos de espanto.

— Não vá me dizer que está apaixonada por aquele *cigano!* — exclamou.
— Bem! — respondeu Yvette. — Não sei. É o único que me faz sentir... diferente. É, na verdade, o único!

— Mas como? Como? Ele lhe disse alguma vez qualquer coisa?
— Não! Não!
— Então, como? O que é que ele fez?
— Ah! Olhou para mim!
— Como?
— Bem, não sei... Mas de um jeito diferente! Sim, de maneira diferente! Diferente, absolutamente diferente da maneira como os homens olharam até hoje para mim.
— Mas como é que ele olhou para você? — insistiu a judia.
— Como se realmente, mas *realmente*, me *desejasse* — respondeu Yvette. E a sua face meditativa parecia um botão de flor.
— Mas que tipo tão vil! E que *direito* tinha ele de a olhar dessa maneira? — perguntou a judia, indignada.
— Um gato pode olhar para um rei — interrompeu o major.
E, agora, o rosto dele tinha sorrisos como os do focinho de um gato.
— Mas acha que ele não deveria ter olhado? — perguntou Yvette, virando-se para o major.
— Claro que não! Um cigano que leva atrelado a si meia dúzia de mulheres sujas! Claro que não! — berrou a minúscula judia.
— Estou espantada! — exclamou Yvette. — Porque, para falar a verdade, isso *foi* maravilhoso! E *foi* algo absolutamente diferente na minha vida!
— Acho — disse o major, tirando o cachimbo da boca — que o desejo é a coisa mais maravilhosa da vida. Quem quer que o sinta, é um rei. E não há ninguém de quem eu sinta mais inveja!
Tornou a pôr o cachimbo.
A judia olhou para ele com surpresa.
— Mas, Charles! — exclamou. — Qualquer homem vulgar em Halifax é capaz de experimentar um desejo assim!

Ele tornou a tirar o cachimbo da boca.
— Isso não passa de apetite — contestou.
— Acha então que o cigano sentiu verdadeiramente desejo? — perguntou-lhe Yvette.
Ele encolheu os ombros.
— É coisa que não lhe posso dizer — respondeu. — Se estivesse no seu lugar, eu saberia. Não precisaria perguntar a terceiros.
— Sim, mas... — gaguejou Yvette.
— Charles! Você não tem razão! Como é que esse homem *poderia* sentir verdadeiramente desejo? Como se ela pudesse se casar com ele e viver numa caravana ambulante...
— Eu não disse casar com ele — respondeu o homem.
— Ou ter um caso! Mas isso seria monstruoso! O que é que ela própria pensaria de si mesma?... Isso não é amor!... Isso... Isso é prostituição!
Charles fumou durante alguns momentos.
— Aquele cigano foi o melhor tratador de cavalos que tivemos. Quase morreu de uma pneumonia. Julguei mesmo que ele *estivesse* morto. Para mim é como se fosse um ressuscitado. A esse respeito, eu próprio sou um ressuscitado. — Olhou para Yvette. — Estive enterrado vinte horas na neve — disse. — E quando me tiraram, estava quase morto.
— A vida é horrível — disse Yvette.
— Foi por acaso que me desenterraram — acrescentou o major.
— Oh! — exclamou Yvette, arrastadamente. — Às vezes, pode ter sido o destino, você sabe?
Ao que ele nada respondeu.

VIII

O reitor soube da intimidade de Yvette com os Eastwoods, e ela ficou um tanto assustada com os resultados. Pensava que ele não se importaria. É que o pai era tão natural no seu temperamento pretensamente jocoso, como se isso fosse um passatempo agradável. O reitor já se classificara a si mesmo como anarquista conservador, o que significava que ele, como a maior parte das pessoas, era apenas um cético. A anarquia se estendia à conversa humorística, ao pensamento secreto. Mas as ações eram controladas pelo conservadorismo. Nele, se baseava num terror híbrido pela anarquia. Seus pensamentos secretos representavam algo de que deveria assustar-se. Por isso, na vida, demonstrava um terror fanático por tudo que não era convencional.

Quando o conservadorismo e essa espécie de terror abjeto atingiam o ápice, erguia o lábio superior e os dentes ficavam à mostra, como se fosse um pseudoriso de zombaria canina.

— Ouvi dizer que os seus amigos mais recentes são a meio-divorciada Sra. Fawcett e o *maquereau* Eastwood — disse a Yvette.

Ela não sabia o que era *maquereau*, mas sentia o veneno no tom de voz do reitor.

— Conheci-os há muito pouco tempo — respondeu ela. — Na verdade, são muito simpáticos. E dentro de um mês estarão casados.

O reitor olhou-a com acinte. É que, dentro de si, sentia-se amedrontado. Nascera já amedrontado. E os que nascem assim são escravos naturais. Um instinto profundo os faz ter medo, com venenoso terror, daqueles que, repentinamente, podem colocar a coleira da escravidão em seus pescoços.

Era por essa razão que o reitor se prostrara tão asquerosamente e continuava a prostrar-se ainda asquerosamente, diante d'Aquela-que-fora-Cíntia: por causa do terror de escravo que sentia pelo desprezo dela, o desprezo que sentem aqueles que nascem livres por aqueles que nascem escravos.

Yvette também nascera livre. E, um dia, quando conhecesse o pai, atiraria nele a tal coleira do desprezo.

Mas ela faria isso? Desta vez, lutaria até à morte. O escravo que nele existia, agora, afastado para um canto, como um rato encurralado, e com a coragem de um rato encurralado.

— Suponho que eles são o seu tipo — zombou ele.

— Na verdade, são — respondeu com uma alegria difusa. — Gosto muito deles. Parecem tão verdadeiros e honestos.

— A sua noção de honestidade é muito particular — caçoou o reitor. — Um jovem parasita que foge com uma mulher mais velha, a fim de viver à custa do dinheiro dela. Uma mulher que abandonou o lar e os filhos. Não sei onde você foi buscar essa noção de honestidade. Espero que de mim não tenha sido. O que acho é que, apesar de você os conhecer há pouco tempo, como diz, está bastante familiarizada com eles. Onde é que você os encontrou?

— Tinha ido passear de bicicleta. Eles vinham de automóvel e aconteceu que nos falamos. Ela me disse imediatamente quem era, de modo que eu pude tomar a atitude mais conveniente. Ela é honesta.

A pobre Yvette batalhava para suportar.

— Quantas vezes é que os viu depois disso?

— Só fui lá duas vezes.

— Aonde?

— À casa deles, em Scoresby.

O reitor olhou-a com tal ódio como se a quisesse matar. Recuou até as cortinas da janela como um rato que tivesse sido cercado. Em algum lugar, no seu espírito, surgiam-lhe inconfessáveis depravações das quais sua filha tivesse sido autora, exatamente como havia já pensado d'Aquela-que-fora-Cíntia. E essas depravações, que ele atribuía à jovem assustada e ainda cheia de terror que tinha à sua frente, fizeram-no recuar. As garras surgiram-lhe no rosto simpático.

— Então você os conheceu há pouco tempo? — disse. — A mentira está em seu sangue. Não creio que você tenha herdado isso de mim.

Yvette desviou o rosto impenetrável e lembrou-se como a avó mentira descaradamente. Não respondeu.

— Por que é que você anda atrás de gente assim? — perguntou sarcasticamente. — Acha que não há número suficiente de pessoas decentes neste mundo para você conhecer? Qualquer um poderá pensar que você não passa de um cão sem dono, atrás de casais indecentes, já que casais decentes não se atrelariam a você. Haverá, em você, algo ainda pior que a mentira que já está em seu sangue?

— Mas o que poderia haver em mim que fosse pior que a mentira que está em meu sangue? — perguntou ela.

Um desalento glacial parecia invadi-la. Seria ela anormal, uma dessas pessoas anormais, meio criminosas? Isso fazia com que se sentisse gelada e morta. Aos olhos do pai, o que havia nela, sob o rosto virginal e delicado, era apenas descarada depravação. E o pai tinha convulsões de sádico horror ao pensar qual poderia ter sido a *verdadeira* depravação d'Aquela-que-fora-Cíntia. O *próprio* amor que ele experimentara pela esposa fora o amor libidinoso dos que nascem amedrontados, e, para ele, em segredo, isso constituía uma depravação. Se assim era, o que não seria um amor ilegal?

— Você sabe muito bem o que tem lá dentro — respondeu ele sarcasticamente. — Mas é alguma coisa que você tem de refrear e muito depressa, a não ser que pretenda acabar num asilo de doidos delinquentes.

— Por quê? — perguntou Yvette, pálida, em volume muito baixo, paralisada por um gelado terror. — Por que doidos delinquentes? Que é que eu fiz?

— Isso é uma coisa só entre você e o seu Criador — zombou ele. — Nunca o perguntarei. Mas certas tendências acabam em loucura criminosa, a não ser que sejam refreadas a tempo.

— Refere-se a coisas como conhecer os Eastwoods? — perguntou Yvette, depois de uma pausa de terror entorpecente.

— Se me refiro ao fato de você andar à volta de gente como a Sra. Fawcett, uma judia, e do ex-major Eastwood, um homem que fugiu com uma mulher mais velha, só por causa do dinheiro dela? Claro que sim!

— Mas, papai, o senhor não *pode* dizer uma coisa dessas! — exclamou Yvette. — Ele é um homem extraordinariamente simples, um indivíduo honesto.

— Aparentemente, ele é do seu gênero!...

— Bom... num certo sentido julguei que fosse — disse ela com simplicidade, não sabendo bem o que o reitor queria dizer.

Este tornou a recuar até as cortinas, como se a filha o ameaçasse de algum modo.

— Não diga mais nada — rosnou ele, enojado. — Não diga mais nada. Você já falou demais para se comprometer. Não quero saber mais horrores.

— Mas que horrores? — insistiu ela.

A ingenuidade autêntica da sua inocência sem mácula o fez recuar ainda mais.

— Cale-se! — ordenou ele em voz baixa e sibilante. — Acabarei com você antes que siga o caminho da sua mãe.

Yvette olhou o reitor enquanto este se encostava às cortinas de veludo do escritório. O rosto dele estava pálido, os olhos conturbados como um rato dominado pelo medo, pela raiva e pelo ódio. E então a invadiu um pavor gelado e paralisante. Para ela, também, o significado de todas as coisas desaparecera.

Fora difícil quebrar o silêncio glacial e estéril que se seguiu. Por fim, contemplou o pai. E, mesmo contra sua vontade consciente, havia desprezo nos seus olhos jovens, claros e perplexos. Parecia que a coleira do escravo envolvia, realmente, o pescoço do reitor.

— Quer dizer que não devo me envolver com os Eastwoods? — perguntou.

— Pode se envolver com eles se quiser — respondeu o pai ironicamente. — Mas você não poderá mais juntar-se à avó, à tia Cissie e à Lucília. Não quero que *elas* sejam contaminadas. A sua avó foi uma esposa e uma mãe exemplar. Já teve de enfrentar na vida um desgosto que lhe bastou. Não quero expô-la a outro.

Yvette ouviu aquilo obscura e vagamente.

— Posso enviar-lhes um bilhete dizendo que o senhor não está de acordo com as nossas relações — sugeriu ela, em voz balbuciante.

— Proceda conforme entender. Mas lembre-se de que você tem de escolher entre gente limpa e a reverência que deve à velhice sem mácula da sua avó, e pessoas que não estão limpas de espírito e de corpo.

Houve outro silêncio. Olhou novamente para ele. A face de Yvette parecia mais perturbada que nunca. Todavia, para além da sua perplexidade havia o desprezo calmo e virginal daquela que nasceu livre por aquele que nasceu escravo.

— Muito bem — disse ela. — Vou escrever dizendo que o senhor não concorda.

Ele não respondeu. Sentia-se em parte lisonjeado, secretamente triunfante, ainda que de modo abjeto.

— Tente ocultar isto da sua avó e da tia Cissie — acrescentou —, isto não precisa ser de domínio público, uma vez que você escolha ocultar essa amizade.

Houve um silêncio pesado.

— Está bem — concordou ela. — Vou escrever.

E arrastou-se para fora do aposento.

Dirigiu o seguinte bilhete à Sra. Eastwood:

Papai não aprova que eu a visite. A senhora deverá, pois, compreender que temos de interromper as nossas relações. Lamento muito...

E foi tudo. Todavia, sentiu um terrível vazio quando pôs o bilhete no correio. Agora, temia, mais que nunca, os próprios pensamentos. Desejaria, naquele momento, sentir-se envolvida pelo peito esbelto e elegante do cigano. Gostaria que ele a apertasse nos braços, nem que fosse só uma vez, uma vez única, para confortá-la e fortalecê-la. Desejaria que ele lhe servisse de apoio contra o pai, que por ela só sentia um repulsivo terror. E, ao mesmo tempo, encolheu-se de medo e estremeceu. Caminhava com dificuldade, receosa de que seu pensamento pudesse ser obsceno ou constituir demência criminosa. Ao andar, parecia que o medo lhe feria os calcanhares. O terror, esse grande e frio terror de quem era filha. Tudo isso era humano e fervilhante. Sorvia-a uma grande humanidade pantanosa e ela afogava-se, com os joelhos fracos, cheia de repulsa e de pavor por cada pessoa que encontrava.

Ajustou-se, entretanto, muito rapidamente, à nova concepção da sociedade. Tinha de viver. Era inútil discutir. E esperar muito da vida seria uma coisa ingênua. Assim, com a rápida capacidade de adaptação característica da geração do pós-guerra, adaptou-se às novas circunstâncias. O pai era o que era. Não deixaria nunca de levar em consideração as aparências. Ela faria o mesmo. Levaria, também, em consideração as aparências.

Assim, debaixo daquela despreocupação, alegre e sutil, formara-se uma certa dureza, como se uma rocha se houvesse cristalizado no seu coração. No colapso das relações que lhe eram caras perdeu também as ilusões. Por fora, parecia ser a mesma. Por dentro estava dura e desgarrada. Sentia que sentimentos vingativos a dominavam, o que para ela constituía uma novidade.

Por fora, continuava a mesma. Isso fazia parte do seu jogo. Enquanto as circunstâncias permanecessem as mesmas, ela permaneceria, pelo menos na aparência, fiel àquilo que esperavam dela.

Mas os sentimentos de vingança vieram à tona na sua nova visão a respeito das pessoas que a rodeavam. Por trás da simpatia aparentemente cavalheiresca do reitor, não via mais que frágil e pobre nulidade. E desprezou-o. Contudo, num certo sentido, continuava a gostar dele. Os sentimentos são tão complicados!

Foi a avó que ela começou a detestar com todas as forças de sua alma. Aquela velha obesa, ali sentada como um enorme fungo sarapintado de vermelho, de pescoço enterrado em ombros soerguidos, aqueles rolos de carne debaixo do queixo, que a faziam assemelhar-se a uma batata dupla, tudo isso Yvette odiava com uma aversão tão absoluta e pura que era quase júbilo. O ódio que experimentava era tão completo que, quando o sentia forte, exultava com ele.

A velha sentava-se com o enorme rosto avermelhado inclinado um pouco para trás, com a touca de renda empoleirada na cabeça, sobre o fino cabelo branco, o nariz agressivo, curto e grosso, a boca fechada como uma armadilha. Naquela velha alma, a boca praticamente desaparecera. Aliás, ela sempre fora comprimida. Mas, quando se tornou senil, desaparecera, como a boca sem lábios de um sapo, a mandíbula inferior comprimindo a superior como se fosse uma ratoeira. A visão que Yvette mais detestava era a aquela queixada inferior comprimindo implacavelmente a de cima, num já antigo prognatismo, deste modo, o nariz curto e grosso tinha também de fazer pressão para cima, fazendo com que todo o rosto estivesse atirado para trás, na direção da enorme testa que se assemelhava a uma parede. A determinação, a antiga e obscena *vontade*, como a de um sapo, que havia naquela velha, era aterrorizante, ao ser vista por quem quer que fosse: uma obstinação de sapo, impiedosa e menos do que humana! Obstinação característica da velha e persistente raça dos sapos e das tartarugas. E isso dava a sensação de que a avó nunca mais morreria. Ela continuaria a viver como esses répteis mais evoluídos, num estado de semicoma, para sempre.

Yvette nem sequer se atrevia a sugerir ao pai a ideia de que a avó não era perfeita. Ele teria ameaçado colocá-la em um manicômio. Essa parecia ser a ameaça que ele tinha sempre escondida. Como se o sentimento de inimizade pela avó e por aquela horrível casa de parentes fosse, só por si, uma prova de loucura, de loucura perigosa.

Mas, num dos seus momentos de depressão, atreveu-se um dia a dizer, irritada:

— Como é desagradável esta casa! Chega a tia Lucy e a tia Nell e a tia Alice e todas fazem um círculo, parece mesmo um círculo de corujas, com a avó e a tia Cissie. Todas levantam as saias e põem-se a aquecer os pés no fogão, e eu e a Lucília somos postas de lado. Nesta casa abominável não passamos de estranhas!

O pai olhou-a com curiosidade. Porém, Yvette tinha posto uma certa petulância naquilo que dissera, e apenas um rastro de rabugice no olhar, de maneira que ele riu perante essa manifestação de mau humor infantil. Todavia, lá no fundo, compreendeu o que ela queria, fria e venenosamente, dizer, e a partir desse momento ficou com o pé atrás.

A vida de Yvette não era, agora, mais do que um atrito irritante contra o lar insípido dos Saywells, no qual ela estava mergulhada. Odiava o reitorado com um ódio que lhe consumia as energias, um ódio tão forte que, na realidade, fazia com que se tornasse impossível sair dali. Enquanto durasse, ficaria como que fascinada, ainda que em estado de revolta.

De novo se esqueceu dos Eastwoods. Afinal de contas, o que era a revolta da pequena judia comparada ao grupo constituído pela avó e o resto dos Saywells? Um marido não era mais do que uma coisa semicasual! Mas uma família... uma família horrível e malcheirosa, que nunca se dispersaria, ali agarrada, meio-morta, às saias de uma velha fungoide! Como era possível encarar tal coisa?

Yvette não esquecera o cigano inteiramente. Mas não tinha tempo para ele. Ela, que se aborrecia até a agonia, e que não tinha absolutamente nada que fazer, nem sequer também tinha tempo para pensar seriamente no que quer que fosse. Deixava, apenas, que a corrente da alma seguisse seu fluxo.

Viu o cigano duas vezes. Na primeira, ele veio ao reitorado vender coisas. E ela, que o observava da janela do patamar da escada, decidiu não descer. Quando ele já punha as coisas no carro, de regresso, também a viu. Porém, não fez, como ela, qualquer sinal. Pertencendo a uma raça que só existe para saquear as periferias dos nossos agrupamentos sociais, sempre hostil, e vivendo do roubo, sabia dominar a si próprio muito bem. Era demasiado cauteloso para se expor abertamente à garra gigantesca e horrível da nossa lei. Já estivera na guerra. E, nessa altura, fora escravizado contra a vontade.

Assim, ali estava ele, do lado de fora do reitorado, para além do largo portão, muito ocupado em arrumar, lenta e calmamente, as coisas no carro, demonstrando a inflexibilidade e compostura que lhe conferia uma graça tão própria e singular. Ele sabia que ela o vira. Mas continuava impassível, a exibir calmamente os objetos de cobre, embora da velha maneira sutilmente acintosa que usava contra as pessoas da estirpe dela.

Pessoas da sua estirpe? Talvez ele se enganasse. O coração de Yvette batia agora, como o martelo do cigano nas peças de cobre, duramente, contra as circunstâncias. Mas o cigano batia furtivamente no lado de fora, e ela batia ainda mais secretamente do lado de dentro. Ela gostava dele. Gostava daquela calma, silenciosa e bem talhada presença. Gostava da misteriosa resistência que adivinhava nele, que se manifesta mesmo nas condições adversas, quando não há o vislumbre do triunfo. E gostava da implacabilidade especial, a desilusão na hostilidade, que ele revelava e que pertencia ao espírito do pós-guerra. Sim, se ela pertencia a qualquer estirpe, a qualquer lado, era ao dele, com certeza. Quase que podia encontrar no seu coração o impulso para ir com ele e tornar-se uma cigana sem pátria.

Todavia, ela nascera dentro da paliçada. E gostava do conforto e de um certo prestígio. Mesmo que fosse só como filha do reitor, tinha já um certo prestígio. E apreciava isso. Gostava também de refinar as colunas do templo, mas do lado de dentro. Gostava de sentir-se a salvo debaixo do seu teto. Contudo, vibrava ao fazer saltar lascas de pedra das colunas que o sustentavam. Sem dúvida que também muitos fragmentos já teriam sido arrancados dos pilares do templo filisteu, na altura em que Sansão o derrubou.

— Tenho a impressão de que se deveria perder a cabeça antes dos 26 anos. Depois, me aquietar e casar.

Essa era a filosofia de Lucília, a qual aprendeu com as mulheres de mais idade. Yvette tinha 21. Isto significava que ainda disporia de cinco para perder a cabeça em aventuras. E a aventura significava, naquele momento, o cigano. O casamento, na idade de 26 anos, significava Leo ou Gerry.

Desse modo, uma mulher podia comer o bolo e depois o pão com manteiga.

Yvette, mergulhada numa horrível e paralisante hostilidade contra a família Saywell, aparentava ser muito velha e muito prudente: com a senilidade e a sabedoria dos jovens que ultrapassam a velhice e a sabedoria dos velhos.

Foi por acaso que encontrou o cigano pela segunda vez. Foi durante o mês de março. Fazia sol depois de chuvas sem precedentes. Haviam amarelado, nas sebes, as celidônias e as prímulas, entre os rochedos. Havia, porém, ainda no ar, suspenso no azul metálico do céu, o cheiro de enxofre que provinha de longínquas fábricas de aço.

Contudo, era assim a primavera.

Yvette pedalava ao longo de Codnor Gate, quando, ao passar pelas pedreiras, viu o cigano que saía de uma casa de pedra.

O carro dele estava parado na estrada. O homem levava nas mãos vassouras e objetos de cobre.

Yvette desceu da bicicleta. Quando o viu, apreciou com curiosa ternura as linhas elegantes do seu tronco e a forma do seu rosto impenetrável. Sentiu que o conhecia melhor que a qualquer outro ser deste mundo, inclusive Lucília, e que lhe pertencia, num certo sentido, para sempre.

— Tem qualquer coisa nova que seja bonita? — perguntou candidamente, observando os objetos de cobre.

— Acho que não — respondeu ele, olhando-a.

O desejo continuava, curioso e despido, naqueles olhos. Mas tornara-se mais remoto. O atrevimento diminuíra. Havia uma ligeira cintilação, como se agora ele pudesse não gostar dela. Mas essa sensação desapareceu quando ele a viu observar os utensílios de cobre e de latão. Ela rebuscava diligentemente.

Havia, entre os objetos, um prato oval de latão onde estava estampada uma figura esquisita que se assemelhava a uma palmeira.

— Gosto disso — disse Yvette. — Quando custa?

— O que quiser dar — respondeu ele.

Aquilo a pôs nervosa. O cigano estava calmo, quase zombeteiro.

— Prefiro que você diga o preço — disse ela, olhando-o.

— Dê-me aquilo que quiser — insistiu ele.

— Não! — disse ela subitamente. — Se não me disser o preço, não fico com o prato.

— Está bem! — respondeu o cigano. — Dois xelins.

Ela pegou em meia-coroa e ele tirou do bolso um punhado de moedas de prata, escolhendo uma, que lhe deu como troco.

— A cigana velha sonhou qualquer coisa a seu respeito — disse ele, observando-a com olhos curiosos e perscrutadores.

— Ah, sim? — exclamou Yvette, imediatamente interessada. — Que é que foi?

— Ela disse: "Seja mais corajosa no teu coração ou perderás a partida." Ela disse-o desta maneira: "Seja mais corajosa no teu corpo ou a sorte te abandonará." E disse também: "Escute a voz das águas."

Yvette ficou muito impressionada.

— E que é que isso significa?

— Perguntei a ela — respondeu ele. — Disse que não sabe.

— Repita-me outra vez o que ela disse.

— "Seja mais corajosa no teu corpo ou a sorte te abandonará." E: "Escute a voz das águas."

Ele olhou em silêncio o rosto delicado e pensativo de Yvette.

Algo, que se assemelhava quase a um perfume, parecia evolar-se do peito dela e envolvê-la, numa união deliciosa.

— Tenho de ser mais corajosa no meu corpo e tenho de escutar a voz das águas! Está bem! — disse ela. — Não entendo o que isso quer dizer mas talvez venha a compreender.

Ela olhou o cigano com seus olhos puros. O homem ou a mulher são feitos de muitos "eus". Com um deles ela amava o cigano. E com muitos outros ignorava-o ou até o detestava.

— Nunca mais irá à pedreira lá de cima? — perguntou ele.

Ela tornou a olhá-lo como se estivesse ausente.

— Talvez — respondeu. — Um dia, um dia!...

— Estamos na primavera — disse ele, com um leve sorriso, olhando a atmosfera cheia de sol. — Em breve levantaremos o acampamento e iremos embora.

— Quando? — perguntou ela.

— Talvez na próxima semana.

— Para onde?

Ele tornou a acenar a cabeça.

— Talvez para o norte! — respondeu ele.

Ela olhou-o de novo.

— Muito bem! — disse. — *Talvez* eu vá lá em cima antes de vocês partirem, para me despedir da sua mulher e da velhinha que me enviou a mensagem...

IX

Yvette não cumpriu a promessa que fizera. Tinha deixado passar os poucos dias de março em que houvera bom tempo. Manifestara sempre uma relutância especial para enfim entrar em ação, como se não quisesse desempenhar o papel que era seu no jogo da vida.

Vivia como habitualmente, saía com os amigos para ir a festas e dançava com Leo, que não andava mais aborrecido. Ela gostaria de ir dizer adeus aos ciganos. Gostaria de ir lá. Nada a impedia.

Na sexta-feira à tarde, especialmente nesse dia, desejou ir. Fazia sol e tinham florido os últimos açafrões do caminho que conduzia à casa. As flores, já completamente abertas, começavam a ser visitadas pelas abelhas. O rio Papple corria, caudaloso, sob a ponte de pedra. O nível das águas subira ameaçadoramente e quase cobria os arcos. Flutuava no ar o aroma da árvore do mezereão.

Yvette sentia-se muito preguiçosa, muito preguiçosa, muito preguiçosa mesmo. Andava a esmo pelo jardim que corria ao longo do rio, meio sonhadora, como se esperasse alguma coisa. Enquanto durasse o resplendor do sol, permaneceria do lado de fora. Dentro de casa, a avó, reclinada para trás, como um velho prelado venerando, vestida de seda negra e com a sua touca branca de renda, aquecia os pés no fogão da sala e escutava tudo o que dizia a tia Nell, cujo dia de visita era às sextas-feiras. Costumava vir almoçar e partia logo depois do chá, que nessas ocasiões era servido mais cedo. Conversavam muito, mãe e filha, junto do fogão. A filha, uma mulher entroncada e um tanto grosseira, enviuvara aos 40 anos. Tia Cissie andava de um lado para o outro, para dentro e para fora. Nesse dia, o reitor tinha também por hábito ir à cidade e, além disso, a criada tinha folga na parte da tarde.

Yvette estava sentada num banco de madeira, no jardim, pouco acima da margem do rio transbordante, o qual levava uma massa de água estranha e assustadora.

Havia açafrões já murchos nos canteiros, a relva possuía um tom verde-escuro nos lugares onde fora cortada e os loureiros pareciam um tanto mais vivos. A tia Cissie apareceu no cimo da escada do pórtico e perguntou a Yvette se ela queria tomar uma xícara de chá. Porque o rio tumultuava um pouco abaixo, Yvette não ouviu o que a tia dizia, mas adivinhou e abanou a cabeça. Uma xícara de chá, servida mais cedo nesse dia, e dentro de casa, quando o sol brilhava verdadeiramente lá fora? Não, obrigada!

Enquanto estava sentada, devaneando, ao sol, o cigano voltou a ocupar seus pensamentos. Experimentava a sensação, meio dolorosa, meio agradável, de que sua alma estava prestes a evolar-se do seu corpo e ficaria desgarrada em algum lugar, para alguém que lhe seduzira a imaginação. Havia dias em que se sentia dominada pelos Framleys, mesmo estando longe deles. Noutros dias, estava, em espírito, todo o tempo com os Eastwoods. Hoje, acontecia com os ciganos. Encontrava-se lá em cima, no acampamento da pedreira. Viu o homem dando marteladas no cobre, erguendo a cabeça e olhando para a estrada. As crianças brincavam no abrigo do cavalo, e as mulheres, a esposa do cigano e a outra, velha e forte, regressavam a casa com os fardos acompanhadas pelo cigano idoso. Naquela tarde sentia intensamente que *aquele* é que era o seu lar: o acampamento, a fogueira, o banco, o homem com o martelo, a velha.

Fazia parte da sua natureza centralizar as aspirações num local que conhecesse; estar num certo lugar, com alguém que significasse um lar para ela. Naquela tarde, era o acampamento cigano. E o homem de camisa verde também significava um lar para ela. Estar onde ele estivesse seria estar em casa. A caravana, as crianças, as outras mulheres: tudo lhe era natural. Era o seu lar, como se tivesse lá nascido. Pôs-se a pensar se o cigano sentiria de maneira igual: se ele a veria sentada no banco junto da fogueira, se levantaria a cabeça para vê-la erguer-se e olhá-lo, lenta e significativamente, enquanto se aproximasse da escada do carroção. Teria ele consciência disso? Teria?

Olhou, abstratamente, para a rampa de coníferas escuras, ao norte da casa, por onde, invisível, subia a estrada, em direção à pedreira. Não viu nada e seu olhar se tornou desgarrado, novamente. No sopé do declive, o rio, que ressoava agreste e ameaçadoramente, enfurecia-se contra os açudes e precipitava-se para a ponte, rente ao jardim. A cheia era fora do comum. O rio estava barrento e pesado. "Escuta a voz das águas", disse para si mesma. "Não preciso escutá-la se a voz significa apenas barulho!"

Tornou novamente a olhar o rio transbordante que se chocava com fragor na margem que fazia uma curva. Sobre esta, suspendia-se a horta, de aspecto sombrio, e árvores com frutas ainda verdes. Tudo que estava para o sul, ou o sudoeste, parecia prestes a tombar. Atrás, sobranceiro à casa e à horta, havia o bosquezinho escarpado das coníferas que pareciam murchas, agora. O jardineiro trabalhava na horta, lá em cima, no liminar do pequeno bosque.

Yvette ouviu que alguém a chamava. Eram a tia Cissie e a tia Nell. Estavam na vereda que conduzia à casa e acenavam-lhe adeus. Yvette retribuiu o aceno. Ouviu a voz da tia Cissie dizer-lhe por cima do estrondo das águas.

— Não demoro. Não se esqueça de que a avó está sozinha.

— Está bem! — gritou Yvette, um tanto asperamente.

E sentou-se no banco, enquanto observava as duas mulheres, deselegantes e de casaco comprido, caminhando lentamente na ponte e iniciando a subida em curva que ficava na vertente oposta. A tia Nell levava uma espécie de mala de mão onde costumava trazer algumas coisas para a avó e onde, no regresso, transportava legumes ou o que quer que a horta ou a copa do reitorado produzissem. Lentamente, os dois vultos foram diminuindo de volume, naquela subida esbranquiçada que conduzia à vila de Papplewick. A tia Cissie ia lá buscar alguma coisa.

O sol estava enfraquecendo, no seu declínio. Que pena! Que pena aquele dia de sol estar desaparecendo e ela ter de voltar para dentro, para aqueles aposentos odiosos, para a avó! A tia Cissie não deveria demorar; já passava das 17 horas. E as outras pessoas da família regressariam depois das 18 horas, bastante irritadas e cansadas.

Ao olhar despreocupadamente em torno de si, ouviu, por cima do estrépito das águas, o ruído penetrante de uma carroça e de um cavalo matraqueando na estrada que se escondia entre as coníferas. O jardineiro também se pôs a olhar. Yvette deu alguns passos na margem do rio, sem vontade de entrar em casa, ao mesmo tempo que olhava para a estrada para ver se a tia Cissie já estava voltando. Se a visse, entraria imediatamente em casa.

Ouviu alguém gritar e olhou. Viu, então, que o cigano corria aos saltos no caminho que atravessava o bosque. O jardineiro, mais longe, também corria. Ao mesmo tempo, chegou-lhe aos ouvidos um grande ruído que, antes de lhe ser possível fazer qualquer movimento, se tornou em uma enorme e ensurdecedora confusão. O cigano fazia gestos. Yvette olhou ao redor e para trás de si.

E, com grande horror e espanto, viu que, ao longo da curva do rio, uma enorme massa de água, ondeante e barrenta, avançava como uma parede de leões. Aquele barulho atroador abalava tudo. Sentiu-se sem forças, por demais espantada e aturdida. Queria ver o que estava acontecendo.

Antes que pudesse pensar duas vezes, o formidável paredão de água aproximara-se. Ela quase desmaiou de terror. Ouviu o grito do cigano e viu-o saltar na sua direção, com os olhos negros parecendo saltar das órbitas.

— Corra! — berrou, pegando-lhe pelo braço.

E, no mesmo momento, a primeira onda varria-lhe os pés, num redemoinho, num estrépito aterrorizador, que subitamente, por qualquer razão, parecia ter-se acalmado ao passar, devoradoramente, pelo jardim.

O cigano arrastou-a com força na direção da casa. Yvette mantinha-se consciente, mas com muita dificuldade: era como se a inundação estivesse ocorrendo na sua própria alma.

Ao lado do caminho que cercava a casa, erguia-se o terraço relvado do jardim. O cigano conseguiu atingi-lo e chegar à parte ainda não inundada da vereda, arrastando Yvette e saltando com ela pelas janelas até junto dos degraus do pórtico. Mas, antes de alcançá-los, chegou um novo mar de água, ceifando árvores e derrubando-o também.

Yvette sentiu que era levada, numa corrente agonizante de água gelada, e que rodopiava, tendo, apenas, presa a si, crispada no seu pulso, a mão do cigano. Ambos tinham caído e sido arrastados. Yvette sentiu que sofria de uma contusão surda e atordoante.

Então o cigano puxou-a para cima. Ele estava de pé, fazendo força contra a corrente, e agarrava-se ao tronco da enorme glicínia que crescia rente à parede, agora esmagada contra ela pela água. A cabeça de Yvette estava acima do nível da água e o cigano segurava-lhe o braço de tal maneira parecendo que ia arrancá-lo. Todavia, ela não conseguia ainda pôr-se de pé e andar. Horrivelmente perturbada, como se estivesse sonhando, lutou, lutou, mas não conseguia pôr-se de pé. Sentia apenas a mão dele cravada no seu pulso.

Ele puxou-a mais, até que conseguiu agarrar-lhe uma das pernas com a outra mão. Mas foi, de novo, quase derrubado. O que lhe valeu foi o apoio da glicínia. Então o cigano puxou Yvette para perto de si. Ela agarrou-se a ele horrivelmente e conseguiu pôr-se de pé, enquanto o cigano se dependurava, quase partido em dois, no tronco da trepadeira.

A água subira até acima dos seus joelhos. Olharam-se ambos nos rostos empapados de água.

— Vá para a escada! — berrou.

Era ali mesmo ao virar a esquina da casa, quatro passadas. Ela o olhou: era-lhe impossível ir. Os olhos do cigano chamejaram como os de um tigre e ele empurrou-a. Yvette agarrou-se à parede e a onda de água pareceu aplacar-se um pouco. Ao chegar à esquina da casa cambaleou e, cambaleando, vacilou, sendo atirada contra o pilar da balaustrada dos degraus do pórtico. O cigano ia atrás dela.

Haviam chegado à escada, quando se ouviu outro estampido no meio do fragor geral e a parede da casa estremeceu. A água envolveu-lhes novamente as pernas, mas o cigano conseguiu abrir a porta da casa que dava para o vestíbulo. Este ficou logo inundado e a água chegou à escada. Ao entrarem, entreveram o vulto atarracado da avó que, no vestíbulo, se dirigia para a porta da sala de jantar. Quando a primeira massa de água lhe rodeou as pernas, ergueu as mãos. A sua boca de ataúde abriu-se num grito rouco.

Yvette não via mais nada senão a escada. Cega, inconsciente para tudo, exceto para os degraus que se erguiam acima da água, começou a arrastar-se para lá, como um gato molhado e tiritante, em estado de inconsciência. Só quando chegou ao patamar, pingando, tremendo de tal forma que não se podia ficar de pé, agarrando-se à balaustrada, enquanto a casa e a água turbilhonavam lá embaixo, é que notou a presença do cigano, completamente encharcado, com a cabeça descoberta, o cabelo por cima dos olhos, prostrado ali, no topo da escada, e sacudido por acessos profundos de tosse, a olhar para a terrível montanha de água que inundava o vestíbulo. Yvette, quase desmaiando, olhou também, e viu a avó tentando manter-se firme, como se fora uma boia estranha, com o rosto convulso, olhos azuis esbugalhados, soltando com um ruído espuma pela boca. Uma das mãos encarquilhadas agarrou-se, por um instante, ao corrimão da escada, e viu-se o cintilar da aliança de casamento.

O cigano, que parara de tossir, atirou para trás o cabelo, e disse àquela pavorosa figura que boiava lá embaixo:

— Assim não! Assim não!

Com um surdo estrépito, semelhante a um trovão, a casa sofreu novo abalo e estremeceu. Começou, então, a ouvir-se um ruído de algo que estala e racha, um barulho semelhante ao de uma matraca. A água erguia-se em ondas como um oceano. A mão desapareceu, tinham desaparecido os sinais de tudo. Havia apenas a água sublevando-se.

Yvette foi invadida por um frenesi cego e inconsciente. Como um gato molhado subiu as escadas com rapidez. Só quando chegou à porta do seu quarto é que parou, paralisada pelo barulho tremendo de alguma coisa que houvesse rebentado, enquanto o prédio oscilava.

— A casa está desabando! — gritou o cigano, cujo rosto estava esverdeado.

E olhou para a face espantada de Yvette.

— Onde é a chaminé? A chaminé da parte traseira da casa?... Em que quarto? A chaminé não irá abaixo...

Olhou-a no rosto, com estranha ferocidade, como se quisesse forçá-la a compreender. Ela fez um aceno singular, um aceno de louca, mas perfeitamente calmo, e disse:

— É aqui dentro! Aqui dentro! Está bem!

Entraram no quarto, que dispunha de uma pequena lareira. Tratava-se de um aposento situado na parte de trás da casa, com duas janelas que flanqueavam a lareira. O cigano, tossindo terrivelmente e tremendo até os ossos, dirigiu-se à janela, para olhar lá para fora.

Embaixo, entre a casa e o flanco íngreme da colina, precipitava-se a corrente de água, levando destroços, entre eles a casota verde do cão Rover. O cigano, tossindo, tossindo sempre, olhava, pálido, para baixo. Árvores, atrás de árvores, haviam sido deitadas por terra, ceifadas pela água, que já devia ter cerca de 3 metros de profundidade.

Tremendo e apertando os braços molhados contra o peito empapado de água, com uma expressão de resignação na face lívida, o cigano virou-se para a moça. Um estrépito pavoroso abalou a casa, e, logo a seguir, houve uma gigantesca explosão de água. Algo tinha ido abaixo, alguma parte da casa. O soalho ergueu-se e oscilou abaixo deles. Por momentos ficaram ambos suspensos, estupefatos. Então ele ergueu-se.

— Não foi o bastante! Não foi o bastante! Isto vai aguentar. Isto, aqui, vai aguentar. Veja aquela chaminé! Como uma torre! Sim! Muito bem! Muito bem. Dispa-se e meta-se na cama, senão morre de frio!

— Estou bem! Estou muito bem! — disse-lhe ela, sentando-se numa cadeira e olhando-o no rosto, com a face branca e transtornada, emoldurada pelo cabelo cheio de água.

— Não! — gritou ele. — Não! Tire a roupa para eu a esfregar com esta toalha. Eu também vou me esfregar. Se a casa cair, ao menos morreremos quentes. Se não cair, viveremos, não vamos morrer de pneumonia.

Tossindo e tremendo com violência, puxou o rebordo da camisa e pôs-se a lutar com toda a força que tinha, a fim de despir a camisa encharcada.

— Ajude-me! — gritou com o rosto tapado.

Yvette pegou na camisa e, obediente, pôs-se a puxar com toda a força. Por fim, conseguiu tirá-la e ele ficou de suspensórios.

— Tire a roupa! Esfregue-se com esta toalha! — ordenou o cigano com ferocidade. Parecia haver nele a selvageria da guerra.

Como se estivesse obcecado, tirou as calças, surgindo, esguio e lívido, tremendo todo, de frio e de nervos. Pegou na toalha e começou a friccionar o corpo. Os dentes batiam-lhe como o ruído de pratos que se entrechocam. Yvette viu obscuramente o que seria melhor, de fato, fazer em tais circunstâncias. Começou a tentar tirar o vestido. O cigano ajudou-a a arrancar aquela terrível coisa molhada que se lhe agarrara ao corpo, como se fosse a morte. Depois, recomeçou a esfregar-se e dirigiu-se para a porta caminhando, na ponta dos pés, no chão molhado.

Ali ficou, nu, de toalha na mão, petrificado. Olhou para o oeste, na direção onde existira a janela mais alta do patamar da escada. Olhou para o pôr do sol e para aquele mar insano de águas, cheio de destroços e árvores derrubadas. O extremo da casa, onde existira o pórtico e a escada, tudo isso fora levado. A parede caíra, deixando os soalhos à mostra.

Imóvel, observou as águas. Um vento frio passou-lhe por cima da cabeça. Cerrou os dentes que batiam com uma grande força de vontade, e dirigiu-se novamente para o quarto, fechando a porta.

Yvette, nua, doente de tanto tremer, tentava limpar-se com a toalha.

— Muito bem! — exclamou ele. — Muito bem! A água já não sobe mais! Muito bem!

Com a toalha de que dispunha, começou a friccioná-la, ele próprio, tremendo todo. Lenta e como que entorpecidamente, segurando-a por um dos ombros, esfregava-lhe o corpo delicado, tentando secar um pouco o cabelo desordenado que lhe emoldurava a pequena cabeça.

Subitamente parou.

— O melhor é deitar-se na cama — ordenou. — Eu quero me enxugar.

Os dentes dele batiam fortemente, cortando-lhe as palavras. Yvette arrastou-se para a cama, trêmula e quase inconsciente. O cigano, fazendo esforços desesperados para deixar de tremer e para se aquecer, esfregando-se, encaminhou-se novamente para a janela do lado Norte, a fim de olhar para fora.

A água tinha subido um pouco. O sol desaparecera, mas havia ainda um clarão avermelhado. Pôs-se a esfregar o cabelo, que se transformara numa barafunda negra e molhada, e então parou para respirar, acometido por um súbito acesso de frio. Olhou de novo, esfregou o peito e recomeçou a tossir, por causa da água que tinha engolido. A toalha estava vermelha: ele se ferira em algum lugar, mas não sentia nada.

Ouvia-se, ainda, o enorme e sinistro estrépito das águas, e o terrível impacto de coisas batendo contra as paredes da casa. Com o pôr do sol levantava-se um vento forte e glacial. O prédio sofria abalos por causa dos choques explosivos; chegavam-lhe aos ouvidos ruídos assustadores, fantásticos, estranhos.

O terror começou a apoderar-se dele e se dirigiu para a porta do quarto. Quando a abriu, o vento que fazia tanto barulho quanto as águas, entrou pelo quarto adentro. Através do buraco assustador que a inundação abrira na casa, o cigano viu o mundo, as águas, o caos de águas pavorosas, o crepúsculo, a lua nova perfeita, que se erguera, no poente, acima do horizonte, as nuvens que corriam negras no céu, empurradas por um vento frio e tumultuoso.

Cerrando novamente os dentes e misturando, no seu espírito, a resignação com o fatalismo, entrou no quarto e fechou a porta, pegando na toalha de Yvette para ver se estaria mais seca e com menos manchas de sangue que a sua própria toalha. Esfregou outra vez a cabeça e dirigiu-se para a janela.

Mas afastou-se, impossibilitado de dominar os espasmos de frio. Yvette desaparecera debaixo das roupas da cama, deixando apenas, como vestígio, um vulto tiritante, embaixo da colcha branca. Ele pousou a mão nesse vulto, como se fosse fazer-lhe companhia. Mas ela não deixou de tremer.

— Calma! — disse. — Calma! A água está baixando.

Ela descobriu, de súbito, a cabeça e olhou. Seu rosto estava pálido. Observou a face esverdeada, estranhamente calma do cigano. Observou-a em estado de semi-inconsciência.

Quando ele a olhou, os dentes batiam-lhe ainda, ligeiramente, mas os olhos pretos continuavam cheios do fogo da vida e de uma certa calma de resignação fatalista.
— Aqueça-me! — lamentou-se Yvette, com os dentes batendo. — Aqueça-me! Vou morrer de frio.
Uma convulsão terrível fez estremecer o corpo branco e contraído, uma convulsão que parecia querer matá-la.
O cigano assentiu. Tomou-a nos braços e apertou-a como num torno, a fim de fazer parar o seu próprio tremor. Ele mesmo tiritava de forma assustadora e estava meio inconsciente, por causa do choque.
Pareceu a Yvette que o único ponto estável da sua consciência era aquele abraço de ferro que a rodeava. E isso constituía um alívio temeroso para o seu coração, que parecia prestes a rebentar.
E, embora o corpo dele, envolvendo-a como tentáculos estranhos, flexíveis e poderosos, se agitasse em estremecimentos, semelhantes aos de uma corrente elétrica, a tensão rígida dos músculos que a prendiam, conseguia mantê-los firmes. Pouco a pouco, a violência dos temores causada pelo choque começou a diminuir, primeiro no corpo dele, em seguida, no dela, e o calor reanimou a ambos. Depois, os seus espíritos semi-inconscientes e torturados foram levados pela inconsciência, e ambos mergulharam no sono.

X

Já o sol brilhava no céu quando alguns homens conseguiram atravessar o Papple por meio de escadas. A ponte desaparecera. Mas a inundação diminuíra e a casa que se erguera frente ao rio, como se fosse um arco rígido, atirado no sentido do curso de água, levantava-se, agora, em lama e destruição. O flanco Sudoeste do prédio era um enorme monte de materiais desfeitos e destroços. Horríveis eram as bocas escancaradas dos aposentos.

Dentro, não havia sinais de vida. Mas o jardineiro aproximara-se para proceder a um reconhecimento, e a cozinheira também apareceu, emocionada e curiosa. Escapara a tempo pela porta traseira da casa e subira pelo bosque em direção à estrada, quando vira o cigano correr: pensou que ele ia assassinar alguém. Tinha encontrado o carro parado no pequeno portão, lá em cima. Quando a noite caíra, o jardineiro levou o cavalo para o Red Lion, em Darley.

Isso foi o que os homens de Papplewick conseguiram apurar depois de terem atravessado a corrente de água com escadas, e chegarem à parte dos fundos do prédio. Estavam nervosos, receando que a casa desabasse, pois a parte da frente estava já minada por baixo, e a de trás, abalada.

No escritório do reitor, aberto à luz do dia pela derrocada, viram com terror as prateleiras silenciosas, cheias de livros; e viram também, com o mesmo horror, a grande armação de metal amarelo que era a cama da avó, uma cama de colchão alto, confortavelmente feita, em que uma das pernas pendia, sem apoio, no vácuo que se fizera, e, além disso, os destroços do quarto das criadas, no andar superior. A criada e a cozinheira choravam. Então, um dos homens subiu cuidadosamente para uma das janelas despedaçadas da cozinha, e penetrou no caos e na lama do térreo. Aí encontrou o cadáver da velha, ou pelo menos um pé, que calçado num chinelo preto, emergia, cheio de lodo, de um montão lamacento de destroços. O homem fugiu.

O jardineiro disse que tinha a certeza de que a senhorita Yvette não estava na casa. Tinha-a visto correr, acompanhada pelo cigano. Porém, o policial insistiu em que se fizesse uma busca, e os Framleys, apressando-se por fim, uniram com cordas algumas escadas. Depois, todos soltaram um berro. Mas sem resultado. Nenhuma resposta veio da casa.

Erguida a escada, Bob Framley subiu, rebentou uma janela e arrastou-se para dentro do quarto de tia Cissie. A familiaridade perfeita de todos os objetos aterrorizou-o como se fossem fantasmas. A casa poderia cair de um momento para o outro.

Tinham acabado justamente de encostar a escada para chegar ao andar de cima, quando chegaram alguns homens de Darley, dizendo que o cigano velho fora ao Red Lion buscar o cavalo e a carroça, comunicando ainda que o seu filho vira Yvette no topo da casa. Mas, nesse momento, já o policial despedaçava a janela do quarto da moça.

Yvette, que estava profundamente adormecida, gritou de debaixo das cobertas quando os vidros se estilhaçaram. Com os lençóis, cobriu a sua nudez. O policial deu um grito de susto, que transformou numa exclamação de: "Senhorita Yvette! Senhorita Yvette!" Virou-se na escada e gritou para os rostos que o olhavam de baixo:

— A senhorita Yvette está na cama!... Na cama!...

E aquele homem deixou-se ficar ali na escada, perigosamente agarrado à janela, sem saber como proceder.

Yvette sentou-se no leito. Seu cabelo estava emaranhado, ela mantinha os olhos arregalados, enquanto tapava o torso nu com os lençóis o peito nu. Dormira tão profundamente que ainda não voltara bem a si.

O policial, cheio de medo por estar numa escada tão frágil, entrou pelo quarto adentro e disse:

— Não se assuste! Não se preocupe mais. Agora, está salva!

E Yvette, ainda entorpecida, julgou que ele se referia ao cigano. Onde estaria o cigano? Era a primeira coisa que lhe enchia o espírito. Onde estaria o seu cigano daquela noite de fim do mundo?

Desaparecera! Desaparecera! E estava ali um policial no quarto! Um policial!

Com a mão, Yvette esfregou a fronte aturdida.

— Se se vestir, menina, podemos levá-la lá para baixo, para terreno seguro. A casa vai desabar, é o mais provável. Acho que não há mais ninguém nos outros quartos...

Cuidadosamente, transpôs a passagem e olhou aterrorizado para o setor da casa que desabara. Viu, ao longe, o reitor, que se aproximava de automóvel, pela colina cheia de sol. Yvette, cujo rosto se tornara soturno e desapontado, levantou-se rapidamente, apertando sempre os lençóis contra si. Olhou-se um momento, e depois abriu as gavetas para pegar a roupa. Vestiu-se, olhou-se no espelho e viu, com horror, o seu cabelo todo desalinhado. Porém, não se importava com isso. O cigano já se fora.

No chão, estavam amontoadas as suas roupas, encharcadas. No lugar onde as roupas dele tinham estado, havia uma poça d'água e duas toalhas sujas, com manchas de sangue. Não havia mais nenhum sinal do cigano.

Estava tentando arrumar o cabelo quando o policial bateu à porta. Yvette disse-lhe para entrar. Ele viu, com alívio, que ela já estava vestida e com perfeito domínio de si.

— Seria melhor deixarmos a casa o mais depressa possível, menina — insistiu. — Pode desabar de um momento para o outro.

— Ah, sim? — perguntou Yvette com calma. — A coisa está assim tão ruim?

Ouviu-se um grande vozerio. Ela aproximara-se da janela. Lá embaixo estava o reitor de braços abertos, lágrimas correndo pelo rosto.

— Estou perfeitamente bem, papai! — disse ela, com a calma dos seus sentimentos contraditórios.

Nada diria a respeito do cigano. E ao mesmo tempo chorava.

— Não chore, menina, não chore! O reitor perdeu a mãe, mas agradece que o céu lhe tenha salvo a filha. Pensamos todos que você também tivesse morrido. Pensamos isso mesmo!

— A vovó se afogou? — perguntou Yvette.
— Receio que sim. Pobre senhora! — disse o policial com o rosto sério.
Yvette limpou as lágrimas com um lenço que tirara de uma gaveta.
— Tem coragem de descer por esta escada? — perguntou o policial.
Yvette observou a altura e disse para si mesma: "Não! Não, por nada deste mundo!" Mas depois lembrou-se do que lhe transmitira o cigano: "Seja mais corajosa no teu corpo."
— Esteve nos outros quartos todos? — perguntou, sem se perturbar, olhando o policial.
— Sim, menina! Mas você era a única pessoa que estava na casa, não sei se sabe, com exceção da velha senhora. A cozinheira fugiu a tempo e Lizzie tinha ido à casa da mãe. Só estávamos preocupados com você e a pobre senhora. Tem coragem de descer?
— Ah! Sim! — exclamou Yvette, com indiferença.
O cigano já não estava ali.
E, agora, o reitor observava aflito a filha, alta e esbelta, que descia, de costas, lentamente, a escada periclitante, cuja extremidade superior estava sendo segurada pelo policial que olhava, com ar de herói, do alto da janela espatifada.
Ao fundo da escada Yvette deixou-se desmaiar, de propósito, nos braços do pai, e foi levada com ele no carro, por Bob, para a casa dos Framleys. Lá, a pobre Lucília, uma fantasma entre fantasmas, chorou de alívio, até a histeria, e a própria tia Cissie exclamou, entre lágrimas:
— Que sejam levados os velhos e poupados os novos! Ah! Não posso chorar pela Mãe, agora que Yvette está salva!
E chorou copiosamente.
A inundação fora causada pela explosão súbita da grande represa de Papple Highdale, a pouco menos de 10 quilômetros

de distância do reitorado. Descobriu-se, mais tarde, que sob a barragem havia um túnel, do qual nunca ninguém adivinhara ou suspeitara a existência, talvez uma mina do tempo dos romanos que agora cedera, fazendo rebentar a barragem. Era essa a razão pela qual o rio Papple se mostrara, no dia anterior, tão assustadoramente cheio. Depois, a represa arrebentara.

O reitor e as duas moças ficaram na casa dos Framleys, até lhes ser possível encontrar nova residência. Yvette não foi ao enterro da avó. Estava de cama.

Ao contar o que acontecera, falou apenas sobre como o cigano a levara até o pórtico, e como conseguira arrastar-se pela escada, para fugir da água. Era sabido que ele tinha escapado: dissera-o o velho cigano quando fora buscar o cavalo e a carroça ao Red Lion. Yvette pouco pôde contar. Sentia-se confusa, aturdida. Parecia que só com muita dificuldade conseguiria lembrar-se de qualquer coisa. Mas isso estava tão de acordo com a sua maneira de ser!

Foi Bob Framley que disse:

— Sabem, acho que o cigano merecia uma medalha!

Toda a família ficou subitamente impressionada.

— Ah! *Devíamos* agradecer-lhe! — exclamou Lucília.

O próprio reitor foi com Bob para o carro. Porém a pedreira estava deserta. Os ciganos tinham levantado acampamento e partido, ninguém sabia para onde.

E Yvette, deitada na cama, sentiu o coração apertar em seu peito: — Ai! Eu o amo! Eu o amo! Eu o amo!

O desgosto pela sua ausência deixou-a prostrada. Todavia, resignava-se, na verdade, com aquela partida. Sua alma juvenil compreendia quão sábia fora essa atitude.

Depois do enterro da avó, porém, recebeu uma pequena carta, enviada de lugar desconhecido:

Querida:
Vi no jornal que você está bem depois do banho. O mesmo acontece comigo. Espero vê-la no futuro, talvez na feira de gado de Tideswell, ou talvez regressemos, um dia, ao lugar onde estivemos. Naquele dia, eu vinha dizer-lhe adeus. Nunca cheguei a dizê-lo. Bom, a água não deu tempo para isso, mas continuo a viver de esperança. Seu obediente criado,

Joe Boswell.

E só então é que ela reparou que o cigano tinha um nome.

fim

Este livro foi composto na tipografia Minion Pro
Regular, em corpo 10,5/13,5, e impresso em
papel off-white no Sistema Cameron da
Divisão Gráfica da Distribuidora Record.